有爱的青春陪伴者

我怎么可能输给他

墨西柯 —著

2

图书在版编目（CIP）数据

我怎么可能输给他. 2 / 墨西柯著. -- 石家庄 : 花山文艺出版社, 2022.3
 ISBN 978-7-5511-6021-6

Ⅰ. ①我… Ⅱ. ①墨… Ⅲ. ①长篇小说－中国－当代 Ⅳ. ①I247.5

中国版本图书馆CIP数据核字(2021)第244669号

书　　名：	我怎么可能输给他.2
	Wo Zenme Keneng Shu Gei Ta.2
著　　者：	墨西柯
责任编辑：	郝卫国　张凤奇
特约编辑：	伍　利
责任校对：	于怀新
装帧设计：	Insect　西　楼
封面绘制：	委　鬼　七点夏令时
美术编辑：	胡彤亮
出版发行：	花山文艺出版社（邮政编码：050061）
	（河北省石家庄市友谊北大街330号）
销售热线：	0311-88643221
传　　真：	0311-88643225
印　　刷：	长沙鸿发印务实业有限公司
经　　销：	新华书店
开　　本：	880×1230　1/32
印　　张：	9.5
字　　数：	291千字
版　　次：	2022年3月第1版
	2022年3月第1次印刷
书　　号：	ISBN 978-7-5511-6021-6
定　　价：	45.00元

（版权所有　翻印必究·印装有误　负责调换）

001	第一章	密室体验
026	第二章	你很好，特别好
047	第三章	桑献
070	第四章	小学鸡掐架
097	第五章	集训营
124	第六章	钰哥教你做人
149	第七章	成人礼

目录 / CONTENTS

165	第 八 章	少年模样
189	第 九 章	双打黑马
216	第 十 章	无畏
244	第十一章	我在呢
269	第十二章	一样的梦想，一样的追求
285	第十三章	为未来而战
293	独家番外	万圣节的糖给你吃

目录 / CONTENTS

第一章

密室体验

周日，网球队和同样刚刚比完赛的重竞技队一起补课。

值得一提的是，欧阳格是重竞技队的副教练。不过欧阳格身为德育主任不能跟着队伍坐镇比赛，留在了学校，好在这赛季重竞技队的比赛成绩也不错。

两个队伍聚在一起后，理科班基本都是16班和17班的学生，文科班也都是8班和9班的。

补课第一天，随侯钰进入教室后便看到重竞技项目的男生们早早来了，占满了整个教室，并且一个人一组座位，想要入座只能跟他们同桌。

他站在门口，没有动作。

这时，身后传来侯陌和邓亦衡他们聊天的声音，由远及近，他回头看了一眼侯陌。

侯陌径直走了过去，从一个人身边搬了一张桌子，放在了正中间，接着，又搬了一张椅子放在了旁边，对随侯钰说："坐。"

随侯钰坐下后，侯陌又搬来一套桌椅坐在了他身边。

被搬走桌子的男生非常不爽，骂骂咧咧地跟侯陌说："侯陌你怎么那么烦？怎么不搬别人的桌子，就搬我的？"

侯陌从包里拿出书来，理直气壮地说："放心吧，苏安怡不会坐在你旁边的，屎壳郎到你身边都眼前一亮，还指望小姑娘和你同桌？"

"你给我滚蛋，我来之前特意洗澡了！"

随侯钰这才反应过来，小声问："他们是在等苏安怡？"

"对，我们网球队现在是所有体育生眼红的对象。"侯陌早就看透他们了。

"不是有女体育生吗？还都挺好看的。"

"那是因为这群小傻子还不知道，苏安怡是重竞技项目队都打不过的汉子，知道之后就老实了。"

万众期待的苏安怡终于走了进来，看到教室里的阵势也是一愣，接着看向随侯钰。

随侯钰很快起身，拿走了自己的东西。苏安怡走过去坐在了随侯钰原来的位置上。

侯陌没兴趣跟苏安怡同桌，对冉述招了招手："来吧。"

冉述一脸不爽地走过去，白了侯陌一眼。

重竞技项目的男生一个个都很失落，纷纷起身重新找地方坐。

随侯钰和侯陌也找到了其他的座位，再次同桌。

随侯钰拿出笔记本来，桌面上还放了一支录音笔，一切准备就绪。

侯陌托着脸看着他，打算欣赏他是如何学习的。

"你从来不记笔记吗？"随侯钰问道。他对侯陌的学习状态始终十分好奇。

"不，我记性还挺好的。只要我还有一丝意识，犯困时听的课都能记住，背单词我只需要看一遍就可以了。"

"过目不忘？"

"也不算过目不忘，不过一本书发下来，我只需要翻两遍，就能记住哪个公式在第几页第几行的位置。"

"……"随侯钰努力寻找词汇来形容自己现在的心情。

侯陌笑了笑，看着随侯钰气急败坏地按了按笔，接着开始翻书记录科目，还顺便写了日期，估计是个人习惯。

他没有说，他有时很讨厌自己记忆力好。

他至今仍记得父亲去世那天的风有几级，甚至记得风从哪个方向来。

他跪坐在父亲遗体边哭，围观群众讨论的话语他都分毫不差地记得，他们的语气、他们说话时哪个字后有所停顿，都记得清清楚楚。

还有……家里败落后，某个人的一个冷眼，某个人的一声叹息，某个人的冷言冷语与无情，他全部都记得清清楚楚。

当然，还有别人对他的好，他也都记得。

这些他不会跟随侯钰说。

看着随侯钰气鼓鼓的样子也挺有意思的，他心情会不自觉地跟着好起来。

不久，重竞技项目的女生们也进入了教室，刚进来就引来一阵呼声。

几个女生朝着自己的队友挥舞拳头示威，看到随侯钰和侯陌后又收了回来。

网球队帅哥多，现在已经全校出名了。她们特意在早晨化了妆，换上了漂亮的小裙子，伪装得非常淑女。

这举动引来男生队友们的集体嘲讽，仿佛忘记了刚才是谁想和苏安怡坐同桌。

倒是网球队的女队员们都很佛系，进来后谁也不看，一心一意地玩手机、聊天。

来上课之前，重竞技队都很兴奋，但是没多久也蔫了。

一整天的补课结束后，队员们终于得以释放，老师说下课的那一刻全员起身欢呼起来，撒了欢地往外跑。

这个年龄段的少年都好动，难得有时间了也闲不下来，三三两两地相约去打篮球。

重竞技队的一队，网球队的一队。

网球队有明显的身高优势，但是在重竞技队眼里他们就是一群电线杆，也就桑献的身材拿得出手。

侯陌快速收拾了包没跟着他们走，而是拽着随侯钰的书包带不让他走："跟我去个地方。"

随侯钰想去冲个澡，不情不愿地问："干什么？"

"测体重。"

去比赛前，随侯钰的体重到了115斤，比之前重了两斤，侯陌很是欣慰，觉得自己之前没白喂。

现在比赛结束了，他要再看看随侯钰的体重才能放心。

随侯钰只好跟着侯陌一起去器材室。

两个人刚刚走出去，有人朝侯陌扔篮球。篮球扔得有点偏，险些砸到随侯钰，被侯陌伸手拦住了。

随侯钰往后退一步躲开的同时，看到侯陌的大手五指张开挡着球，显得那只手更大了。

因为手白，五指和珊瑚红色的篮球呈现出了鲜明的颜色对比。

扔球的人问："大师兄，一起打球去啊？"

"不去，我和我搭档练习去。"侯陌将球扔了回去，朝那人身上砸。

那人狼狈地接住，对随侯钰道歉："抱歉，我眼睛歪了。"

随侯钰扫了那人一眼，没理，径直离开。

因为是周日，留校的学生并不多，校园里冷冷清清的，只有路灯敬业地亮着。

巨大的校园如同冬眠中盘卧的熊。

秋季风大，树叶被风吹拂得沙沙作响，时不时捎带来一阵草木清香。

明明随侯钰都同意跟着侯陌去了，结果侯陌还是不放心，全程拉着随侯钰的书包带不松手。

随侯钰就像放学了被家长拎着的幼儿园小朋友，只能别别扭扭地跟着。

两个人一前一后到了器材室，侯陌进去搬出了体重秤来。

原本体重秤被侯陌带回了寝室，但在去比赛前又交还了回来。

随侯钰脱了鞋子上秤。

当数字定格在"56.5"后，两个人同时沉默了。

侯陌蹲在秤前抬头看向随侯钰，随侯钰也微微俯下身看着他，两个人都没说话，场面变得静谧且尴尬。

随侯钰不死心，下了秤后把秤重新挪了一个地方，又站上去一次。

数字没有变化。

他下了秤，故作镇定地穿上鞋子，重新背上包，走到器材室的门口说道："我要去洗澡，你去吗？"

侯陌将秤放好，沉默地跟在随侯钰身后，没说话。

两个人一前一后地走出去。随侯钰想了想，率先开口打破寂静："可能是这些天比赛，到处跑，还要调整状态，所以暂时瘦了，过阵子……"

侯陌突然暴走，对着随侯钰崩溃地问："哪儿去了？！"

"什、什么？"随侯钰被这突如其来的一嗓子吓了一跳。

"我好不容易养胖的那两斤哪儿去了！"侯陌气得直跺脚。

"只是暂时瘦了，说不定过阵子就胖了呢。"

"我不听，我不听！我就是想知道那两斤哪儿去了！"

随侯钰对于侯陌的崩溃不知道该怎么应对，抿着嘴唇没回答。

他又不是故意瘦的。

侯陌气得转身就走，还走得特别快。

随侯钰特别无奈地在他身后跟着。

沉默了一路，侯陌突然长腿一跨，骑在了学校景观湖的桥栏杆上，对着随侯钰再次吼道："你跟我保证，保证你不再瘦了，不然我现在就从这儿跳下去！"

"这……这不是我能控制的。"随侯钰简直被侯陌弄蒙了，这又是在闹哪一出？

不过瘦了两斤而已，有必要要死要活的？

不知道的还以为没的不是两斤肉，而是何书桓。

侯陌不管，骑在栏杆上开始干打雷不下雨地假哭："呜呜呜，我的心在滴血！你跟我保证！"

"行，我跟你保证行不行？"随侯钰难堪得直捂脸，不远处篮球场上的人都在朝这边看呢。

"再瘦怎么办？"侯陌坚持地问。

"再瘦就让你跳下去。"

"……"

侯陌有点下不来台了，就自己从栏杆上下来了，朝随侯钰走过去："看在你这么有诚意的分上，我就暂时原谅你。"

随侯钰白了侯陌一眼，扭头就走。

侯陌快步跟在他身后，继续念叨："你还是得多吃。从明天早上开始我盯着你吃饭，不许挑食了听到没……"

邓亦衡在篮球场看着那边两个人走过去,摇头叹气:"钰哥还是来得晚,等到人工湖换水之后他就能发现,那里的水都不到大师兄的大腿根,真跳下去除了水有点脏以外,没其他问题。"

桑献拍着球问他:"你能让你搭档跳水里去?"

"那不能啊!"邓亦衡立即摇头,"水多凉呢!"

"随侯钰也不能。"

桑献举起球来,投了一个篮,三分球,得分。

星期一。

随侯钰坐在书桌前记笔记,憋得浑身难受,最后只能活动自己的脖子。

坐在他身边的欧阳格又看了他一眼,还顺带拱了拱他的腿,让他别把腿伸得那么长。

他只能把腿收回来,继续闷头记笔记。

和班主任兼德育处主任坐同桌是什么感受?

累觉不爱……够够的。

随侯钰看着笔记本,笔尖在一个地方打转,几乎把本子戳出一个洞来。

侯陌正看着他偷笑,有点幸灾乐祸的味道。

随侯钰看到侯陌那张脸就来气,白了侯陌一眼后继续记笔记。

侯陌脸上的笑容还没收起来,就跟欧阳格对视了。

欧阳格表情不悦地瞥了侯陌一眼,表情里带着王之蔑视,侯陌瞬间老实了,扭头看着黑板,认认真真地上课。

下课后,欧阳格把侯陌单独拎出了教室,对他进行批评教育:"你上课不用一直看着我,不能睡就是不能睡。我就纳闷了,你一天天的觉瘾怎么那么大呢?晚上是不是玩手机了?"

欧阳格看着侯陌还是很来气,用手指戳他身上穴道的位置,戳得他直躲。

"我告诉你啊,别以为自己学习好就了不起了。是学生就得好好上课,上课不能睡觉,就算我不在班级里坐着,你也得给我老老实实地上课。我都不愿意说你,物理老师教了你一年,都没记住你长什么样,他就没怎么看到过你的脸。"

"嗯，我也没怎么啊，小姑娘看你一眼，你会劈头盖脸骂她一顿吗？"

"呲——"欧阳格又戳了侯陌一下，"用得着你管吗？"

被训了一会儿，苏安怡端着一个小盒子从办公室的方向走过来。

欧阳格看了一眼后说道："行了，你回教室吃去吧。"

侯陌震惊了，他都没看出来苏安怡拿的是什么呢，欧阳格就知道能吃？

回到教室，苏安怡正在发冰棍。

这冰棍是苏安怡自己做的，用牛奶、水、水果、干果等材料特制的，不是很甜，体育生也能吃。

估计又是为了给随侯钰解馋才做的。

侯陌走过去拿了一根，啃了一口后问："这个模具还有这么多格子，为什么不做满了？"

苏安怡特意给随侯钰多留了一根后回答："其实我做满了，放在冰箱里被欧阳老师偷吃了。"

"我说他怎么知道是吃的呢！"侯陌又啃了一口，咀嚼得嘎嘣响。

邓亦衡吃得特别感动："呜呜，有苏妹子在真好，不仅有柠檬水喝，还有零食投喂。"

苏安怡倒是不在意："我给钰哥做的，你们就是沾光。"

教室门外，16班的沈君璟从外面探头往里看，喊着问："吃什么呢？！"

邓亦衡当即乐了："你考得好，去16班了，当然没有这个福利。"

沈君璟馋得说话时嘴里都有水声："给我来一口。"

桑献举起手里的冰棍问："我还剩一半，你要吗？"

沈君璟指了指随侯钰桌面上的："我看还有一根冰棍呢。"

随侯钰还没说话呢，侯陌先开口了："那是我钰哥的。"

沈君璟赶紧闭嘴，跑进教室拿走了桑献手里吃剩一半的。

没一会儿，欧阳格走回教室，对教室里的学生说："三、四节课我上体育课去。我不在教室，你们也别想偷懒，自由活动后我就在后门看着你们，听到没有？"

说完，没人理他。

欧阳格又问了一遍："听到没有？"

忙着吃冰棍的学生们赶紧回应了一句。

随侯钰已经开始吃第二根冰棍了，看到欧阳格朝外走，顿时松了一口气，身上紧绷的肌肉一瞬间松懈了下来，肩膀都轻松了一些。

结果欧阳格往外走了两步，便看到李老师站在门口看着他。

欧阳格指着自己问："我'病'了？"

李老师点了点头。

欧阳格退回教室，无奈地摊手。

之前欧阳格警告时，大家还恹恹的，现在欧阳格要留在教室里了，整个班级整齐地哀号起来。

随侯钰愣愣地张着嘴，一口冰棍都没咬下去。

又回来了？！

冉述小跑着去追李老师："灵姐！格格没病！灵姐你回来！"

结果李老师把冉述赶了回来。

随侯钰悲愤地啃着冰棍，快速解决了一整根之后拍了拍脸，继续上课。

赛季结束后会轻松一阵子，体育生下午不用训练，早上晨练就可以了。

随侯钰拿出录音笔，戴上耳机，打算复习一下昨天加速版的补课。

刚进入状态，便见李老师走进教室，走进来时高跟鞋踩着地面发出"嗒嗒嗒"的声音。

李老师是重点班的老师，不教他们，来他们教室有点奇怪。

她拿着练习册，说道："我霸占了你们欧阳老师的课很不好意思，私底下和他商量了一下，过来给你们加上一节物理课，补个课。我不讲正式的课，把练习册拿出来，我给你们讲题。"

随侯钰一愣，还有这样的操作？

果然，班级里又是一阵哀号。

这是要把他们往死里搞啊！自习课都被占用上课了，他们都不能松口气吗？

唯一让他们觉得欣慰的是，下午自习课的时间欧阳格去走廊里巡查，不在教室里。

但是，这么交替着来，也真让人受不住。

整个班级，恐怕只有苏安怡一个人眼睛发亮，兴奋地看着李老师。

李老师调了一下17班的音响设备，连接上后打开大屏幕，把练习册放在展示台上。

随侯钰抬头看着大屏幕上的练习册投影，认命地拿出练习册，翻开后发现自己都没做，于是在李老师做准备的时候快速把题做出来。

侯陌不熟悉李老师，对物理也不太感兴趣。

李老师却突然盯上了侯陌，出声："黄头发，你上来解一下这道题。"

侯陌只能起身，心里念叨，这位李老师和欧阳格一样是色盲。

他们学校使用的是电子黑板，他拿起书写笔，在黑板上写了一串字符，又放下了笔。

"没了？"李老师诧异地问。

"嗯，这就是答案了。"

"把过程写上。"

侯陌只能重新拿起书写笔，认认真真地写了过程。

李老师站在旁边看了一会儿，说："字写得不错。回去吧，记得看黑板。"

"嗯。"侯陌应了一声。

侯陌回到座位后，看到随侯钰正抓紧时间做后面的题，都没去看黑板。

他小声叫："哎！钰哥！"

随侯钰抬头看向他。

他小声问："钰哥，你看看我写得对不对？"

随侯钰抬头扫了一眼黑板，接着低头继续写："对。"

侯陌笑嘻嘻地跟着低头写题。

李老师平日里大大咧咧的，讲课还是非常厉害的，不然也不会做重点班的班主任。

连续上了两节课后，李老师带着自己的东西离开教室。

放学后，体育生们聚在一起吃盒饭。

欧阳格来到教室。

他进来后也不说话，只是双手环胸，站在一边看着他们吃饭。

他们一群人一起吃饭的时候一向很闹腾,说说笑笑。今天被欧阳格盯得特别安静,全程寂静无声,有位喜欢吧唧嘴的男生,也收敛了许多。

欧阳格看了他们一会儿后,开口:"别人都觉得带你们累,我倒是觉得带你们挺轻松的。你们心里不装事,大大咧咧的也不记仇,处理好了能和你们做朋友,你们讲起义气来比其他学生都好带,反而对我不错。"

众人看向欧阳格,没敢接话。

一颗甜枣后往往跟着一巴掌呢,他们都知道欧阳格的葫芦里没装着好药。

等他们吃完,欧阳格叫走了侯陌和随侯钰。

见是往训练室的方向走,侯陌苦着脸问:"格格,不是吧……"

欧阳格回答:"和你们聊聊天,你俩确实欠收拾。"

随侯钰不明所以,看向侯陌。

侯陌放慢脚步走在他身边,跟他解释:"还记不记得我说过格格正骨很厉害?"

"嗯。"

"这是要带我们去正骨。"

"为什么?"

"格格特有的治人手段。高一的时候我们贼闹,格格一个个治的,现在没人敢造次。"

欧阳格回头看了看侯陌,再次开口:"我知道你妈妈是华大物理系的,你不用老师教,你妈妈在家里就能给你理科补习全了。但是你上学就好好上课,你真当你上学是来赚钱的?"

"是啊……"在侯陌的概念里,上学和上班一个概念。

拿奖学金,拿比赛奖金,做好学生和做好员工是一个道理。

欧阳格气得停下来,继续说道:"你真觉得你能永远第一?上一次因为卷面分随侯钰比你低了几分,下次他说不定就超过你了,你还不努力?"

侯陌看了看随侯钰,小声说:"你这不是给钰哥增加压力吗?"

"人家铆足劲要超过你呢,你小心着点!"

欧阳格训完侯陌,看向随侯钰:"你,还有你,上课全是小动作,一会儿玩橡皮,一会儿玩积木。你比赛期间,我在你书桌里还看到了一团毛线,怎么的,你还在教室里织毛衣?"

"那个是毛毡，而且橡皮是橡皮章。"

"啥玩意儿？"欧阳格不知道这些东西。

"没事，都一样。"随侯钰懒得解释。这东西解释了也没什么用，他确实是在搞一些小动作。

欧阳格继续问："我知道你情况特殊，不过你不都好了吗？就不能想其他的办法克服吗？"

"我努力……"

从某种意义上来说，随侯钰确实已经好了，但是心理作祟，习惯还在。

走到训练室门口，欧阳格打开门走进去，带着他们两个人去了训练室的小房间。

侯陌有点打怵，在门口不肯进去，还拽着随侯钰的衣角，不想他进去。

此时的随侯钰对正骨还没有任何概念，看到侯陌这么紧张，下意识地觉得这恐怕不太好受。

欧阳格回头看着他们两个人，说道："磨蹭什么呢？我出去给人正骨，他们还得预约呢，我收费挺高，赶紧进来。"

进去后，两个人脱掉外套，把包放在了椅子上。

欧阳格对侯陌招了招手："给你钰哥做个示范，打个样。"

侯陌做了一个深呼吸，走了过去，躺到小床上。

随侯钰站在一边看着，发现欧阳格把侯陌身体拧成一个个他意想不到的姿势，时不时传来一阵骨头"咔咔"的声音。

侯陌显然不是第一次被欧阳格正骨了，遇到好几个高难度动作还会哀号一声。

看到侯陌难受的样子，他还挺幸灾乐祸的，不过想到他一会儿也要上去感受，又有点害怕。

正完肩膀，侯陌没忍住骂了一声，紧接着被欧阳格捣了一杵子："怎么满嘴脏话？"

"就……下意识……"侯陌这句话是含着眼泪说出来的。

一系列动作结束后，侯陌双手撑着床趴在小床上，半天没起来。

也不知道究竟是因为侯陌太白了，还是他刚才憋得厉害，此时他的脸颊和脖颈通红，缓了一会儿才消下来。

随侯钰随后上了小床趴下,看到欧阳格走过来,下意识地吞咽了一口唾沫。

在欧阳格拧他身体的时候,他还没太害怕。

他常年练习舞蹈,身体柔韧性够,估计骨骼也没什么太大问题,这些动作他觉得没什么难的。

结果欧阳格突然发力掰了一下,他听到了"咔"的一声,身体也跟着一颤,眼睛瞬间睁得溜圆。

"我……"随侯钰也差点骂出来,后面一个字硬生生咽进去了。

欧阳格还要给他正另外一边的肩膀,他开始抗拒,欧阳格安抚道:"你第一次正骨估计有点疼,以后就好了。"

欧阳格明显是在骗人,也没见侯陌好多少啊!

随侯钰还在抗拒,甚至有点想躲开下床,欧阳格叫来侯陌:"侯陌,你过来按住他,长得这么瘦,劲儿还挺大。"

侯陌慢慢走过来,小声说:"钰哥,其实我也想救你,但是……其实偶尔正正骨也挺好。"说完帮忙按住了随侯钰,配合着欧阳格。

随侯钰都没来得及瞪侯陌一眼,欧阳格便用力一掰,下手又快又狠。

"啊——"随侯钰惊叫了一声,一瞬间像是灵魂出窍了一般。

他狼狈地倒在床上,还没缓过神来,欧阳格已经推着他的身体,让他侧过身去了。

侯陌到另外一边帮忙按着随侯钰,随侯钰伸手去抓侯陌的衣服,希望侯陌救他。

结果侯陌没理解,握住了随侯钰的手,说道:"钰哥,坚持住,疼就叫出来……"

搞得像他要生孩子似的。

随侯钰气得不行,感受到欧阳格在自己身上一压,又是一声惊呼:"唔——"

之后他认命了,躺在床上像是失去了理想的咸鱼一样,任由欧阳格把他的身体翻到另外一边继续正骨。

欧阳格帮两个人正骨完毕,在房间里拿了一个文件夹,把车钥匙放进口袋便往外走:"以后上课老实点,知道没?不然定期来这儿。你们顺便把训练室打扫了,走的时候把门锁上。"

说完,他快步走了出去,估计是打算下班了。

欧阳格离开后,侯陌松一口气。

随侯钰还躺在小床上,虚脱了似的继续趴着。

侯陌小心翼翼地到了床边,说道:"你歇会儿,我去收拾就行。"

"这儿……帮我揉揉,疼死我了。"随侯钰指了指肩膀的位置。

侯陌伸出手去,帮他揉了揉肩膀。

随侯钰躺在床上,声音很闷地问:"格格经常给你们正骨吗?"

"嗯。"

"我还以为我的骨头没什么问题呢,我记事起就开始学舞蹈了。"随侯钰很沮丧,对于刚才被正骨时的不争气有点懊恼。

"你是筋比较好,之后王教练帮你拨筋的时候你不会太受罪。"

随侯钰呼出一口气后,说道:"下一次考试我一定会超过你,等着瞧吧。"

侯陌的手稍微停顿了一下,接着笑了一下,回应了一声:"嗯。"

两个人结伴打扫训练室时,侯陌才是真的服了随侯钰。

谁打得更快都能激起随侯钰的胜负欲。

侯陌拖着拖布,看着随侯钰推着另一个拖布在训练室里狂奔,犹豫着要不要偷会儿懒,他的搭档明显更有精神头,分分钟就能打扫完。

就在他迟疑的工夫,随侯钰突然停了下来,指着他警告:"别想让我一个人收拾,耍小聪明我揍你。"

他这个委屈。

他收拾了,随侯钰和他比着干。

他停下来了,随侯钰还觉得不平衡。

他要是和随侯钰一起比着干,他们两个人能在训练室里转出一阵小旋风来。

这个搭档,非常难伺候。

侯陌故作惊恐,拍着自己的胸脯说道:"啊——好怕怕。"

"少贫,赶紧干!"随侯钰说完继续拖地。

他只能继续干收拾,顺便整理了训练器械,物归原位。

临走时他还特意检查了一下门窗,才和随侯钰一起离开。

随侯钰走在他前面,走路的时候有点晃,估计正骨后身体还有些不舒服。就这样刚才还那么玩命,这人也是神奇。

他笑着提醒随侯钰:"明天你会觉得身上酸,过两天就没事了。"

随侯钰敷衍地点头,扶着墙继续往外走,下楼梯的时候身体晃得更厉害了,随口问道:"什么时候恢复训练?"

"我们一般会休息两个星期左右再恢复训练,算是过渡。冬季会有强化训练,寒假有可能回来特训,只有春节放几天假,具体要看王教练准备明年带我们参加哪些比赛。"

"哦,一会儿我们两个自己去训练吧,我现在需要强化哪方面?"

"哈?今天就去?你身体能行?晚自习呢?"

"逃了。身体没事,我开肩压腿都能坚持,这不算什么。"

侯陌也不拒绝,点了点头:"行,王教练今天没来上班,我单独训练你。"

两个人没有回教学楼,而是直接去了网球场。

侯陌对这里熟,带着随侯钰进入室内场地,打开大灯之后,找来了训练的器材。

平日里这里都很热闹,如今只有两个人突然显得空旷了,随便的一个举动发出声响来都显得十分突兀。

训练场地棚顶的长灯"嗞嗞"响了一会儿,闪烁了几下才完全亮起来。这种强烈的灯光将硬场地照得有些反光,地面被踩得斑驳,彰显着平日里训练的痕迹。

侯陌将几个空的矿泉水瓶放了几个点,接着拿着自己的球拍到对面发球,一拍过去,球直接砸倒一个水瓶。

这一球的冲击力很强,水瓶飞起来后还弹出去好远,弹在障碍物上还发出一声脆响。

侯陌单手转了一下网球拍,接着夹在腋下走到一边站定:"落点控制训练,从发球开始。发球可以了,就在运动的过程中击中固定位置的瓶子。"

随侯钰握着球拍走过去,拿起球来拍了几下,本来想按照顺序依次击倒,他球都抛起来了,侯陌才突然说道:"内角发球,左四。"

他赶紧在一瞬间改变之前决定好的球路,按照侯陌说的攻击。

球越过球网,落在距离瓶身不足五厘米的位置,接着弹出去。

侯陌懒洋洋地去捡球,之后拿着球拍站在了对面,把球打回给了随侯钰。

随侯钰接住球之后,再次抛球。

这一次他有准备了,听到侯陌指挥:"外角发球,左五。"

他快速扫了一眼对面的水瓶,接着发球。这一次打得很准,球因为撞击到水瓶改变了路线,就算这样也被侯陌抓到了,挥拍将球送还给了他。

侯陌看了一会儿,走过来:"你刚才想回我的反手上旋,但是姿势有点别扭,记得这种球需要转肩引拍,你的肩膀得是这种状态的……"说着双手握住随侯钰的肩膀,将他的肩膀调整到正确的状态。

"继续。"

两个人一直练习到夜里,还是冉述他们推门走进来,带来了一阵风吹倒了一个空的矿泉水瓶,他们才停下来。

冉述不由得震惊:"还、还真在这里呢?这么刻苦?发消息也不回。"

邓亦衡也跟着感叹:"我还以为格格训你们到现在呢,结果是在偷偷练习。"

随侯钰停下来解释:"我训练的时候没揣手机,下晚自习了?"

"嗯,放学了。"冉述背着包,手揣进口袋里都不舍得拿出来,坐在一边说道,"最近天、天越来越冷,我都不愿意去洗澡了,洗完澡得走五分钟才能到我们11号楼,太冷了。"

随侯钰走到一边拿起一瓶水喝了一口,说道:"忍忍吧,明年就回我们校区了。"

"回、回不去吧,你不得练网球吗?"

"哦……这怎么安排?"随侯钰扭头去问侯陌。

侯陌从他的手里拿走矿泉水,直接"咕咚咕咚"喝了几口,一瞬间水见了底。

随侯钰一怔,目光扫过瓶身,果然被撕开过包装,是侯陌的水……

他又喝错水了。

侯陌喝完水之后,回答:"学校还在商量,他们似乎想让新一届的高一过去,我们留下,不然太折腾了,之前关于军训的抗议声就很大。如果我们去那边校区,可能会在外面租用网球场地来训练,这些事情你不用担心。"

"哦。"

"不过,你确定你高三还打网球,不认认真真地准备高考?"侯陌看向随侯钰。

"不知道……"随侯钰没想过这个。

他和侯陌不一样。

侯陌是靠体育积分就能保送京华的人,他得正常参加高考才行。

侯陌没继续问,整理了东西后和他们结伴离开。

回去的路上,邓亦衡说:"大师兄、钰哥,周末一起出来呗,吕彦欹约我一起玩,想多叫点人。"

侯陌明显不想去:"叫上沈君璟不就行了?"

邓亦衡也很为难:"还是人多点好。而且,我们要去顾叔叔家里新开的店,做第一批体验,我和沈君璟两个'智商盆地',去了暴露短板。"

侯陌想了想后惊讶地问:"那个密室逃脱?这种地方你叫我?我一进门就交待在那儿了!"

解谜可以,但是请开灯,请在正常的环境下进行,不然侯陌当场表演一个抱头痛哭。

他从小就不进鬼屋,最近兴起的密室逃脱他也不行,他会全程尖叫加给别人捣乱,说不定队友得背着一个188厘米的男人出去。

随侯钰倒是很感兴趣:"湘家巷还有密室逃脱?"

邓亦衡回答:"对。我们这儿不是搞旅游业了嘛,顾叔叔家里有一栋楼靠近景区,原本都荒废了,后来突发奇想搞了一栋楼的密室逃脱,那旧楼还真适合!现在要试营业了,打算让我们去体验一下,给他一些反馈,免费的。"

随侯钰想了想后点头道:"我去。"

侯陌停下来看着随侯钰,纳闷地问:"你去?"

随侯钰坦然地说:"我喜欢玩这个。"

是了,按照随侯钰的特点,他的确喜欢做这种刺激的事情,挑战性强。

侯陌看了随侯钰半晌,最后发狠似的问邓亦衡:"约的几点?!"

邓亦衡一看这是要成了，乐呵呵地回答："周六上午十点。"

侯陌还是有点纠结。

不去吧，他不甘心，仿佛自己被孤立了。

去吧……随侯钰一准能看到他的屎样。

走了一会儿，他一咬牙还是决定跟着去，随侯钰又不是不知道他屎。

周六早晨，随侯钰起床洗漱。

洗漱完毕走出来，看一眼时间，已经九点钟了。吃过早饭，两个人骑着自行车去了顾叔叔的旧楼。

如今两个人已经有经验了，随侯钰坐在后座上尽可能远离侯陌。

到地方的时候，另外三个人已经在了。

"你们俩的卫衣搭配得挺好。"吕彦歆说完，扭头看向站在一边的两个黑衣人，这两位老双打搭档的风格也是十分统一。

他们一行人和顾叔叔打招呼后，被带到了第一关的房间。

一进去，侯陌便开始不自在，板着脸站在角落位置，还顺手抄起了一个称手的武器，说道："听说有工作人员NPC？"（注：NPC是Non-Player Character的缩写，是游戏中一种角色类型，意思是非玩家角色，指的是游戏中不受真人玩家操纵的游戏角色。）

"对，不过你别动手啊，还得赔钱。"邓亦衡四处打量着房间，打算找线索。

提到钱，侯陌就收敛了。

随侯钰在房间里翻看着桌面上的剧情介绍，说道："有主题的。"

邓亦衡跟着说道："钰哥，你负责动脑子，我服从命令听指挥。"

随侯钰拿着纸，再看看桌面上的方格阵，说道："我觉得密码和方格阵有关，我推算一下。"

在随侯钰推算的时候，突然响起了钟声。

钟是老式的落地钟，古铜色的钟身，外层的玻璃已经碎了，并非是碎裂的玻璃，而是一整块玻璃上有着从一点扩散、蜘蛛网般的裂痕。

钟摆晃动，发出钟鸣，声音十分洪亮，在狭小的房间里回荡。

侯陌被吓了一跳，赶紧跑到随侯钰身后，一个劲儿地念叨："钰哥、钰哥，钟响了。"

随侯钰没有反应，继续研究方格阵，提醒："别吵，我要听它响了多少声。"

"好吓人……"侯陌小声嘀咕。

其他三个人分散开去翻找线索。

随侯钰站在桌子前研究方格阵，侯陌一直黏着他。

邓亦衡再次找到了线索，兴奋地拿过来："钰哥，我找到了一张单子，上面好像有歌词，说不定有帮助……"一抬头，居然看到随侯钰坐在椅子上……睡着了……

"你小点声。"侯陌小声提醒，"你没看我都憋着没叫吗？"

在这么诡异的环境里，随侯钰睡得那么安稳。

这引得沈君璟和吕彦歆跟着看过来。

吕彦歆指着随侯钰说："这都能睡着，人才啊！"

邓亦衡说了随侯钰的情况，吕彦歆听得津津有味的，接着"哦哟"一声，捂着嘴"嘻嘻嘻"地笑。

她笑得侯陌浑身汗毛都竖起来了，颤颤巍巍地问："她怎么笑得那么诡异啊！瘆人！"

看到侯陌这副尿样，吕彦歆更是笑得停不下来，笑得越来越豪放。

此时最无助的是邓亦衡，他和沈君璟站在方格阵前，拿着各种线索研究了半天，也没研究明白，甚至想破门而出。

沈君璟有点无奈，哀求侯陌："大师兄，你能不能把钰哥叫醒？我们需要一个有脑子的人。"

"我不！"侯陌倔强地拒绝。

吕彦歆笑得眼泪都流下来了，如果顾叔叔在看监控，估计会觉得他们做的剧情不过关，居然能让人笑成这样。

她笑累了，才走过去跟着研究，十几分钟过去了，没有任何眉目。

邓亦衡沮丧地问："第一关就这么卡住了？我想得都脑袋疼了。"

吕彦歆又看了一眼，说道："钰哥倒是睡得挺香的。"

沈君璟再次去求侯陌："大师兄，打开门之后再让钰哥睡行吗？"

侯陌内心挣扎了一会儿，还是同意了。他也不想一直留在这里，于是将随侯钰叫醒。

随侯钰睁开眼睛，迷茫地站在一边左右看了看，好一会儿才缓过神来。

他走过去拿起线索，再去看方格阵，两分钟后就解开了。

他解开的一瞬间，其他人都沉默了，这鲜明的对比，让他们觉得，他们的脑袋恐怕只是一个摆设。

不过再看看侯陌吓得生活不能自理的样子，又觉得没什么了，他们至少没那么尿。

随侯钰让侯陌跟紧邓亦衡他们，带着他们走进长长的走廊，在走廊里寻找下一个要进入的房间。

他一边找，一边给其他人讲解："这个密室是有主题故事的，年代属于民国时期，这里的装修也是这个时期的。大体意思是一个富贵人家，因为一个女人没落了。"

吕彦歆听完，忍不住抱怨："怎么老是树立女性祸国殃民的形象？"

随侯钰解释："其实故事很老套，一个富贵人家的少爷和一个姑娘好了，但是他们两个人身份地位悬殊，家里强行给少爷娶了正房。姑娘本来已经放弃了，却被正房嫉妒，正房与家主（少爷的爷爷）合谋绑来这个姑娘给残暴鳏夫（少爷的二叔）续弦。曾经的眷侣可以在家中时常相见，废物少爷却只能看着心爱的姑娘被鳏夫家暴。我猜，后面是这个女人复仇的情节。"

吕彦歆听完撇嘴："故事听起来让人心里很不舒服。"

随侯钰问她："如果这个姑娘后来杀了这家人，连那个废物少爷也没放过，你怎么看？"

"那还不错。"

"所以……这里的设定是阴宅，死了很多人，全部都是惨死。"随侯钰在走廊里寻找线索的时候，看到挂着的报纸。

将报纸展开可以发现，报纸故意做旧过，上面印着文字，还有被血洇湿后的痕迹，做得还挺逼真的。

他看了一会儿说道："我猜得没错，这家人果然被灭门了，而且死得都很凄惨，每具尸体上都有无数的指甲抓痕，死因是失血过多，活活耗死的。"

他翻过报纸看了看背面，继续介绍："而且，警方没有找到凶手，民间传闻是鬼怪作祟，只是封了这个宅子。后来有小偷来这里想要偷走些值钱物品变卖，也惨死屋中，死状相同。"

听完这个故事，侯陌更害怕了，有些无奈地问："既然这样，我们为什么要出现在这里？"

随侯钰神采奕奕地回答："探险，不觉得很有意思吗？"

侯陌摇头："不觉得。"

"扫兴。"随侯钰不爽地翻了一个白眼。

就在这时，他们突然听到一阵奇怪的声音。

五个人同时安静下来。

这回算是听清了，是高跟鞋"嗒嗒"上楼的声音。

几个人不约而同地朝着前方楼梯口看过去。

整栋楼所有窗户被封，没有阳光投进来，只能通过室内的灯光来看清周围。

走廊前方是无尽的黑，只有楼梯从下往上透出了一抹暗红色的光亮。这光透着诡谲，角度刁钻，让地面上的影子像是从楼梯间爬上来的。

高跟鞋的主人是从地下室走上来的。

他们首先看到的是一只扶着复古木质楼梯扶手的手，手臂纤细白皙，手指修长，最醒目的是过长的红色指甲。

看到那只手的一瞬间，几个人身上的鸡皮疙瘩都起来了。

侯陌当时站在外围，第一个看清了那个女人的样子。

她穿着红色的绣花旗袍，还穿着红色的高跟鞋。一头黑色的发丝盘着，看起来十分端庄。

如果她扭过头看向他们的时候，那过分苍白的脸上没有血泪，眼珠不是全白的话，他们说不定会觉得这个女的蛮好看的。

似乎是有灯光配合，昏暗的走廊灯光快速闪烁，接着全灭。

整个房子陷入黑暗之中。

与此同时传来了女人的嘶吼声，那声音竟然以诡异的速度由远至近，最后几乎是在他们身边发出来的。

侯陌在这一瞬间几乎是下意识在行动。

他大脑一片空白后冲过去拉起了随侯钰就往回跑。

另外三个人也跟着跑。

混乱中跑入一间房,邓亦衡迅速关上门,剧烈地喘气着,惊魂未定。

随侯钰狼狈地整理自己的衣服,抱怨:"我以前玩密室的时候都觉得没什么意思,今天有你烘托气氛,倒是变得比以前恐怖了。老板都不用找NPC,每次进来顾客派你去做队友,就够他们害怕的了。"

邓亦衡靠着门,似乎是怕那个女人进来。

屋子里一片安静,他们听到了外面的高跟鞋声,在他们所在的房间门口停住,之后便没有任何声音了。

没有敲门,也没有硬闯,就那么一直静止不动,这才是最吓人的。

侯陌坐在椅子上,身体缩成一团并抱着腿,委屈巴巴地说:"我不玩了……"

邓亦衡小声问:"她不会一直在门口吧?"

随侯钰摇头:"一般游戏里都会一开场出来一个大 Boss,给玩家一个下马威。她是这个故事里的主要人物,估计是最终 Boss,开场来吓我们一下,中间是小人物,最后才是她。"

邓亦衡依旧特别小声,仿佛声音大了,女鬼就会发现他们在屋里一样:"一会儿会有一个开门杀吗?"

"我猜,开门后她已经不在门口了,游戏继续。"

"可是没离开的高跟鞋声啊!"

随侯钰用看笨蛋的眼神看着邓亦衡:"把鞋脱了,光着脚踮脚走不就没声音了?你小时候偷偷跑出去玩没这么做过吗?"

邓亦衡冷静下来想象了一下,突然笑了:"脑补完突然觉得没那么恐怖了。"

随侯钰开始在房间里翻找,说道:"他们应该给我们留照明设备了。"说着走到角落的位置看了一眼,笑了,人家桌面上就放着一盏油灯,他们都当成是房间的装饰物了。

他拿起油灯看了看，又在房间里找到了说明书，点燃了油灯。

这油灯火光忽明忽暗，光影摇曳，增加了恐怖气氛。

随侯钰拎着油灯说："我当开路的坦克，你们跟在我后面。"

这时，侯陌再次幽幽地说道："钰哥……"

随侯钰回头看了侯陌一眼，随后叹了一口气，对侯陌招了招手。

等侯陌走到他身边之后，他拉住侯陌的衣服，说："我拉着你，行吧？"

"嗯。"

随侯钰慢慢地打开门，门外果然没有人。

他拿着油灯四处照了照，打算寻找线索，指挥侯陌："那个拿过来我看看。"

"我不敢。"

"那我松手了。"

侯陌最后还是咬牙拿过来，举着给随侯钰看。

邓亦衡多了一些嫌弃："我突然觉得我们枫华的校霸特别丢人，根本拿不出手。"

走廊里是方格阵的地板，暗红色和黑色相间，远处融入黑暗中的地板，从视觉上讲像是带着锋利尖端的菱形。

灯光照耀下，走廊里多了一丝诡异的感觉。

地板仿佛是翻鱼肚白，他们所在的地方是拱起来的，有一种鱼眼的效果，明明踩在上面没有任何不平的感觉。

走廊里有黑色的幕布，时不时被阵阵冷风吹动，连带着上面的蜘蛛网一同晃动。

墙壁两侧有着奇奇怪怪的壁画，或狰狞，或阴森。

随侯钰拎着油灯照着其中一张画像，画像中的人眼珠是跟着他们转的，他们到哪儿，眼珠转到哪儿。

随侯钰特意往后退一步重新走，接着再退回去。

他本来还想再来一次，却听到了邓亦衡的提醒："钰哥，大师兄要被你玩坏了。"

他这才拎着油灯照侯陌的脸。

侯陌委屈巴巴地看着他，什么都没说，只是有些自闭了。

对于一个小嘴叭叭个没完的人来说，沉默，就是他最大的不正常。

随侯钰特意看了看通往地下室的楼梯，楼梯间有一道铁栏门，上面挂着锁链。

他回头说道："这里恐怕是最后的关卡，进入地下室里寻找最后的秘密，我们要先去其他的房间找钥匙。"

侯陌颤颤巍巍地问："不是找出口吗？"

"我们是有任务的。"随侯钰从口袋里拿出剧情介绍，"我们是新上任的警探，如果能够查出这里的秘密，就能升职。不过，我们进来后就被困住了，所以找逃生通道的同时还要寻找线索。"

侯陌做了一个深呼吸，接着说道："冲。"

"好的。"

后半程随侯钰没有睡着，这个密室逃脱进行得还挺顺利的。

侯陌除了偶尔增加一些恐怖感外，倒也没添乱。

随侯钰翻看着找到的日记本，说道："是小少爷（少爷的弟弟）的日记：7月6日，今天她又被打了。我看到嫂子到二叔那里哭诉，嫂子出来后她便被打了。她哭得那么大声，撕心裂肺地哭了一晚上。"

吕彦歆听完，单手扶着书架，"啧啧"了两声后说道："这是正房去挑拨离间了，八成是哭诉自己老公和女主角暧昧不清，那个二叔觉得被绿就家暴了。"

随侯钰暴躁地合上日记本，气得扔了回去："家暴活该死。"

吕彦歆看着随侯钰倒是觉得有意思，不过还是拱手说道："日记还是得继续看的，我们得找线索啊！"

随侯钰又抓起日记本丢给侯陌："你看。"

侯陌拿过来继续翻看，说道："我看也来气啊，不知道被搭档揍算不算家暴。"

"我为什么揍你，你自己心里没点数吗？再说我每次下重手了吗？"

"双标。"侯陌嘟囔了一句。

"……"

随侯钰真的无语，他们要是认真打胜率能五五分，他对侯陌的椅子、书包下手的次数更多,侯陌幽怨个什么劲儿呢?

这本日记用很浅显的句子,记录了家变。

第一个去世的不是二叔,而是屁包少爷,死在府中的狗棚位置。其浑身被抓烂,眼睛圆睁,府中管家几次尝试,都没能让少爷闭上眼睛。

自此,府中陷入了崩溃和恐慌之中。

之前的正房成了寡妇,家主也仿佛一夜之间老了十岁。

而女主角似乎是讨了二叔的欢心,且有人证明不是女主角所为,所以女主角没事。

后来正房被指出与府中家丁通奸,却因为娘家有背景没有被为难,可之后在家中受尽了冷落,且被禁足。

后来,有人发现正房夫人死在了房间里,死亡三天后才被人发现,是同样的惨状。

之后去世的是二叔。

女主角成了寡妇。

随侯钰听了一会儿后说道:"女主角是想,直接让他们死了太便宜他们了,必须要让他们体验到失去至亲的感觉后,痛不欲生地死去。"

侯陌看着日记点头:"没错,少爷先死,那些阻拦他们的人都会痛苦。接着正房死,正房娘家来闹,让这家人家道中落。这个时候,二叔也去世了,让家主再次白发人送黑发人。"

往后翻,没有日记了。

侯陌放下日记:"之后死的是小少爷。"

吕彦歆鸡皮疙瘩起来了,看向侯陌问:"你不怕了吗?"

侯陌转过头来给吕彦歆看自己的眼眶:"看到眼泪没?我现在最大的坚强是让它不流出来。"

吕彦歆又笑了起来,笑得像只老母鸡。

后期依旧是破解密码,找线索,找钥匙。

这期间还出现了其他的NPC,其中有一段是需要跟着小少爷去他的秘密基地。结果侯陌不敢去,是被邓亦衡和沈君璟架着去的。

最终,他们需要在女主角的视线范围外,去地下室寻找线索。

关底的难度是女主角会在地下室里徘徊，他们需要躲避女主角，找到地下室中的关键证据。如果被女主角抓住了，他们恐怕也会中蛊。

蛊。

女主角以身祭蛊，让蛊帮自己报仇。

随侯钰蹲在角落位置，认认真真地读着祭蛊的步骤，还有女主角拥有最后意识时写的忏悔书。

初期她还能控制自己，只杀自己想杀的人，到小少爷那里已经被蛊支配了身体，开始滥杀无辜。

此时徘徊的女主角并非鬼怪，而是被蛊支配的身体。

她的指甲里有蛊毒，如果被她的指甲抓到，也会中蛊。

一行人拿到证据朝外走的时候，女主角还是发现了他们，嘶吼着追赶。

侯陌吓得扯着随侯钰的衣服大叫着狂奔，背地图技能满分，瞬间找到出口，并且准确地找到了锁眼开门出去。

一系列动作下来干净利落，看得随侯钰目瞪口呆。

成功通关后，一行人走出来。

吕彦歆大大咧咧地说："剧情有点狗血，但是挺爽的，该死的人都死了。不过小少爷不坏，死了怪可惜的。"

邓亦衡也跟着说："对，还是挺刺激的，效果做得也挺好，还有空调吹的那个冷风，真的瘆得慌。"

沈君璟则频频回头，看向那边谈判的两个人。

走出门后，随侯钰就被侯陌拽到了角落位置站好。

随侯钰身后靠着墙，看着站在自己面前白白嫩嫩的大个子，气势汹汹却眼泪汪汪地问："钰哥，以后别来这种危险的地方了行吗？"

"我们也没强迫你来。"

"我们不是搭档吗？"

"嗯嗯，难为你了。"随侯钰拍了拍侯陌的后背，敷衍地安慰。

第二章

你很好，特别好

到了小区楼底下，侯陌锁车时，便看到随侯钰朝着一个人走了过去。

他抬头，正巧看到徐柚壹站起身来走向随侯钰说了什么，那架势，似乎在楼底下等了很久了。

随侯钰站在她的面前，低头看着她，背对着，侯陌看不到他的表情。

随侯钰沉默了一会儿后回头对侯陌喊道："我先带她回去，你回家吧。"

随侯钰带着徐柚壹上了楼，打开密码锁进了民宿房门，接着关上了门。

侯陌在后面跟着，上楼梯时正巧看到他们一起进去，没来得及说句话，门已经关上了。

他迟疑了一会儿，回了自己家里。

他拿出手机看了看微信列表，想询问冉述随侯钰和徐柚壹到底是什么关系，突然想起自己被冉述拉黑了，又放下手机。

正郁闷呢，突然收到了随侯钰的微信消息：过来做饭，我饿了。

侯陌拿着手机骂："什么毛病！"接着站起身来气势汹汹地去了。

侯陌走到随侯钰的住所门口，迟疑了一会儿，直接开门走了进去。

随侯钰抬眼问："空手来的？"

"哈？"侯陌怔了一下。

"我家里什么食材都没有啊！"随侯钰解释。

"哦。那你想吃什么，我回家看看有没有。"

随侯钰回头问徐柚壹:"你想吃什么?"

"我都行!按照你们的食谱吃就行。"徐柚壹特别懂事地回答,说话的时候都小心翼翼的。

随侯钰随口道:"你家里有什么吃什么吧。"

侯陌拽着他一起离开:"你直接跟我上去挑。"

走出去后,门刚关上侯陌就开始絮叨:"随侯钰你不要脸,我给你做饭都是给你面子了,你还让我给一个我不认识的小姑娘做?"

随侯钰被骂得有点蒙:"顺手带一口饭就行,她吃得少,我给你钱。"

"是钱的事吗?我凭什么伺候她?"

随侯钰看了侯陌半响,点头:"行,不用你做了,我带她出去吃,省得你在这儿叨叨叨的。"

说着,他扭头要往回走,却被侯陌拽住:"你去哪儿吃啊?"

"我去之前那个饭馆,我吃老三样,给她点别的。"

"呵,想得挺简单?"

"我带去饭馆吃饭怎么了?"

侯陌气得咬牙切齿:"你只要带她过去一次,扭头十里八村都能传你绯闻,在湘家巷,影响多不好!"

随侯钰半天没想明白:"我带我妹吃个饭怎么了?"

"你……你什么?"侯陌愤怒的表情来了个急刹车,收起来时还有那么些突兀。

"她是我继妹,重组家庭懂吗?"

"……"

看着随侯钰,侯陌闭了嘴,快速消化这个消息。

随侯钰白了侯陌一眼:"不爱做就直说,发什么火?我这就把之前的饭钱都给你转过去,还有劳务费行不行?一顿饭给你二百劳务费。"

侯陌赶紧拦住了,按着他的手机不让他操作,顺带推着他上楼,一路推到了自己家门口,问:"咱妹怎么突然过来了?"变脸比翻书都快。

"咱妹?谁是你妹妹?!"

"你妹妹就是我妹妹,咱俩是搭档啊,我应该照顾妹妹。"

"关你屁事,你不是不爱做吗?"

"谁说的,我最爱做饭了。"侯陌说完,打开门让两个人都进去,走到冰箱前打开冰箱门给随侯钰看,"你想吃什么?咱妹喜欢吃点啥?不够我下楼买去,菜市场我熟,跑着去跑着回,可快了。"

随侯钰没看冰箱,而是上下打量侯陌,问:"真愿意做还是假愿意?我不为难你。"

"真愿意!"侯陌拍着胸脯保证,接着问,"你妹妹怎么突然过来了?"

随侯钰叹了一口气,垂着眼说道:"提起这个我就气,今天她住我那里,我来你这里凑合一晚,晚上跟你说。"

"行,我做两个菜行吗?做多了我怕等得太久,顺便拌个黄瓜,也能算道凉菜,凑三个。"侯陌说着往外拿菜,摆在一边的料理台上。

"嗯。"随侯钰在一边等着。

随侯钰见侯陌打算在他自己家里做饭,便低头给徐柚壹发了消息,告诉她等一会儿回去。

放下手机后,随侯钰左右看了看。

这里是很老式的装修,并没有他住的民宿看起来有时尚感,多是纯木家具,温馨,并且收拾得很整洁,看得出来侯妈妈和侯陌都是很爱干净的人。

他随便看了看后,拽过来一个椅子坐在了厨房门口,问:"你家里有药膏吗?"

"什么药膏?"侯陌切着菜问。

"化瘀膏之类的。"

"你在密室里撞到了?"侯陌说着走过来,拎起随侯钰的手臂来回检查。

随侯钰很快收回了手臂:"没有,我妹妹用。"

"她又被欺负了?"他记得徐柚壹似乎被高一的学生孤立了。

"我继父打她了。"

"你继父还打人?"侯陌音量都提高了些许。

随侯钰点了点头,接着解释:"第一次打人,用鸡毛掸子打了几下,她就逃出来了。"

"因为什么啊?"

"晚上和你说。"

侯陌没再问，重新回到厨房做菜。

侯陌和随侯钰拎着食盒下楼后，侯陌特别热情，吓得徐柚壹直往随侯钰身后躲。

随侯钰只能解释："他是我双打搭档，我们前阵子去比赛了。"

"嗯，我听说了，你们还拿到亚军了对不对？"徐柚壹说话的时候声音柔柔的，对着随侯钰甜美地笑。

侯陌递过筷子，说："对，以后你要是有事情了找不到随侯钰，找我也行，以后我也是你哥。"

随侯钰在旁边冷冷地说道："找你也是问一句'我哥在哪儿呢'，多一个字都不会跟你说的。"

侯陌给随侯钰夹菜的时候问："冉述也是这个待遇？"

"嗯。"

"那我就平衡了。"侯陌执着于跟冉述比。

"哥，你以后都会做体育生吗？"徐柚壹问随侯钰。

随侯钰随口回答："没想过，反正现在不会放弃，我想拿一次第一。"

徐柚壹继续问："那拿完第一之后呢？"

随侯钰扭头看向侯陌。

侯陌对他微笑："你高考更重要。"

随侯钰到最后也只是说了一句："再说吧。"

三个人吃完饭后，徐柚壹一个劲儿地偷看侯陌，接着看向随侯钰。

随侯钰看得明白，说道："不用在意他，有事你直接说吧，没事。"

徐柚壹小幅度地点头，接着问："哥，你会回家吗？"

"不想回去。"随侯钰在房间里来回走，收拾自己的东西，打算一会儿去侯陌家里借住。

"那你……还生我气吗？"徐柚壹又问。

随侯钰的动作稍微停顿，随后如实回答："其实我还是生气的，但是，现在算是理解你了吧，这件事情本来也不是我们两个人能控制的。"

随侯钰收拾完东西，走到门口换鞋："你在这里随便住，东西随便用，柜子里有一次性的洗漱用品。"

"嗯，好。"徐柚壹扫了房间一眼。

这段时间哥哥都是住在这里吗？

随侯钰跟着侯陌再次到了他家里，走进他的房间。

侯陌整理的工夫，扭头问随侯钰："说吧，家里怎么回事，我看你似乎不太想提起。"

"我妈再婚了这事不用我说了吧？"

"嗯，我已经能猜到了。"

随侯钰靠着椅背，懒洋洋地继续开口："有一阵，我妈妈突然把我送进了精神病院，封闭治疗了几个月的时间，这期间她没有来看过我一次。把我从医院里接出来后先让我去洗漱，接着做发型，换一身得体的衣服，一路上都在交代我，要听话，不要闹事。"

"带你去见继父？"

随侯钰扯着嘴角冷笑了一声："不全是。她带我去了新家，我到了家里才知道，她趁我在医院时再婚了。把我送到医院去，可能只是不想让继父知道我的病史，或者是怕我捣乱，影响他们结婚。"

他此时说得轻松，侯陌却注意到，他说话的时候握紧了拳头。

可想而知，就算这么多年过去了，他还是恨的。

他知道，他被自己的亲生母亲当成了累赘。

一个疯孩子。

一个精神病。

随侯钰继续说："我体谅她，没闹，也没发作。那阵子我刚刚接受过治疗，脑袋有点迷糊，反应很慢，记忆力也有所下降。加上学校想让我降级，我拼了命地学习，所以也还好。只是那时候我求我爸找你爸爸，加了你微信，你不理我，我失落了一阵子。"

"对不起。"

"没事，早就不在意了，毕竟你当时也不好受。"

随侯钰迟疑了一会儿，才继续说下去："我初中突然发现我继父不太对劲，有骗婚的嫌疑，有时还会骚扰我，自那以后，我特别排斥别人靠近我。"

侯陌眉头蹙起后就没松开。

这种家庭情况,到谁那里都会糟心。

随侯钰继续说道:"之后我做的事情,现在想想还有点傻。"

"你和继父闹起来了?"

随侯钰摇头:"没,我直接告诉我妈妈,继父是骗婚,还说了继父异常的举动。我的继父一直都是文质彬彬的模样,标准的伪君子,隐藏得特别好。他听到后不但不慌张,还反过来安慰我,说知道我不喜欢母亲再婚,他会好好对我和妈妈的。我妈妈当场发飙了,和我闹得厉害,觉得我在撒谎。"

"这个继父很有心机啊。"

"是我蠢,觉得理直气壮就去了。我还叫来妹妹做证,因为妹妹也知道继父行为怪异。结果关键时刻她撒谎了,她说她什么都不知道。这使得我妈妈完全不信我。"

侯陌指着楼下的方向问:"就是刚才来的那个?"

"对,就是她,所以我前阵子和她闹得特别僵,我觉得她应该帮我,不应该瞒着我妈妈,让她爸爸继续欺骗。她当时解释说是不想父母离婚。我气得不行。"

"现在她被打了,你又心软了?"

"我之前确实只考虑我自己和妈妈了,没考虑到她,如果她真的帮我做证了,她之后会怎么样?她爸爸会怎么对待她?而且,现在继父因为猜忌她和我妈妈说了什么,就动手打了她,如果她当时做证了,岂不是更严重?她以后是要跟继父一起生活的。"

侯陌伸手揉了揉随侯钰的头:"其实你没做错……"

"可是我搅得家里不得安宁,我妈妈每天都很崩溃,她总说我不但有病,还撒谎,心都是脏的。"

"这件事情你确实应该告诉她,她应该知道。可是她不信任自己的儿子,在之前还那么对待你,是她做得不好。而且,如果是骗婚就要离,这种不能容忍,不是你的问题,是你的继父有问题。"

随侯钰表情里隐藏着难过,眼眸里有沉郁的池沼,瘴气缭绕。

现在,侯陌算是明白随侯钰为什么出来住了。估计这些年里,他家里都不太平,他一直想要脱离那个家。

直到高二的暑假，他终于脱离了出来。

这对他来说是一种解脱，他自然不愿意回去。

"其实他们不离婚也挺好，我妈妈结婚时就有所隐瞒，她隐瞒了自己有一个不正常的儿子，还隐瞒了自己身上恐怕有狂躁症遗传基因。和继父半斤八两，他们两个人凑合过得了。"随侯钰再次开口，发泄似的说道。

侯陌走过来，轻轻抱了一下随侯钰安慰："别说气话，你并不是不正常，你很好，特别好。"

随侯钰没有接话，突然说："我困了。"

刚巧这个时候侯妈妈开门走进来。

侯陌跟侯妈妈解释："妈，我同学在这里住一宿。"

"嗯。"侯妈妈点头。

随侯钰赶紧走出来，跟侯妈妈问好。

侯妈妈边换鞋边问侯陌："他怎么不在楼下住了？"

"他妹妹来了，腾地方。"

"哦。"

"用不用我辅导你们功课？"

"一会儿我问问钰哥，他之前说他困了，不一定愿意补。"

"行。"

随侯钰听到，立即说："学！"

侯妈笑眯眯地问："你不是困了吗？"

"我总算找到你偷偷学习的痕迹了，原来你的秘诀在这儿呢，我要学！以后我都来。"

"行。"侯陌乐了，回房间里拿出书本来。

侯妈妈是一个特别温柔的人，就是说话声音太小了。

随侯钰需要聚精会神地去听，才能听清，后果就是他坐久了就浑身难受，来回换着姿势。

另外两个人也不在意他的小动作，侯陌继续听讲，侯妈妈继续教。

真别说，侯妈妈做题有自己的一套方法，还有学神级别的总结能力，困难的问题也能讲得浅显易懂。

补课结束后回到房间里，随侯钰小声问："阿姨讲课挺好啊，做家教教冉述那样的富二代学生一个月不少赚呢,怎么不给学生补课?"

侯陌摇了摇头:"不行,我妈妈身体不好,生气都会心绞痛,太累了也会心跳加速。她现在这两样零工我都不想让她做,但是她自己闲不住,就让她干去吧。"

"心脏有问题?"

"嗯,当年进过ICU,心脏很脆弱。"

随侯钰不再问了,躺在床上陷入沉思,似乎每个家庭都有各自的问题。

临上学的早晨,侯妈妈特意拎来两个袋子给了侯陌和随侯钰:"我看你们两个人赢了比赛,算是送你们的礼物,我昨天去买的。"

随侯钰是那种别人对自己好会不太好意思的人,尤其是侯家这种情况,随侯钰犹豫着接过来:"这……破费了不好吧?"

"没事的,拿着吧。"侯妈妈笑着说道,送他们出门,"路上小心。"

侯陌拎着袋子,先看看logo,再扒开看了看,随后说道:"做好心理准备。"

"怎么?"

"我妈妈的眼光……很……可爱。"

"什么意思?"

"就是我不太理解的审美,我懂事后就是我自己买衣服了。"

两个人结伴下楼后,看到徐柚壹站在门口等他们,显然听到了刚才的对话。

她忍不住扫了侯陌好几眼,总觉得侯陌很神奇,居然能在这么短的时间内和随侯钰这么要好。

要知道,随侯钰并不是一个好相处的人。

随侯钰没注意徐柚壹,只是拎着袋子特别迷茫地看了看。

白天不方便,直到晚上回寝室,随侯钰才打开袋子。

侯妈妈送的是一套睡衣。

睡衣是黑色的,其他地方也没有什么过分的装饰,在胸口口袋上有一只小黄鸡而已。

其实……也还行。

随侯钰套上睡衣之后低头看了看，惊奇地发现这睡衣居然是喇叭裤，他这么细的腿，大腿处都微微紧身。

这板型……这……

侯陌在这个时候穿上了自己的那套，和随侯钰的睡衣是同一系列的，也有一只小黄鸡，好在不是紧身喇叭裤。

侯陌穿上后说道："我妈妈就是这种喜好，我小时候床单是草莓的，窗帘印着小兔子，书包都是碎花的。"

随侯钰："……"

侯陌站在玻璃前看着玻璃上自己的身影，嘟囔："扛了一身小鸡崽。"

这时冉述进寝室了，感叹道："钰哥，这、这、这是什么前卫的睡衣啊？"

随侯钰凶狠地反驳："我喜欢，你管得着吗？！"

赛季结束后的放松期转眼间便过去了。

这种放松的时间他们每年都会有几次，先不说长期强压训练会造成单侧肌群和器官功能的发育受限，影响体内生化平衡，造成运动损伤这些隐患。

持续高强度训练，长期重复枯燥乏味的日常，也会导致体育生在心理发育成熟之前提前放弃。

恢复训练之前，王教练特意叫走了随侯钰和冉述。

在去办公室的路上，王教练随口问道："冉述，你还打不打算比赛？不比赛体育生的福利你恐怕就不能享有了。"

冉述一个劲摇头："我就跟、跟着练练就行了，这身运动服实在不行你就收上去？"

"跟着练可以，运动服也不用收，不过你得单独交餐食费和运动服的费用给学校，其他都和高一新生一个待遇。"

冉述思考了一会儿看向随侯钰，接着点头："行。"

这要是平时，他肯定都不会迟疑。

不过，他最近情况特殊，让他有一瞬间的犹豫。为了不让随侯钰发现端倪，他还是答应下来了。

三个人进入办公室，便看到欧阳格在冰箱前翻东西吃呢。

见王教练带着自己班的学生进来了，欧阳格有一瞬间想关冰箱门，过了一会儿还是继续翻了，还问王教练："老王，要不要冰棍？"

"学生的？"王教练笑呵呵地问。

同为体育老师，王教练和欧阳格也算熟悉。

欧阳格回答得理直气壮："嗯，他们放我这儿就有心理准备了。"

王教练摆了摆手，说道："我和他们谈完再吃。"

欧阳格捧着一桶麦丽素，站在他们旁边跟着听，一边听还一边吃，馋得随侯钰看了欧阳格好几眼。

王教练在办公室里其实都没有正经的办公桌，仅有一张椅子、一个柜子，柜子上有一个小台子，能放王教练的小册子这些东西。

王教练拿出册子来，对随侯钰和冉述问道："马上就要进行专项化训练了，强度会高出很多，所以我要先询问你们两个人的意思。"

随侯钰当即表示："我可以。"

冉述也跟着点头："我努力。"

王教练拿出两张表格，分别写了随侯钰和冉述的名字，说道："你们两个人情况比较特殊，是高二进入队伍的。我们之后的训练是高一和高二分开，两个年级的体育生训练强度完全不同。侯陌他们在此之前都经历过能力成形阶段的训练，你们并没有，突然这样高强度训练的话，恐怕会很难坚持下去。"

运动启蒙阶段随侯钰已经开始在补习机构里常驻了，到运动能力形成的阶段，随侯钰练习得比较多的是散打和舞蹈。

直接进入专项化训练，他觉得不是问题，只是看向冉述。

冉述赶紧说道："我行！"

王教练继续说道："其实我可以给你们另一个选择，专项化训练的期间，你们可以跟着高一新生一起，等到需要随侯钰和侯陌配合的训练，再和高二生一起，这样你们还能有个过渡，高一的训练强度会弱一点。"

随侯钰看向冉述："要不你和高一一起吧。"

"我和、和你一起，不然我训它干吗？"

王教练再次说道："这个不着急，你们可以先感受一下再决定。你们两个人情况特殊，其他人也都能理解，不用好面子。"

两个人一起点头。

王教练看着表格继续说："这段时间，你们要自己注意主要肌群的训练，比如主动肌。随侯钰一个人添加战术积累课程，其间配合有氧运动，网球对耐力要求也很高。我们也会安排游泳课，游泳能最大限度地减少施加在你们关节上的负荷。"

欧阳格吃着麦丽素开口："其实不用说这么详细，你到时候把训练表给他们，让他们做好心理准备就行了。"

王教练迟疑着回答："得让他们参与到训练计划的决定里啊。"

"你让侯陌坐这儿，他能跟你聊半天，顺便能把你安排得明明白白的。随侯钰和冉述在网球方面是半个小白，你说的专项化训练都有什么他们心里都没数呢，聊这个没用。你先让他们感受一把，然后再询问他们的意见，比现在问有用多了。"

王教练笑了起来，点头认可了这个说法："你说得对。"接着再次看向随侯钰，"还有个事，我吧，想让你做个队长。"

随侯钰吃了一惊："队长？我对网球并没有太了解，没办法做队长吧？"

"网球不是排球那种群体项目需要指挥，网球队的队长能管住那群兔崽子就行。我之前安排侯陌做队长，他不愿意，嫌麻烦，整天一副被迫营业的样子。桑献更不行了，两脚踢不出一个屁来，其他人都是小屁孩一个，就你来吧。"

"你觉得我能管住他们？"

"你能管住侯陌就行，其他人侯陌就会帮你管了。"

"……"

随侯钰真不知道自己这个队长当得是什么意思。

班长挂个名头，全靠别人帮忙，现在队长也是。

欧阳格和王教练根本就是一个路子。

冉述倒是很开心："挺、挺好啊，钰哥最近净当官了。"

随侯钰张嘴想拒绝，声音还没发出来，便听到王教练再次说道："那就靠你了。"

随侯钰身为最后进入网球队的队员，却莫名其妙地成了队长。

之后王教练给了他们两个人表格,顺便说:"把苏安怡叫来,最近有她忙的了。"

"好。"随侯钰回答完拿着表格起身,看着上面写着的项目名称,依旧不知道训练内容是什么。

比如:复杂空间定位训练、预测能力改善训练等。

等练的时候再说吧。

一天的训练结束后,冉述鬼鬼祟祟地跟着桑献去了更衣室。

更衣室里还有其他人在和桑献聊天,冉述有点放不开,站在旁边等着那些人离开。

桑献早就发现冉述似乎有事要找他,和身边的人说了一句:"你们先去洗澡吧,我在这里缓一会儿再去。"

"嗯,拜拜。"那些人很快离开了。

等那些人离开,桑献看向冉述,说道:"有事?"

冉述左右看了看,又开门探头出去看,注意到随侯钰和侯陌还在练呢,赶紧重新关上门,并且反锁上了。

桑献诧异地看向他,十分不解。

冉述有点尴尬,和桑献四目相对后先是傻笑,长得挺机灵的,难得笑得有点憨,半天说不出来话。

桑献也不着急,打开自己的柜子,脱下运动服后拿着毛巾擦了擦汗。

冉述立即夸了一句:"肌肉真不错。"

"不觉得油腻了?"

"实不相瞒,我、我看除了钰哥之外的帅哥,都觉得油腻。"

"哦……"

"那个……"冉述犹豫着,围着桑献转了一个圈,换了一个角度问他,"我帮你擦啊?"

"不用。"

"那……"

"有事说事。"

"你能不能借我点钱?"冉述赶紧说了出来,接着表情苦兮兮地解释,

"我、我帮着钰哥挡着我妈和他妈妈找他,我妈一生气,把我的零花钱断了。我、我还不能和钰哥说,不然钰哥就得为了我回家了,我不想他难受。苏安怡那边也不敢告诉,不然她一准跟钰哥说。"

桑献拿出自己的衣服套上,整理好后转身看向冉述,还没开口说话,冉述又急急地补充:"我不是、是得自费进队了嘛,钱一下子就不够了。我这边有钱了,立即还给你。"

在冉述的概念里,桑献是他认识的人里最有钱的,估计可以借他一些。

"要多少?"桑献依旧是低沉的声音,标准的低音炮。

平时冉述总觉得桑献是故意端着说话,没想到这三个字让冉述一瞬间改变了印象,这声音简直就是天籁啊!

"先、先来个十万吧,够我花一两个月了。"

"行,转到哪里?"桑献说着拿出手机来,看着手机屏幕问。

冉述赶紧把自己的账号给桑献发过去,桑献复制后发给了另外一个人,打了几个字,接着收起手机继续收拾自己的包。

冉述一直盯着桑献看,等了不到三分钟,便收到了消息提示,钱到账了。

真利索。

冉述第一次跟人借钱,想了想后问桑献:"要、要不我写个借条给你吧?"

桑献没再看他,背起包往外走,打开了反锁的门说道:"一会儿我推给你一个名片,你和他对接吧,我嫌麻烦。"

这点钱,桑献都不愿意浪费时间,还不如赶紧去洗澡。

冉述借钱手短,态度很好地答应了。

等桑献走远了,冉述才盯着手机感叹:"这、这不仅仅是长了一张霸总脸,做事也很豪横。"

不过,他很快就开心了,有钱了,心里就有底了,他还能帮随侯钰挡一阵子。

回到寝室后,冉述陪着随侯钰在水房里洗袜子。

他们11号寝室楼都没有投币洗衣机,条件非常艰苦,来这里住就是一场修行。

冉述依旧没有禁食的觉悟,含着棒棒糖,站在随侯钰身边看着水房里的镜子,看到桑献和侯陌在走廊里聊天呢。

看了一会儿,他突然拿出棒棒糖,用棒棒糖指着镜子说:"你看看,他三分凉薄,三分讥讽,四分漫不经心地笑了……"

随侯钰抬头看过去,第一眼看到了侯陌那个憨憨,也没觉得笑容有什么问题,于是问:"什么意思?"

"你说,桑献是不是有人设,不然他怎么把霸总的感觉拿捏得那么稳?"

哦,说的不是侯陌。于是他看向桑献,没看出来什么不对劲的地方。

侯陌和桑献聊什么呢?聊得那么开心。

他到现在都没弄明白两个人的关系。

他继续低头洗袜子:"不知道。"

与此同时。

侯陌特别开心地跟桑献炫耀:"王教练让钰哥当队长,肯定是冲着我来的,他们都知我和钰哥关系好,想让我顺便帮忙管着。唉,王教练心机太深了……"

桑献看着他的样子没忍住笑:"你还挺开心的?"

"那是,这是对我和钰哥的认可!不就代理队长嘛,小事。"侯陌欣然接受了。

"嗯,那你加油。"

刚恢复训练,网球队的队员们都有点皮。

他们队伍训练,需要的网球数量巨大。

王教练因为自己开店有渠道,可以用进货价拿到新网球,厂区位置偏僻,他必须亲自去。

今天正好来货了,王教练直接开车去了厂区。

队员们趁着王教练没在学校,偷偷用链锁把训练室的大门给锁上了。

在东北,这个月份已经很冷了,他们只能进入室内训练。

训练场外的树叶落了一地，淌成暗金色的河，横在训练场地的角落。

暑去冬来，冷风瑟瑟，一众球员却聚集在训练室的门口。几个男生还在打闹，等着苏安怡过来宣布时间到，让他们回去休息。

随侯钰伸手拎起链锁看了看，又扭头看向侯陌，侯陌只能回头问："钥匙在谁那儿呢？"

没人回答。

侯陌也不生气，走过去站在人前看着他们，笑着问："当我最近脾气好了？"

这回终于有人说话了："在教室呢，没拿过来，我去拿吧。"

侯陌能做校霸不是因为他多爱闹事、打架，而是因为在前枫华高中能一呼百应的，就只有侯陌一个人。

久而久之，侯陌就有了当时的"江湖地位"。

苏安怡走过来看了一眼链锁，冷冰冰地说："不用了。"说着走到了链锁旁边，用手握住拧了一个劲儿，接着用力一拽。

所有人都听到了大门晃动的声响，充满了震撼力。有人看到墙壁都在掉尘埃，赶紧躲远了。

接着，苏安怡拎起拽断了的链锁丢给了藏钥匙的男生，说道："抱歉，我弄断了，不过再有下次，断的是你的腿。"

男生群里发出了一阵倒吸凉气的声音。

邓亦衡趁着其他人灰溜溜进室内的工夫凑到随侯钰身边："钰哥，我突然觉得当初我跟苏妹子要微信号，你把我拦住了是救我一命。"

随侯钰笑了笑，没回答，跟着走了进去。

训练之前，教练给苏安怡下了狠命令。

这一次的训练苏安怡会全程跟着，绝对不留情面。

苏安怡朝随侯钰走过去说道："钰哥，王教练去购置新网球了，还会定做羽绒服，你要不要跟大家统一一下意见？"

随侯钰还没说话，侯陌先回答了："你跟王教练定就行了，你问他们十个人，能给你十八种意见。"

果然，随侯钰只是挂名队长，之后这方面的事情都得是侯陌安排。

苏安怡点头同意了，并且叮嘱："明天会进行评估测试，今天的训练怎么安排？"

侯陌脱掉外套回答："我安排就行。"

"我这里有张表格，你们两个人先分别告诉我一下吧。"

侯陌伸手拿来表格看了一眼，上面需要统计每个队员的睡眠时长、睡眠质量、食欲、疲惫感、训练配合度、比赛意愿这些项目，每个项目下都有几个程度可以选。

侯陌拿来笔，直接帮随侯钰填了："我把我和钰哥的填了，我比他自己都了解他。"

随侯钰在一边看了一眼没再管，把他和侯陌两个人的外套和包送进了更衣室。

走出来后，苏安怡正在测量他们的心率，一切看起来都特别正规。

他站在苏安怡身边问："累不累？"

苏安怡正在忙碌并没有抬头，直接回答："不累。"

"那会不会影响你学习？"

"也还好，我做得挺开心的，等高三了这边我就辞了，不会耽误的。"

侯陌也算是老体育生了，对于训练都熟悉，而且懂得训练体系。

他们并不是所有的训练时间都在打网球，还会进行其他方面的训练，发展其他的肌群。

过多的专项训练，会导致主动肌和拮抗肌之间不平衡，主动肌过大的牵拉力量很容易导致拮抗肌腱和肌纤维组织损伤。

训练第一项一般是热身和拉伸。

之后会进行协调和平衡训练，再进行一段游戏，时间安排合理的话，第一段训练便结束了。

这方面训练结束后，按照分组进行网球对抗赛。

在做拉伸的时候，就有人朝侯陌小声喊："大师兄，打篮球吧。"

"踢球也行，今天人够。"

游戏环节，他们可以进行打篮球、踢足球这些活动，也可以进行分组接力比赛。他们就算选择了网球项目，还是对篮球有着谜之执着，毕竟是一群身高足够且体力充沛的男生。

侯陌调整了一个动作，转头对着他们笑："做蹲起吧。"

这个提议引来了一阵哀号。

冉述不理解，做蹲起有什么可难受的，结果一群人朝他使眼色，想跟他一组。

"啥、啥意思啊？"冉述不解地问。

侯陌安排分组，有双打搭档的，肯定是跟搭档一组，没有搭档的单打成员按照个人意愿分组。

邓亦衡和沈君璟先做示范。

在沈君璟蹲下后，邓亦衡坐在了沈君璟肩膀上，沈君璟需要扛着邓亦衡做蹲起。

苏安怡在一边计时，看谁能用最快的速度做完规定数量。

起初，冉述还没当回事。

他默认还是桑献的双打搭档，肯定是和桑献一组，桑献扛他跟玩似的。

当看到这两个人调换了位置后继续，冉述才震惊了，扭头看向桑献，就这体格，他能扛得起来？

随侯钰看得很认真，还问侯陌："我们可以不扶柱子吗？"

为了保证在肩膀上的人不会掉下来，他们面前有一个柱子，身后还有垫子，周围有其他的队友随时护着。

"还是安全要紧吧？"侯陌突然有了一丝不安。

随侯钰没理会他的问题，而是说道："要赢。"

一瞬间，侯陌额头的冷汗都流出来了，这两个简单的字，充满了震撼力。

到侯陌和随侯钰上场后，侯陌先蹲下让随侯钰骑上来。

接着，他扶着随侯钰的小腿开始做蹲起。

侯陌做得挺稳的，身上扛着一个人也不觉得有什么问题，一方面是因为随侯钰轻，一方面是因为他完全能驾驭得了，做得游刃有余。

随侯钰甚至没感觉到多晃，还嫌侯陌做得有点慢。

等到两个人换过来后，画风瞬间随之一变。

侯陌还没坐稳,随侯钰便起身了,桑献伸手扶了一下侯陌的后背侯陌才稳住。

接着就听到侯陌狼狈地说:"钰哥、钰哥,你别着急,钰哥,你慢点,我坐不稳。"

而且,随侯钰的肩膀一点肉都没有,特别硌得慌。

但是随侯钰没理,只是默默数数,想着赢了这场小游戏。

冉述看完直乐,有点幸灾乐祸:"搬、搬起石头砸自己的脚,侯陌老干这种吃力不讨好的事情,嘿嘿嘿——"

桑献站在他身边,低头看了他一眼,没说话。

随侯钰终于做完,侯陌再也坚持不住了,随侯钰还没蹲下他的身体便往后仰了过去。

他们身后有垫子,倒是没什么事,结果随侯钰回头便看到桑献走到了垫子上,伸出手来,双手拎着侯陌的腋下,把侯陌拎了起来。

明明侯陌和桑献身高只差两厘米,这一瞬间侯陌也变成了小鸡崽一样的存在。

等侯陌站稳之后,桑献小声问了一句:"没事吧?"

侯陌轻描淡写地回答:"没事。"

桑献和冉述的组合开始做蹲起。

桑献扛着冉述就像在玩似的,完全就是爸爸扛着儿子的感觉。

到冉述扛桑献了,冉述真的是脸憋得通红,半天没扛起来。

冉述气得骂桑献:"你、你减肥都没用,你应该截肢,你这重量没救,我就应该和钰哥一起。"

桑献绕开冉述,对苏安怡说道:"我们弃权,下一组吧。"

两个人走到一边重新站好,冉述注意到桑献一直盯着自己。

他突然意识到桑献好像是自己的债主,于是干笑着说:"其实吧,你挺、挺帅的,威武雄壮。"

桑献轻笑了一声,不再看他了,似乎不计较了。

冉述则是翻了一个白眼,想着他得赶紧还钱,不然还得对这货好声好气地说话。他和桑献这种端着的人聊不来,他只看随侯钰和苏安怡顺眼。

比赛结束，随侯钰和侯陌的组合获得了第一名。

大家解散去各自训练的时候，随侯钰突然伸手扶住了侯陌的手臂，引得侯陌奇怪地看向他："怎么了？"

随侯钰故作镇定地回答："扶着你。"

侯陌反而蒙了："啊？我……走路需要扶吗？"

"我怕你摔倒了。"

"钰哥，我做错什么事了吗？我道歉可以吗？你原谅我吧。"侯陌一瞬间慌得不行。

随侯钰立即松开了侯陌，白了他一眼，拿着球拍去准备训练了。

侯陌一脸莫名其妙地到处看，顺便回忆他刚才做了什么，他好像没惹随侯钰啊！

难道是他太重，压到随侯钰了？

于是侯陌追着随侯钰道歉："钰哥，我错了，我太重了，我减肥。"

随侯钰："……"

随侯钰走过去对桑献说："我们单打一局。"

桑献在网球方面也是天赋型的选手。

他也是后转的网球项目，时间比侯陌还晚一些，且不像侯陌以前就练过，他刚开始时没有太多的基础，找私教紧急培训了两个月才入队。

他凭借自身的体质优势，很快便打得像模像样的了。

桑献没有侯陌的预判能力，属于大力击球型选手。依靠自身的力量就能够有不错的成绩了，对手遇到他也会觉得十分头疼。

再加上他身高、体力等方面的优势，也是十分不错的苗子。

近期，随侯钰的双打水平得到了提升，单打的技巧也累积了一些。

不过在实战经验上，桑献要胜于随侯钰，毕竟随侯钰近期累积的都是双打经验，两者之间有着不小的区别。

在单打中，一发在意的是速度和力量，二发则更在意稳定性。

而双打中，一发就已经开始在意稳定性了，还有就是发球上网。

值得一提的是，单打里根本不用抢网，双打里则非常重要。挑高球在单打里也非常少用,双打里却非常实用。

随侯钰在和桑献进行单打比赛时,多数运用的都是训练之前的技巧,这样还能熟练一些,偶尔才能展示一下近期的训练成果。

侯陌在一边看得着急,突然开口说道:"钰哥,你削球太明显了,可以正常挥拍瞬间改变动作。就算对面是个傻子没有预判,你自己也应该稍微注意一点。"

冉述则很惊讶:"你、你看出来了?"

他是一点都没看出来。

"你这种外行肯定看不出来,如果钰哥的对手是我,我已经做出预判了。"侯陌回答得理直气壮。

邓亦衡只是在捡球的工夫路过,还顺便嘴欠一句:"目前全国青少年比赛的选手里,能达到你这种水平的不超过五个,桑献都不在其中,别对钰哥要求太高。"

在场上的随侯钰不爽地回答:"用不着你指挥我!"

看到他火气这么大,侯陌立即闭嘴了,扭头问冉述:"你怎么惹他了?"

冉述觉得特别冤枉:"我、我今天都没和钰哥说过几句话,我怎么惹他?"

"那我怎么惹他了呢?"侯陌也是百思不得其解。

在场上,桑献看看随侯钰,又快速扫了一眼侯陌,扬起嘴角笑了一下。

桑献和随侯钰的网球比赛可以用僵局来形容。

没人破发成功,一直都在保发,一轮接一轮地比下去,仿佛没有尽头似的。

冉述看得直打哈欠:"钰哥,我看累了。"

侯陌依旧在思考:"我究竟哪儿惹他了呢?"

"你想了一个小时了?"

"嗯。"

这时苏安怡拎着一个水桶过来,水桶里还在冒着热气。

她是在食堂临时借用的桶,拿了一些刚刚煮好的玉米来网球场说道:

"过来稍微休息一会儿,吃点零食。"

对于他们来说,玉米都能算是不错的零食了。

一群人呼啦啦地围了过来,苏安怡从人群中挣扎出来,手里还拿着两根玉米,每个都插了一根一次性筷子,递给了冉述一个,接着看向随侯钰。

随侯钰朝着这边看了几眼,最后终于妥协了:"不比了。"

看在玉米的面子上,暂时休战。

第三章 桑献

　　周六这一天，王教练组织了网球队的一部分队员留校进行运动员的评估测试。

　　据说，他们这样周末也不休息的情况时不时就会出现一次，毕竟训练安排不比传统的体校，平时上午还需要跟着上课。

　　测试进行两天，周六是高二组，周日是高一组。

　　类似于俯卧撑和引体向上、冲刺跑这些项目，需要最少3分钟的休息时间。

　　功率类测试时，会有3次挑战最高纪录的机会。

　　加之只有王教练和苏安怡两个人统计成绩，所以分组进行比较方便安排。

　　让他们意外的是，这一天欧阳格也来了。

　　欧阳格和王教练聊了一会儿天，也不提其他的事情，帮着王教练进行测试。

　　第一项测试是俯卧撑。

　　体育生的俯卧撑有着严格的标准，手臂需要弯曲到90度。教练会在运动员身下放一样物品，胸口碰到这个物品后才能起身，一系列动作做下来才算是一次合格的俯卧撑。

　　测试的内容是重复做俯卧撑，每次撑起身体需要停顿3秒左右再做下一次，能做多少做多少，直到坚持不住为止。

这一项可以测试上肢的力量以及运动员的耐力水平。

对于侯陌和随侯钰他们来说,根本就是持久战,不限时就能让他们一直耗下去。

随侯钰就算只是测试也不愿意输给别人,于是一直咬着牙坚持。弯曲的头发在晃动的时候有汗水滴落,脸颊微微涨红,眼神里全是倔强。

侯陌做到后来也是一额头的汗珠,大臂上暴着血管,在他白皙的手臂上显得格外明显。

邓亦衡小声嘟囔:"过五百了,这是在测试吗,这是在耗命。"

冉述也有点担心,小声和随侯钰说:"钰哥,你、你别和侯陌较劲,你量力而行。"

随侯钰还有精力"嗯"了一声。

一般人能一次性做30个俯卧撑已经算是不错了。长期锻炼健身的人,一次性也能达到100个。

但是再多的话,就有点夸张了。

随侯钰是因为情况特殊,不会觉得疲惫。

侯陌则是常年练习,本身也是体力和耐力惊人的少年,体能方面不会输。

到最后,随侯钰坚持做了874个。

侯陌坚持到900个停了,似乎是想凑个整数,还能比随侯钰多几个。

随侯钰做完休息的时候觉得手臂有点抖,反复握拳又松开。

侯陌喘匀了气,走过来用毛巾包住随侯钰的手臂,隔着毛巾帮随侯钰揉了揉,接着说道:"之后还有引体向上呢,你继续这么搞,手臂会废了,明天抬起来够呛。"

"我听说你上次测试才做了五百多个,这次为什么这么拼?"随侯钰看向侯陌问。

"上次没有小傻子和我比,我想做多少就做多少呗。"侯陌笑了笑回答。

他刚才也是谜之执着,想在体力上赢过随侯钰,后半段纯属咬牙硬撑。

这时轮到冉述了。

冉述站起身走过去,摆好架势后,开始给自己打气:"冉述贼牛!"

随侯钰看着冉述努力做俯卧撑的样子,眼神就仿佛慈父在看着自己的傻儿子。

冉述做到13个后直接放弃了，站起身指着垫子说："我、我进步了！我以前都不超过10个！"

在场所有人看得目瞪口呆，这二人差距是不是有点大？

王教练把用来记录的夹板往一边一扔："别说体育生了，你这普通学生的体育考试都不及格。"

邓亦衡也跟着问："你平时不还手撑地托马斯回旋吗，怎么俯卧撑不行？"

冉述苦着一张脸，回答："累啊……"

王教练都没给冉述记录："等一会儿重来一次。"

"哦……"冉述站起身来往回走，途中问邓亦衡，"得多少个才能放过我？"

"我们一般两分钟左右60个，测试时少有低于100个的。"

冉述下了很大的决心，问："我做50个行吗？"

"你试试？"

冉述做了一个深呼吸，坐在一边静静等待。

最终，冉述还挺争气的，一共做了67个俯卧撑，做完后结结巴巴地跟随侯钰自夸了半天，仿佛自己研究出了新型宇宙飞船。

在心态方面，很多人都不及冉述。

之后进行的功率测试有：立定跳远、三级跳、垂直纵跳、30米以及60米的短跑测试等，引体向上、平板支撑测试被安排在了下午。

其中灵敏测试是随侯钰和冉述第一次接触的项目，侯陌特意带着他们两个人到一边给他们做示范。

体能测试结束后，所有高二的体育生聚在一起吃饭。

学校食堂似乎是早就预料到了，今天还特意给他们配了勺子。

随侯钰拿着勺子吃了两口饭，就觉得自己的手不听使唤，抬手看到手掌还有点充血，似乎做引体向上后还没缓过来。

冉述在一边说道："虎吧你！引、引体向上的时候都没比邓亦衡他们强多少，没劲儿了吧？"

随侯钰没说话，闷头继续慢慢地吃饭。

冉述坐在了随侯钰身边，说道："吃什么？我喂你！"

冉述没有侯陌细致，倒也算用心。吃完饭后，冉述伸了一个懒腰，说道："好累啊。"

同桌的邓亦衡都看不下去了："项项垫底，你还累了？"

"喊——总、总要有人垫底，只是碰巧每项都是我而已。我在给你们挽尊，显得你们非常厉害。"冉述翻了一个白眼，拿出手机来看了一眼时间。

邓亦衡坐在冉述旁边，看到冉述的手机桌面后问："屏保上的两个和服妹子是谁啊？挺好看的。"

冉述听完都无语了："能、能不能有点文化，这叫汉服！"

"哦哦哦，我就扫了一眼没看清，那么花哨看错了，那两个妹子是谁啊？"

冉述盯着邓亦衡看了好一会儿，又看了随侯钰一眼，发现随侯钰的表情也不太好看。

邓亦衡傻乎乎地来回看这两个人，又凑过去看冉述的手机屏保，终于惊呼了一声："是你和钰哥啊？看不出来啊冉述，化了妆有点惊艳！"

这一句引来同桌的人纷纷借冉述的手机看，接着惊呼。

其实冉述和随侯钰穿的不是女装，只不过这套汉服就是这样的，还化了妆，加上邓亦衡眼瞎，愣是认成了女的。

随侯钰一身古装，长发绾起戴上发冠，还真有几分公子如玉的感觉，这要在古代，标准的俏公子。

一颦一笑引春风，一言一行冠花容。

遗世独立，举世无双。

再加上冉述的小脸大五官上妆后还真的有些惊艳。

两个人在一起的合影，放在网上不配文字都能引来火爆的点击量。

侯陌看了一会儿后问冉述："能传给我一张吗？"

冉述摇头："想、想我把你加回来？没门。"

侯陌也不执着，拿着自己的手机对着冉述的手机拍照，指挥桑献："桑献，帮我点一下屏幕，别暗了。"

侯陌拍完了之后问随侯钰："你们这是COS吗？"

"不是,舞蹈比赛的造型。"随侯钰随口回答。

这时欧阳格慢悠悠地走了过来,原本热闹的一群人瞬间安静下来。

欧阳格双手环胸站在一边,开口:"看到你们这么辛苦地训练我也很心疼……"

欧阳格扫了众人一眼,继续说道:"之后一周的训练你们会和重竞技队一起。"

说完,全场寂静了整整五分钟。

冉述在欧阳格离开后才问:"怎么了?"

邓亦衡小声回答:"王教练其实还是心软的,但是格格是铁石心肠。我们强度训练后还能直立行走,但是被格格训练完,重竞技队的只能爬,甚至是被担架抬回去。"

冉述听完当即大骂。

侯陌回过神来对随侯钰说道:"钰哥,要不你跟高一一起训练吧。"

"无所谓,我试试看。"

星期一,他们的训练内容便不再一样了。

以前轻松的时候,早晨跑 2000 米便可以去吃早饭。从星期一开始,他们就要 15 圈起了,一圈 400 米,15 圈是 6000 米。

听说这只是开始,过渡一段时间后会逐渐增加,之后是 20 圈,到后来 25 圈。

晨练项目也不会一成不变,有时改成蛙跳,或者组织去爬山,绑沙袋上下楼梯。

下午素质训练内容也比之前丰富一些,比如矮子步、爬行、甩绳子等等,各种训练方式轮番安排。

重竞技队看到网球队的成员很兴奋,热情得有些像骗老母鸡的黄鼠狼,来时打招呼都说:"有陪葬的了!"

"嗨,未来合葬的小伙伴你们好!"

网球队的都不想搭理他们。

周五进行了高强度核心稳定性训练。

两个队的高二组男生在重竞技的训练室里集合，安排的内容也都是室内的项目，比如滑轮卷腹、负重的平板支撑与侧撑之类的项目。

整个训练室里时不时便会出现学生哀怨的声音。

冉述平时便有些娇气，学习跳舞是爱好，再累也没觉得有什么，经过这一天枯燥且辛苦的训练，终于有点坚持不住了。

在负重平板支撑时突然腿抽筋，好在在他附近的桑献很快起身，走到他身后用自己的脚顶他的脚，让他的脚掌勾起来缓解抽筋。

才觉得好一点，桑献松开了他，刚换了一个姿势再次抽筋，疼得冉述趴在地板上哭："疼死我了……呜呜，我不练了……"

桑献干脆蹲下身帮冉述扳脚，抬头看着冉述用双手手臂撑着身体，疼得脸颊微红，还在"啪嗒啪嗒"地掉眼泪的模样。

随侯钰很快跑过来询问："没事吧？"

"有事……"冉述想往随侯钰那边爬，又被桑献扳着他的脚给他拽回去了。

桑献冷冰冰地说："没好呢，别乱动。"

随侯钰拿来自己的毛巾帮冉述擦汗和眼泪，接着说："要不你等下歇会儿吧，别硬撑。"

"嗯……"冉述忍着哽咽，糯糯地回答，显得委屈巴巴的。

没一会儿王教练也过来了，换走了桑献，现场帮冉述按摩小腿。

原本冉述还只是小声哭，被王教练按了之后简直就是杀猪一样地叫，全程不结巴且1.5倍速，说话跟说唱似的求饶。

原本还有点心疼的随侯钰竟然看笑了，说不定这么按下去，能治好冉述的结巴。

下午的训练结束后，两个队伍的所有成员都趴在地板上，许久都不愿意动。

一群很闹的男生聚在一起，难得特别安静，他们已经累得连说话的力气都没有了。

随侯钰曾经自以为自己永远都不会觉得疲惫，今天也被欧阳格和王教练上了一课。

原来是他之前的训练强度还不够。他的身体到底不是铁打的。

其他队员休息了一会儿后陆陆续续地收拾东西离开了,迎接周末两天假期,或者打算回寝室休息一天再回家,还有人要结伴去洗澡。

随侯钰趴在地板上许久起不来。

苏安怡看到有人出去了,才敢进来,王教练怕她进来影响训练。

她看到随侯钰狼狈的样子想过来拉他起来,却被侯陌提醒:"这个时候不要拉他的身体,会造成损伤。"

苏安怡立即停下动作。

侯陌坐起身来缓了一口气,用毛巾擦了擦自己的汗说道:"没事,交给我吧,我带他回去。"

说完,他站起身来走到了随侯钰身边,将随侯钰背起来,接着大步走出了训练室。

苏安怡回去帮随侯钰收拾东西时还在跟冉述感叹:"侯陌有点厉害,训练强度这么大,还能背着钰哥走那么远。"

冉述后半段都在练一会儿歇一会儿,此时还有精神聊天。

听到苏安怡的感叹,他一撇嘴:"他也就能背钰哥,钰哥轻啊!他背桑献试试!"

侯陌背着随侯钰回了寝室。

刚刚经历了高强度训练,现在还要背着一个人上六楼去,这对于侯陌来说也是考验。

侯陌把随侯钰送到床铺上,对他说:"你先睡会儿吧,我去洗衣服。"

"嗯……"随侯钰躺在床上,不到五分钟便睡着了。

他再次醒过来的时候,便看到侯陌在晾衣服。

阳台那里挂着侯陌自己的衣服,连同随侯钰刚刚换下来的运动服也被洗干净了。

他又看了一眼窗台,他和侯陌的运动鞋也都刷干净了,被包上了手纸,鞋带挂在了窗户的开关把手上。

他坐起身来,侯陌很快从阳台走了进来,问:"饿不饿?现在在学校吃饭是个问题,食堂不开,只能订外卖。"

"几点了？不用回家吗？阿姨会不会担心你？"随侯钰问话的时候还有点迷糊，声音也不太清晰。

"担心什么啊，我一个大男生经常留校训练，她都习惯了。你要是特别累就在学校留宿一晚，明天再回去。不止我们俩在寝室，611和634寝室也有人在。"

侯陌走过来坐在随侯钰对面，打开微信，似乎在听侯妈妈发来的消息："就你一个人在学校吗？不会害怕吗？"

知子莫若母，侯妈妈也知道侯陌胆子小。

侯陌回了语音消息过去："我和钰哥一起留校了。"

侯妈妈很快回了消息："你和小钰在一起我就放心了。明天几点回来？我给你们煮好粥放在电饭锅里保温，你们回来的时候还是热的。"

随侯钰在点外卖的时候，手指突然停顿了一瞬间。

他从小被嫌弃，自己的父母嫌他是个有病的孩子，就连冉述家里也不太接纳他，尤其是冉述的父亲，几次展露了对他的不喜。

他还是第一次从别人的家长嘴里听到这种话——和他在一起就放心了。

所以，侯妈妈其实很信任他吗？

随侯钰瞬间鼻间一酸。

好在他一直低着头，侯陌没有发现任何异样，依旧在发语音消息。

在知道他病情的情况下，他第一次被朋友的家人接纳了。

星期一。

体育生们的肌肉酸痛已经缓解了一些，至少不会再有下楼梯时像一群螃蟹初次尝试直线行走，走路的样子终于像个人了。

刚准备坐下，就听到学校广播让各班班长去教导处，又起身朝外走。

一坐一起，腿又疼了。

侯陌屁颠儿屁颠儿地跟着，还跟随侯钰解释："我是学习委员，也要为班级做贡献。"

结果到教导处也没什么正事，不过是去领一份表格，回去填写参加三好评选的志愿名单。

侯陌本来以为需要在教导处门口等很久，没承想随侯钰进去便出来了，又跟着随侯钰一起往回走。

侯陌还挺生龙活虎的,跟随侯钰说着训练内容:"今天练习底线穿越球,我叫来邓亦衡和沈君璟配合我们,到时候我们虐得他们嗷嗷乱叫。"

"哦……"随侯钰还在研究表格怎么填,他们班似乎没有适合做三好的学生。

想着想着,他又看向侯陌,最后撇嘴,这货最不像三好。

早自习开始,欧阳格走进教室,看了一眼后坐在了邓亦衡的身边。

邓亦衡险些哭出来……

午休期间,体育生聚在一起吃盒饭。

随侯钰今天吃得还挺快的,侯陌非得让他多吃点,搞得他有点烦。吃完饭,有人去扔垃圾,有人整理桌面。

侯陌一脸不爽地回到了随侯钰的座位旁坐下,继续同桌。

他看到随侯钰戴着珊瑚红的降噪耳机,正在听什么,同时手里还在一个劲儿地用针戳毛团,发出清脆的声音来,这声音在侯陌听来就是催眠的。

他随便扫了一眼,打开书来开始看,看了一会儿觉得没意思,于是又找出一套卷子来刷题。

身边的随侯钰动了,先是掀起他的卷子看了一眼封面,接着从书桌里取出一管唇膏拧开,涂了涂,双唇抿了一下,发出"啵"的一声。

侯陌看了一眼后问:"你嘴唇粉是涂出来的?"

随侯钰没听清,按着一侧耳机问:"你说什么?"

随侯钰这款耳机是这样的设计,按着一侧耳机,便可以听到外界的声音了。

侯陌又重复了一遍。

随侯钰拧出来给侯陌看:"这个就是唇膏,无色的,春秋太干了才会涂。"

"真精致,我从来不用这个。"

"要吗?我寝室里还有管新的。"

"我试试。"侯陌说着探头过去,似乎想试试随侯钰的。

随侯钰看着侯陌,又看了看自己的唇膏,迟疑了一会儿才帮侯陌涂了。

侯陌的皮肤很白,唇色也比一般人的淡,滋润了一下后便粉嫩得不像话,这188厘米高的小娇嫩真的是一个违和体。

涂完后侯陌也抿了一下嘴唇,"啵"的一声,接着对他扬眉:"爸爸帅不帅?"

得,还是个爱臭美爱当爹的小娇嫩,他没再理侯陌。

结果侯陌还没完了,伸手拿下他的降噪耳机去听,还在说:"听什么呢?"听完便沉默了一会儿,"英语啊……你换个耳机,我们一起听。"

"不行,我如果听到其他人的声音就会分神。"

"哦,那算了。"侯陌将耳机还给了他,帮他戴在耳朵上,还故意帮他整理了一下卷曲的头发。

随侯钰戴上耳机后,继续戳毛毡,渐渐有了轮廓。

侯陌刷完题后看过去,看到后按住了随侯钰的一侧耳机,说道:"你这做的是什么啊?又像猴子又像柴犬的,我还以为你手艺不错呢,结果也不怎么样。"

随侯钰把做出来的东西放在了侯陌的面前:"这是非常'狗'的猴子,看明白了吗?"

侯陌看了一会儿,突然笑了,问:"要送我的?"

随侯钰伸手往回拿:"我手艺不太好,算了吧,估计你不想要。"

"我要我要我要!这手艺真的绝了,民间艺人不过如此。你看看这活灵活现的眼神,这么贱,很有我的神韵!真的,普天之下,再无第二人能与这'狗里狗气'的猴为伍了,只有我配得上它!"

侯陌赶紧往回抢,护得密不透风的,生怕随侯钰拿走了。

"给我,还没做完呢。"随侯钰没好气地说道,同时朝他伸出手,摊开手心。

"那你一会儿得给我啊!"

"嗯,能和你为伍的东西我也不想留着。"

"嘿,正合我意!"侯陌反而开心起来。

随侯钰拿回去后继续戳。

"要猴子尾巴还是狗尾巴?"

"要九条不一样的尾巴。"

随侯钰直接把"狗里狗气"的猴子丢给了侯陌:"从此,它没有尾巴。"

"别吧,猴尾巴吧,我们俩都是'侯'。"侯陌再次开口。

"不做了。"随侯钰很快把工具都收起来了。

侯陌苦着一张脸看着没有尾巴的"狗猴子",最后还是捧着亲了一口:"虽然你没有尾巴,但是爸爸爱你。"

随侯钰看着侯陌许久没说话,敢情在侯陌的概念里,他和这玩意儿是兄弟?

下课后,坐得比较近的邓亦衡第一个被迫害,侯陌一转身就能和他说话了,举着"狗猴子"给他看:"你看这是什么?!"

邓亦衡托着下巴看了看,问:"狗?"

"是非常'狗'的猴子!"侯陌神采飞扬地介绍。

"哦……"邓亦衡没理解侯陌兴奋的点在哪里。

"钰哥亲手给我做的,为我量身打造。你看看这个眼神,是不是很有我的神韵?你再看看它的细节,尤其是这圆润的脑瓜和小肚皮,都是钰哥一针一针戳出来的,这得多认真才能搞得这么圆?"

邓亦衡忍不住问:"是钰哥带着恨意戳出来的吧?不觉得是钰哥在用针扎你吗?"

"呵,你这个凡人,根本看不懂艺术品,它每一处小细节都透露出了钰哥的用心,它包含了浓浓的同桌之爱!"

邓亦衡听得直揉脸。

侯陌又探身去跟桑献介绍:"桑献,你看看,这个'狗猴子'是不是可以去申请专利了?你看它多有创意,又像狗又是猴子,钰哥是怎么想到把它们结合在一起还不违和的呢?你说,我钰哥是不是厉害?"

桑献看着侯陌:"……"

侯陌见他不说话,突然笑了,同情地问:"是不是看不懂?你没有这个想象力。再说了,也没人送你礼物,对不对?你无法理解我此刻的心情。"

侯陌又转身给冉述展示:"冉述,钰哥送过你这种亲手制作的礼物吗?"

冉述拎起书包,他包上的每个拉链头上都挂着一个。

侯陌卡壳了整整三十秒。

侯陌再次找回自己的声音,故作镇定地问:"钰哥送过你这么有创意的吗？"

冉述指着自己的书包说道："每、每个的嘴巴和眼睛都很大！"

"你那里有没有尾巴的吗？"

"半成品都能炫耀了？"冉述震惊。

"你就说你是不是没有吧！"

"……"冉述再说不出什么来了。

随侯钰终于听不下去了，制止道："你把嘴闭上吧！"

侯陌终于老实了，捧着"狗猴子"回了座位。

然而他并没有就此老实，把"狗猴子"恭恭敬敬地放在了自己的书桌上，对着它连拍了几十张相片，各个角度记录它的美。

接着，在几十张相片里最终确定了两张发了朋友圈。

财源广进：我双打搭档钰哥亲手为我做的，是不是超级可爱？[图片]

很快，这条就有人回复了。

刘墨：你还是别发朋友圈了，你朋友圈里100%是你搭档。

杨宏：我说你怎么突然通过我好友申请了，原来是想给我看这个？

姜维：手艺不错。

母上大人：好可爱啊！

邓亦衡回复刘墨：我在现场，我已经想转班了……

李老师在临放学时叫随侯钰去了办公室，给了他一套题："都是原枫华老师出的题，我看出得挺不错的，给你要了一套。"

随侯钰拿着题看了一会儿，越看越激动，他似乎找到能考过侯陌的关键点了。

他总算找到了侯陌偷偷刷题的痕迹了，说不定他做完这套题，下次考试就能超过侯陌了！

哼！他怎么可能考不过侯陌那个憨憨？

和侯陌一起听侯妈妈补课，现在还刷了枫华的题，下次考试肯定行！

等随侯钰离开教室，到达网球场时已经迟到四十分钟了。

到达网球室内训练场后，便看到侯陌和桑献在对战单打。

他去换了运动服，走出来后拿着球拍左右看了看，已经没有他能练习的场地了。

他走到侯陌的斜后面,在侯陌去捡球的工夫问:"还练底线穿越球吗?"

原本约好了是和邓亦衡、沈君璟对战的。

"你迟到太久了,更换了训练内容。"侯陌回答完,再次回到场地上去打球。

原本侯陌为了配合随侯钰的训练进度,特意改了训练内容,算是给随侯钰一个针对性训练的时间。

整个队伍的队员迁就随侯钰一个人,结果随侯钰连句招呼都不打,听说自己回教室做题了,发消息不回,打电话不接。

现在姗姗来迟,已经耽误了训练的时间。

这让侯陌觉得,随侯钰根本没有重视网球训练,当兴趣班呢?说来就来,说不来就不来?

桑献看了随侯钰一眼,欲言又止了片刻,最终什么也没说。

随侯钰不知道自己该干什么了,于是走到一边找了一个地方,自己练习落点控制。

这样僵持了能有半个小时的时间,侯陌才拎着球拍走过来,站在随侯钰身边一直看着他。

随侯钰扭头看向侯陌,努力去观察,想要看看侯陌是不是因为他迟到而生气了。

侯陌倒是没有发脾气,只是尽可能心平气和地说:"随侯钰,我们训练都有定制的计划,每个时间段做什么都安排得清清楚楚。尤其是和你配合的人都准备好了,你却没来,也会浪费他们的时间。"

说的话似乎没什么不妥,但是没叫钰哥,而是叫了全名。

随侯钰抿着嘴唇,小声道歉:"抱歉。"

"你是新来的,很多训练计划都特意配合了你的时间,以你为主,场地也是你优先使用,之后才会轮到他们。你呢,迟到这么久?"侯陌继续问。

"我没有,我刷了一下题……"

"如果你想认认真真学习,为考试努力,就和王教练说一下,这样他也不会把你当首发球员来重点训练,也能让你有时间去学习,没有人强迫你加入网球队。"

随侯钰不是什么好脾气。

这一次他知道是他迟到了,他做得不对,侯陌说的话也是对的,于是低头认错。

但是侯陌一直这样说他,让他心里开始不舒服,十分努力地忍住才没有发脾气。

迟疑了一会儿,他才回答:"我下次不会了。"

侯陌站在他面前沉默了许久,声音发颤地呼出一口气,最后才说道:"或许你可以好好想想,现在还想不想继续打网球。你可以不吃这份苦,冉述和苏安怡也不用陪着你来网球队。"

随侯钰微微蹙眉,看向侯陌:"你在赶我走?"

"其实你不用为我做什么……按照你自己的生活方式继续就可以。如果不是真的喜欢网球,很难坚持下去。"

侯陌开始怕了。

他之前排斥双打,就是不想和谁建立羁绊,等哪天和他一起训练的搭档离开了,他会陷入难过之中无法自拔。

他不想再尝试失去的感觉了。

随侯钰看着侯陌许久,突然冷笑了一声:"我给你好脸了是吧?我迟到,我认,是我的问题。但是你在这儿叨叨叨什么有的没的呢?找打吧?"

"我只是预警一下,免得你浪费其他人的时间和感情。"

"你听不懂人话吗?我说过我会退出了吗?!我道歉了,是我迟到了,我错了,你说什么呢?!用得着吗?!"随侯钰越说越气,最后干脆吼了出来。

侯陌被吼得突然醒了。

他忘了,随侯钰有狂躁症,早年的经历让他受不了一丝委屈。

尤其是来自他在乎的人。

"钰哥,是我说错话了,你别气……"侯陌赶紧过去想要安慰他。

随侯钰一把将侯陌推开:"别碰我!"

晚自习时间的训练苏安怡不会跟过来,都是在教室里学习。此时训练场地只有冉述在,看到这边气氛不对劲,尤其是听到随侯钰骂人了,赶紧跑了过来,拦住随侯钰安慰:"怎、怎么了?钰哥,别生气。"

随侯钰还在吼:"我怎么都不对了是不是?怎么都是错的,我做什么都是错的!"

"没错,我们没错。走,我们去看动漫去,《海贼王》应该更新了。"冉述推着随侯钰往外走,回头叮嘱侯陌,"你先别跟过来,我控制不住了再叫你。"

侯陌知道冉述一定不是第一次处理这种事情了,于是乖乖听话,没有追,任由冉述带着随侯钰出去。

其他的队员都不明真相,纷纷聚过来问。

侯陌烦躁地挥了挥手:"回去训练!"

其他人也不再招惹侯陌了。

冉述带着随侯钰出去,没有回寝室,而是找了一个安静的地方坐下,用手机给随侯钰放《海贼王》。

这是他以前哄随侯钰的方式。

随侯钰闹了,他们就在一起看动漫,从小到大。

不过随侯钰今天没心情看,蹲坐在椅子上,抱着腿一直没说话。

冉述见他冷静多了,问:"钰哥,怎、怎么回事啊?挺长时间没这样过了。"

"我迟到了,侯陌生气了。"冷静下来后随侯钰乖顺多了,只是委屈巴巴地叙述。

"然后侯陌训你了?"

"他让我退队,我就迟到了这么一次……"他很努力地跟着训练,高强度训练他也坚持下来了,迟到了一次就踩雷了吗?

"我觉、觉得是气话,他才舍不得你退队呢。"冉述冷笑了一声,"倒是你这样让我很在意。"

随侯钰没说话,继续抱着腿坐着,问:"我刚才是不是很过分?"

"就、就是非常莫名其妙地大发脾气,倒也没事,至少没打起来。"

"那我是不是得道歉?"

此时,侯陌的心情同样糟糕。

他现在想去找随侯钰道歉,又怕刺激到随侯钰,纠结得不行。

到训练结束，随侯钰和冉述都没有回来，侯陌甚至不敢去洗澡或者回寝室，生怕去得不是时候，让随侯钰直接复发了。

狂躁症复发率很高，尤其是在随侯钰这种没有吃药控制的情况下。

他一个人坐在更衣室的椅子上，烦躁得直拽头发。

就算随侯钰哪天真的退队认真学习备战高考了，他也没资格去管。

是他越界了。

他越想越觉得后悔，暴躁得恨不得大吼几声。

原本已经离开的桑献突然回来了，走进来对他说："我问了冉述，随侯钰那边好多了。"

"哦……"侯陌松了一口气。

"你不用太担心。"

侯陌点了点头："嗯。"

桑献沉默了许久后，突然道歉："对不起。"

侯陌不解，扭头看向桑献，问道："你为什么要道歉？"

"是我让你这么敏感不安的，对不起……因为我，你很累吧？"桑献直直地看着他，手微微发抖。

片刻后，桑献开始崩溃地掉眼泪，不自觉地，控制不住地落泪。

侯陌赶紧走过去问："你带药了吗？"

桑献木讷地摇头。

"寝室有吗？"

桑献再次摇头。

为了能参加比赛，他已经停药很久了。

侯陌没想到事情会发展成这样，赶紧给桑叔叔发语音消息，让他们派车来接人。

放下手机，侯陌叹气："别人都劝我走出来，其实你更应该走出来吧？我都不恨你们了……"

随侯钰回到寝室后，邓亦衡他们还来劝了几句，都是让他别生气，侯陌也是嘴欠心好，他们这群人每天都得原谅侯陌那张破嘴八百次，没必要太计较，听侯陌说话，就得左耳朵进右耳朵出，没必要往心里去。

随侯钰此时已经恢复得差不多了，除了情绪不算很高外，其他都很正常。邓亦衡劝说的话，他全部都用"嗯"来回应了。

态度很好，就是有点聊不下去。

谈话陷入僵局，邓亦衡他们也没再继续聊了，各忙各的去了。

其实，随侯钰一直在思考，在侯陌回来后他要不要道歉，要不要和侯陌说清楚。

他确实只是沉迷于那套题，并没有想过迟到会那么严重，也没想过要退队。

高三的时候要不要主攻学习他还没想好，也要看那时的情况再确定，至少明年的全国赛他不想放弃，一定要参加。

结果等了许久侯陌都没回来，在他看APP学习的时候，听到了邓亦衡他们的议论声。

邓亦衡急吼吼地问沈君璟："我听说桑献家里来人接了？大师兄也去了吗？"

"我也不清楚，好像是两个人一起走的，打篮球的人看到了。"

"不是吧……严不严重？"邓亦衡说着拿出手机给侯陌打电话，结果没人接，他又放下了手机，"没接。"

"估计没空，照顾桑献呢。"

"怎么了？解散的时候都挺正常的。"

冉述在上铺也在偷听，立即探头去问："怎么了？"

邓亦衡虽然大嘴巴，但是也知道什么能说，什么不能说，这件事就不方便到处说，于是叹气："这个是他们的隐私，我们不好说，如果以后你们熟悉了也能知道。"

越是这样遮遮掩掩的，反而越让人在意。

随侯钰终于开口问道："他们离校了？今天还回来吗？"

"不一定了，只能看情况，我们也不知道具体，人也联系不上。"邓亦衡说着叹了一口气。

随侯钰拿起手机准备给侯陌发消息询问，想起邓亦衡打电话侯陌都没接，又放下了手机。

估计在忙吧。

他一个人躺在床上，戴着耳机去看APP学习，到晚上十二点钟便陷入了焦躁之中。

他摘下耳机，放下手机，一个人走出寝室，穿着拖鞋在寝室走廊里来回走动。

接近早晨，他回到寝室里想要尝试入睡，然而躺到听到了其他人起床的声音，他依旧没睡着。

他们寝室在早晨总是忙碌的，几个人急匆匆地去洗漱，赶紧穿戴整齐再去出早操。

随侯钰坐在床边揉胸口，一夜没睡，心跳又有些不正常了，心悸的感觉再次出现了。

重遇侯陌后，这种感觉也真是久违了。

冉述注意到了，问他："一夜没睡？"

"嗯。"

"啧。"冉述看着随侯钰的状态有点担心，接着说，"早操你别去了，一夜没睡心跳本来就不对，你再跑20圈容易猝死。而且情绪大起大落，加上一夜没睡心情焦躁，也会让你复发概率增加。我一会儿给你带份早餐上来，你试试看能不能睡着。"

随侯钰也没逞强，留在了寝室。

冉述没跟着去跑早操，直接捧着早饭回来了，招呼随侯钰吃一口后再睡。

随侯钰扶着寝室的床铺起身，结果冉述正端着豆浆要递给他，两个人撞在了一起。

"烫烫烫！"冉述被烫得原地转圈，赶紧把外套给脱了，随侯钰也被淋了一身。

换上了原青屿的西装校服后，随侯钰坐下吃饭，冉述一个人把地面上洒的豆浆收拾了。

侯陌倒是很早就来了学校，桑家的车将他送到了校门口。

他没上楼，直接在操场上等其他人来集合。

结果都开始跑步了，随侯钰和冉述还没下来。

侯陌特意换了位置，到后面和邓亦衡并排，问："钰哥和冉述呢？"

邓亦衡左右看了看，也有点惊讶："不知道啊，我今天洗头慢了，从水房出来直接下楼了，没注意他们。倒是你，昨天打电话发消息都不回。"

侯陌叹气，解释道："我昨天走得着急，手机忘在更衣室了，刚去取回来，还没电了。"

"桑献怎么样？"

"还能怎么样，家里看着呢，估计得缓几天吧，已经和格格请假了。"

"苦了你了。"

"我都习惯了。"

侯陌还是有点担心随侯钰，想着去食堂里看一看，结果也没看到人。

随便吃了一口后，他快速回寝室去找随侯钰，寝室里也没人。

他又拎着包快步去了教室，走进教室便看到他们的座位也是空的，不由得一阵纳闷，这两个人去哪儿了？

他回到座位坐下，看看黑板上写的作业列表，接着开始补作业。

正写呢，抬头便看到随侯钰和冉述进教室了，苏安怡跟在他们身后，手里拿着一杯柠檬养乐多正在喝。

侯陌看到他们三个人的一瞬间心就凉了。

他们穿着西装校服，没穿体育生的运动服。

真不练了？

真退队了？

集体退队？

随侯钰回到座位前看了侯陌一眼，侯陌立即起身让开位置，让随侯钰能进。待随侯钰坐好后，侯陌重新调整姿势坐好，原本酝酿了一晚上的道歉的话一瞬间全忘了。

随侯钰回到座位后也想和侯陌说清楚。

他偷偷看了侯陌一眼，发现侯陌沉着脸，一直都在写作业，看都不看他一眼，顿时觉得侯陌绝对还在生气。

就连前排的苏安怡和冉述都频频回头看向他，他也只能无奈地趴在桌面上休息，不说话。

不知道该怎么开口。

两个人一直僵持到下午去训练。

侯陌首先到了训练场地，和其他队员一起做热身，左右看了看，随侯钰又没来，果然是要退队了？

王教练安排了训练内容后，队员们各自开始训练。

侯陌的双打搭档没来，一个人练了一下午，到解散的时间其他队员都离开了室内训练室去吃晚饭，只有侯陌一个人留下收拾场地，接着将网球装进筐里推进设备室。

在最不恰当的时间，最不应该的地点，遇到了此刻最不想遇到的人。

侯陌问："你怎么来了？"

随侯钰反问得理直气壮："我不能来吗？"

侯陌特别不解："你不是都退队了吗？"

随侯钰比他还不解："我没退啊。"

侯陌诧异地看向随侯钰，紧张兮兮地问："那你为什么穿这套校服？"

"运动服早上淋上豆浆了，换掉洗了。"

侯陌再次补充："我看到冉述也没穿。"

"我们撞一起了才弄脏了运动服。"

"你还没出早操。"

"我昨天失眠了，在寝室里尝试补觉，不过没成功。"

"那你下午怎么没来？"

"下午心跳太快，有点受不了了，冉述陪我去医务室了，我在那里睡了一觉。"

"哦……"侯陌瞬间没词了。

随侯钰语气闷闷地解释："我没想过要退队，而且，明年的全国赛也会参加，高考的事情还远，目前还没考虑过。"

侯陌听完点头："哦……"

"嗯。"

谈话再次陷入僵局。

侯陌终于缓解了些许尴尬，接着跟随侯钰说道："昨天是我没控制好脾气，小题大做了，明明没多大的事情，非得搞得两个人都不愉快，是我没有脑子。"

"其实你说得也对。"随侯钰想了想后又补充，"不过后面的屁话还是莫名其妙。"

"嗯，我错了，给你揍，我不还手。"侯陌说着主动伸出手去。

"懒得动。"

随侯钰走到跳马的跳箱边，身体一跃坐在了上面，瞥了侯陌一眼后问："你昨天去桑献那里了？"

"嗯。桑献的状态不太好，我送他回家了。结果走得太急，手机忘在更衣室里没拿走，没能和你打招呼。"

随侯钰试探性地问："哦……他怎么了？"

对于这个问题，侯陌依旧有点回避："没什么。"

随侯钰再次陷入不爽的状态："我一直都很奇怪，他对你那么好，你们两个人之间的默契度明显比我们两个的高，为什么要和我搭档？"

侯陌没有立即回答，而是一个纵身坐在了随侯钰身边，轻声道："我和他之间可以选择的话，我甚至想不认识他。"

随侯钰扭头去看侯陌，有些迷惑。

侯陌坦然地看向随侯钰，说道："我似乎还没告诉过你我爸爸是怎么去世的，他……是为救桑献去世的。"

这绝对是随侯钰意料之外的答案，他听到的一瞬间下意识地睁大了眼睛。

侯陌在笑，想用笑来让自己显得坚强。

然而笑容里透着悲凉，竟然比哭还让人心疼。

"那年我爸爸为了给我过生日，特意请了假，我们一家三口去游轮上玩。8月30日那天傍晚下雨涨潮，有人说附近有一艘小游艇出事了，我们的游轮改变航向去搭救，出事的正是桑献他们的游艇。"

"安叔叔也去救人了？"随侯钰问的时候声音都有点紧，紧张之下仿佛问了一个非常弱智的问题。

侯陌点头："嗯，他是军人啊，肯定会去帮忙。那艘游艇上一共有六个人，说是去私人的岛上玩了几天，突然觉得无聊了，打算回来，结果碰到了大浪，游艇里进了大量的水，出故障失控了。我爸爸和游轮上的两个救生员去救人，其中一位救生员年纪大了，只能在船上拽绳子，我爸爸便替换他成了主力。"

侯陌说到这里停顿了好一会儿，似乎仅仅是提起这件事情，都让他万分疲惫。

片刻后，他才继续说："那天天气很糟糕，另外一名救生员救了两个人后便筋疲力尽了，剩我爸爸一个人在救。桑献是他救回来的最后一个人，那艘游艇上的第六个人和我爸爸都是被打捞上来的。确定死讯时，距离我生日只剩下一个多小时了……"

随侯钰下意识地握住了侯陌的手，却被侯陌抽走了："没事，万一你睡着了呢，我还没说完呢。"

这次身份置换了，换成了侯陌在说，随侯钰静静听。

侯陌继续说了下去："或许是因为，桑献是眼睁睁看着我和我妈妈有多崩溃，他在那之后内疚到有了心理疾病。他很后悔，因为我爸爸问他还有没有人时，他回答还有一个人。当时他知道我爸爸已经体力不支了，如果他当时没有这么回答，或许我爸爸不会出事。"

侯陌微微低下头，两只手一直在玩自己的运动服衣摆，一直在搅啊搅，显然也很焦躁，总想做点什么分散注意力，缓解自己的暴躁情绪。

因为，这是他最不愿意提起的事情。

随侯钰问："所以他之后一直在你身边，是想要补偿你？"

侯陌回答的声音仿佛在叹息："对，他总会跟在我的身边，想要竭尽所能地帮助我、弥补我，好让他愧疚的心好受一些。可是我最开始真的不愿意看到他！救人是我爸爸自愿的，但是这种补偿不是我想要的，我总觉得这些都是我爸爸用命换来的，如果我爸爸不出事，我依旧很幸福，我们家虽然不算大富大贵，也丰衣足食，幸福美满。"

随侯钰终于懂了侯陌和桑献之间的纠葛。

侯陌苦笑："我为了拿奖金练习网球，他也跟着学网球，甚至为了我放弃国外在读的中学，回来降级一年读普通中学，和我同班。"

随侯钰听完忍不住蹙眉："这真的会让人很压抑。"

"嗯，我被这样缠了几年后，居然渐渐习惯了，桑献也逐渐好转了，我又开始试着甩掉他。这次开学我就是故意去17班的,为了躲开他,没承想他还是猜到我的计划,跟着一起考砸来了17班。"

随侯钰终于明白了,以前的奇怪都豁然开朗。

"这回我懂了。"

提起这些,侯陌便会难受一次,他再次苦笑:"别人都在劝我,说我该走出来了。其实我也可以走出来,我和我妈妈最近也过得挺不错的。但是,桑献一直在我身边,我便一直走不出来,他是我的阴影,他在,我就会觉得很窒息。"

随侯钰又问:"那你恨他吗?"

"其实我知道,桑献当时的回答没有问题,他们也不想出现意外,但我还是会忍不住怨!怨他们明知天气不好还开小游艇出海,怨他们这群纨绔富二代闲得没事干就知道到处跑!可是事情已经发生了,把内心的偏执放下后也就释然了,不恨了,不怨了。安慰自己,我爸爸还是很厉害的,他救了三条生命。"

随侯钰看到侯陌的眼圈微红,脸上也全是悲伤的情绪,不由得有点着急,急切地安慰:"没事,就算安叔叔不在了,你以后也可以把我当成你爸爸!"

侯陌原本都要哭了,结果听到这句话一瞬间所有的情绪都憋回去了,扭头一脸震惊地看向随侯钰。

最要命的是,随侯钰这句话居然是认真的,表情那么真挚。

侯陌看着他,没来由地笑了。

这次终于不再是苦笑了。

侯陌再次提起桑献的事情:"他跟着我是想要一种救赎感,对我好会让他的负罪感减轻。我想远离他,也是希望他离我远一点后能好一些,他不能为我而活。"

"嗯,这样的友情是病态的,你们两个人都会很累。"

"对啊……"

第四章 小学鸡掐架

下午训练核心稳定能力。

随侯钰的两只脚搭在吊环上，双手控制一个平衡半圆球。

这个半圆球可以说是一个鼓起的锅盖，锅盖球形的一面在地面上，上方被填充，中间有一个小凹槽，可以放进去一个网球。

随侯钰的身体只能靠扶着这个平衡半圆球来稳住，可是底部是球形的，刚刚固定好身体他就开始拼命地乱晃。

侯陌一直站在他的身边，举着双手虚扶着他，见他朝一边倒过去后，一伸手便拎着他的腰把他拎了起来。

随侯钰不死心，再次尝试，非常艰难才能让这个平衡半圆球不再晃。

侯陌蹲在他身边，把一个网球放在平面上，说道："努力控制这个半圆球，让网球进入中间的凹槽里。"

此时的随侯钰连稳住身体都非常不容易了，还想让网球进凹槽，这真的有些难。

侯陌回头看了看王教练，接着挪了一个地方，挡着随侯钰，帮着吹网球，把球往凹槽里吹。

随侯钰再次失去平衡，让网球滑了出去，侯陌再次捡过来，放上去后继续帮他吹。

两个人的头挨得很近，侯陌的气息扑在了随侯钰的脸上，这让他一阵焦躁。

"滚一边去，不用你。"随侯钰没好气地说道。

"哦。"侯陌往后退了两步，依旧蹲在随侯钰身边，身体却在跟着使劲，还指挥随侯钰，"你动的幅度不用那么大，不然网球会掉出来，你慢慢地调整这个平面，它自己就进去了。"

那着急的样子，恨不得替随侯钰操作。

随侯钰气急败坏地回答："不用你说，我知道。"

侯陌到了另外一个吊环前，给随侯钰做示范："钰哥，钰哥，看我，我做给你看。"

随侯钰努力稳住身体，同时去看侯陌，结果看了个寂寞。

侯陌稳住身体后，扭头看向他，突然尴尬地说："没人帮我放球……"

两个人面面相觑，许久都没说话。

也不知道是谁先开始笑的，笑了便停不下来了，看着对方傻乎乎地笑个没完。

侯陌只能朝邓亦衡喊："小邓，过来帮我放个球。"

邓亦衡躺在地面上装尸体，不动弹："我迷糊，我难受，我不想动。"

"快点，我想给钰哥展示一下。"侯陌继续催促。

邓亦衡长长地呼出一口气，爬着过来帮侯陌放球。

侯陌常年训练，早就熟悉这个器械了，放上去后不久便让网球进入了凹槽。

侯陌成功后，立即跟随侯钰展示："看着没，你进洞的准头不如我。"

"我第一次尝试，以后熟练了也能一次性进去。"

邓亦衡上周末刚做完双眼皮手术，如今一只眼睛肿着，还没拆线呢。

跟着训练的时候他有理由偷懒，全程在旁边围观。王教练也没让他跟着练，让邓亦衡十分嚣张地围观了一下午。

这时王教练在一边宣布道："小的们收拾东西，带你们游泳去。"

网球队众人纷纷起身，快乐地去换泳衣了。

他们学校就有泳池，但是冬天开放的次数会少很多，毕竟游泳对温度要求很高，每开放一次，供暖设备都是大功率运转。

泳池如果开了就一次性开一天，班级或者是体育训练的队伍轮流去，这是刚轮到他们网球队。

邓亦衡不能游泳,于是跟在随侯钰身边忍着笑说道:"见识过蛙人泳衣吗?"

随侯钰最开始没懂,结果看了一眼走在前面的高大身影,突然笑了起来,光想象就觉得很逗。

冉述还不知道这些秘密呢,在旁边嘟囔:"侯陌他、他肚子有个剖腹产刀疤吗,天天挡得那么严实?"

"别问了……"邓亦衡摆手,"猛男害羞起来会揍人的。"

到了泳池这里,他们依旧是核心平衡力的练习。

在教室里是扶着半圆平衡球,在这里是扶着平衡板。

他们脚尖踩着岸边,双手扶着平衡板,在水面上推出去,使身体与水面平行,在水面上支撑身体。

这要是核心力不够好的,怕是板子还没推出去就已抖成帕金森了。

怕他们彼此干扰,每个人都相隔一段距离。

就算这样,他们还是像鸭子落水一样,一个接一个地掉进水里。

随侯钰的好胜心又起来了,一直和他身边的侯陌比,明明都有点撑不住了,还在硬撑。

侯陌看随侯钰的手臂都暴出青筋了,只能先收回来,对他说道:"钰哥,见好就收别逞强,休息一会儿再继续。"

随侯钰点了点头,结果收不住了,半天挪不回来。

侯陌走过去,打算把随侯钰拎回来,结果刚扶住随侯钰,便觉得身后有人踹了他一脚。

这一脚让随侯钰和侯陌同时掉进了水里。

两个人都会水,很快互相扶着在水中稳定了下来。

等稳定下来后,侯陌才注意到居然是桑献踢的他,并且在岸边邪魅狂狷地笑了,显然是故意为之。

这要是别人,侯陌一准开口骂人了。

但是这个人是桑献,侯陌竟然一时间没有开口,毕竟从之前出事后,桑献就有些怕水,连游泳课都很少上。

现在还能跟他玩笑,证明恢复得不错。

但是，侯陌收敛了，其他人不会。

冉述看到这一幕都气炸了，跑过来说："欠不欠啊你！你踢侯陌就踢了，连带我钰哥干什么？啊？！你也给我下去吧！"气得一个字没结巴。

桑献被冉述朝着水里一推，反应过来时身体已经倾斜了。

他抓住了冉述推人后尚未收回的手，将冉述一同拽进了水里。

冉述被吓蒙了，本来会水的人突然脑袋短路，只顾着抓住能支撑自己的东西顺势向上爬，直到像八爪鱼一样地攀着桑献，脑袋露出水面才冷静下来。

和桑献嫌弃的目光对视后，冉述"呸"了一口。

桑献："……"

在泳池的训练进行了半个小时左右便结束了，王教练也想让队员们放松一会儿，趁年轻玩去吧。

所有队员自由活动后，随侯钰和侯陌杠上了。

先是比谁游得更快，后来又比谁憋气比较久。

比了一会儿侯陌就后悔了，生怕随侯钰为了跟他比，在水里硬憋着不出来了，赶紧过去捞。

被捞出来后，随侯钰还非常不服气，快速用手抹了一把脸，跟他吼："你这样捣乱不算赢！"

"我错了，是我输了，我们不比这个。"他拉着随侯钰扶着平衡板，让随侯钰浮着，"你看我，能在水里翻跟头。"说完开始展示。

桑献早就上了岸，坐在岸边披着浴巾喝了一口矿泉水，看着侯陌和随侯钰这边叹气："真幼稚。"

邓亦衡一直坐在一边看着，表情有点麻木，跟着感叹："最可怕的是对方还挺捧场，甚至还跟着配合。"

邓亦衡说完，便看到那边随侯钰也跟着翻了一个跟头。

两个小学鸡掐架，玩得可开心了。

邓亦衡渐渐觉得，他当初是不是高估了随侯钰？

他还当随侯钰是一个清冷的美少年呢，人设崩塌。

队伍里的人一起回去的途中路过了篮球场，侯陌突然跑了过去，和正在打球的熟人借了球跟随侯钰展示:"钰哥,看我,置空灌篮。"说完,拿起篮球凌空一踩,仿佛在虚空中踩到了什么似的身体再次一跃,接着一个漂亮的投篮。

他们这些练习体育,且在某个领域出类拔萃的,都有着得天独厚的身体素质。像侯陌的体能就是同龄人中极好的,不然也不会拿到全国第一名的成绩。

身体素质好,会让他们在其他领域同样优秀,此刻他的弹跳力便展示了出来。

看似花哨的动作,却是寻常人很难做到的。

随侯钰站在一边歪头看了一眼,表情十分不屑。

他刚出来,特意换了一件外套,头顶还扣着连帽外套的帽子,只露出了刘海和那张总是严肃的脸来。

他抬头看了看侯陌后撇嘴,说道:"我也行。"

在一边看着的邓亦衡叹气:"钰哥又要上了。"

沈君璟跟着注目,同时无奈地说:"这两个人又要玩起来了。"

桑献都懒得看,朝寝室走:"走吧,别看他们两个人了,这两个小学鸡能玩一晚上。"

三个人都不再等了,继续朝寝室走。

走着走着就看到有人比他们还快,平日里出早操都不积极的冉述正朝着寝室跑,跑得特别快,简直就是百米冲刺。

桑献看着冉述跑远了,十分不解:"这小结巴今天怎么跑这么快?"

沈君璟笑嘻嘻地回答:"我把我的薄荷洗发水借他了,估计头顶冒凉风呢。"

桑献"扑哧"一声笑出来,跟着回了寝室。

这边随侯钰和侯陌又杠上了。

从灌篮比到三分球,原本在打篮球的几个人都被他们耗走了,对侯陌说了一句:"大师兄,回寝室以后把球送回来。"

"好嘞!"侯陌点了点头后,故意炫技,没回头,随手往后一丢,球准准地进入了篮筐。

周围没有其他人了,侯陌笑着跟随侯钰说:"钰哥,我的技术是不是比你强一些?"

随侯钰白了他一眼,捡回球来,单手朝着篮筐投过去。

同样进球。

他扬眉道:"我似乎也不差。"

这时,突然听到邓亦衡离得老远气喘吁吁地喊:"钰哥!钰哥!"

随侯钰走过去问:"怎么了?"

侯陌不爽地跟在后面问:"怎么不叫我啊?"

天色黑,邓亦衡跑得急,对侯陌说道:"这事你恐怕管不了。"

侯陌不服:"怎么就管不了了?"

邓亦衡终于站稳了,说道:"桑献不知道怎么惹到冉述了,被冉述骂了快半个点了。冉述骂人是真的溜,不结巴不重复,跟rap似的,一套一套的,就是没个主题,听半天都不知道冉述到底是因为什么生气的。"

这个侯陌还真管不了,现在冉述绝对是站在食物链顶端的男人。

他让着随侯钰,随侯钰让着冉述,冉述简直是间接地统治了他们所有人。

随侯钰听到的时候还在拍球,似乎并不紧张,随口问:"打起来了吗?"

邓亦衡摇头。

"桑献和他对骂了?"随侯钰继续问。

邓亦衡再次摇头:"没,桑献可骂不过冉述,不过也烦得不行,降噪耳机也被冉述抢走了,我来时桑献都要双目呆滞了。"

侯陌听完偷笑:"桑献其实嘴挺笨的,这要是能被冉述骂得开了窍,能反驳了,说不定病也能好点。桑献老憋着,什么都不说,这才闷出病来的。"

邓亦衡赶紧问侯陌:"钰哥知道了?"

侯陌坦然承认:"我和他说了。"

随侯钰继续拍球,接着说道:"那让冉述骂去吧,多练一练,说不定结巴的毛病能好。"

这两个人倒是角度清奇,谁也不管,都当甩手掌柜,仿佛两个室友吵起来了,反而是好事。

邓亦衡都无奈了:"这就不管了?"

随侯钰依旧是不在乎的语气："嗯，不用管，真打起来了你拉架就行了，冉述肯定打不过桑献。"

邓亦衡也是服了这两个人，他也懒得着急了，没再等他们，直接回去了。

他来得急，穿着拖鞋就出来了，有点冻脚指头。

两个人回到寝室，进门就听到冉述在骂人："你天天就知道摆造型，真当自己是衣服架子呢？你看看你穿什么衣服不是胸口特别紧？黑色运动服都能被你穿出蝙蝠侠的样子来！"

随侯钰和侯陌站在门口听着，也不劝架。

邓亦衡躺在床上聊微信，沈君璟干脆跑别的寝室去了，可怜的桑献无人拯救。

桑献真的是被烦得不行了，说道："不就是把你那个游戏好友气走了没人陪你玩游戏了？你手机拿出来我陪你打。"

"你会吗？"冉述非常不相信桑献，"你的大拇指跟个萝卜头似的，玩游戏都得用平板吧，不然按不开。"

"赶紧的，我加你好友。"桑献拿出手机来对冉述说道。

冉述依旧半信半疑，等加了好友看到桑献的战绩当即闭了嘴。

玩上游戏后，这两个人终于算是休战了。

随侯钰没参与，走进去换睡衣，躺在床铺上打开APP看了一会儿课程。

侯陌则是整理了换下来的运动服、袜子拿去水房都洗了，回来挂好后才上了床。

拉上床帘时，冉述还盘腿坐在对面桑献的床铺上，紧张地看着屏幕，指挥桑献怎么配合他。

桑献全程一言不发，靠着床铺栏杆坐着，手指快速按着手机屏幕，陪冉述打游戏，有种被迫营业的无奈感。

到深夜随侯钰才放下手机和耳机，活动了一下肩膀躺下，时不时还能听到冉述小声指挥的声音，显然也不想打扰别人休息。

桑献也是有耐心，居然能陪到这个时间，到现在也没生气。

最近枫屿高中在忙的主要是两件事：期末考试和双旦联欢会。

体育生们则要多一件事：冬训。

冉述一般不正式上场比赛，在网球队训练也都是"重在参与"，在这期间被欧阳格叫走了，去帮忙排双旦联欢会的节目。

冉述跳舞好是出了名的。

他们是国际私立高中，兴趣班多，多才多艺的学生也多。就算这样，冉述在街舞方面依旧是出类拔萃的，甚至是其他学生口中的"大神"。

冉述扒舞很厉害，排队形也很有一套，很多班级想要表演节目，编排舞蹈遇到瓶颈，或者哪里不和谐了，找冉述指点一下就能得到提升。

这也使得冉述最近都很忙，都没怎么来网球队。

今天冉述却突然来了网球队，鬼鬼祟祟地对桑献勾手指。

桑献扫了他一眼，没理。

之前被劈头盖脸地骂了半个多小时，现在还记仇呢。

冉述干脆跑过去，拽着桑献去更衣室。

桑献只能不情不愿地跟着进去，问："有事？"

"你、你能不能再借我点钱？"冉述小声问道，表情有点纠结，估计也觉得连续借钱怪没面子的。

"哦……可是，我被骂得有点不高兴。"桑献故作为难地说道。

"你胸肌贼棒！"冉述说着，表情真诚地竖起了大拇指。

桑献很快被取悦了，问："需要多少？"

冉述比了两根手指。

桑献点头，低头发了一个消息，接着说道："找我上次推给你名片的那个人，告诉他转账到哪里就行。"

"好！"冉述立即开心起来，"等我、我这边渡劫成功，立即还给你。"

"哦。"桑献拎着球拍走了出去。

冉述给桑家的管家发了账号，等了不到五分钟，他便收到了转账。

他看了一眼后没在意，揣着手机往回走，打算去帮忙排舞，结果越想越不对，再次拿出手机看。

他打算借两万，而桑家管家打了二十万过来。

他重复数了几次："个、十……"

没错，二十万。

这货是真有钱啊！借这么多眼睛都不多眨一下。

翌日。
出完早操，网球队的球员陆陆续续地往网球场走。
随侯钰双手捧着一杯豆浆正在喝，顺便暖暖手。
到了网球场后，便看到苏安怡正一个人在整理刚送来的羽绒服，明明是很瘦的一个女生，一个人拎起一个捆绑好的大袋子，手臂一抡，将袋子丢到了手推车上，袋子到车上后车子都颤了颤，可见分量。
苏安怡和他们打了招呼后，把车推进室内网球场，似乎并不觉得需要他们帮忙。
随侯钰拿出湿巾擦了擦手，过去帮忙拆开袋子，拿出一件羽绒服，抖搂开看了看前面，还挺好的，等翻过来看到后背后，他整个人都僵住了。
侯陌将豆浆杯等垃圾都整理好，放进袋子里，抬头看到随侯钰抖搂开的羽绒服，也是一脸震惊，许久没说出一句话来，整个人都呆滞了。
之后进入室内网球场的球员，看到羽绒服后，纷纷倒吸一口凉气，眼睛对视，却没人敢出声。
苏安怡注意到了，小声问："你们不喜欢？"
随侯钰知道这羽绒服是苏安怡选的款式，半天才找回自己的声音，说道："喜欢。"
侯陌也赶紧跟着说："挺好的，挺好的。"
其他队员也纷纷说道："对，很有个性！"
只不过所有人都笑得和哭一样。
最后进来的冉述看了一眼，笑了："好特别哦，我喜欢。"
桑献站在斜后方，直接转身朝外走，似乎不想多看一眼，衣服也不想领了。
羽绒服是长款的，整体黑色，手臂两侧有两条白色的线，是常见的体育生羽绒服款式。
而且，这个羽绒服的口袋很多，看起来还挺实用的。
胸口的位置有"枫屿"两个字，旁边有一个小彩虹，这些都没有问题。
就是羽绒服后面有刺绣的四个大字：铿锵玫瑰。

苏安怡指着图案解释:"这句是歌词,风雨彩虹,铿锵玫瑰。我们学校叫枫屿,后面有一个小彩虹,所以背面就选了这么几个字……"

随侯钰强烈觉得,背面就是什么都没有,也比绣着这么四个字强!

侯陌则是有点后悔,苏安怡的审美真没比他妈妈强多少。

等队员们逐渐接受了这个事实,最后还是纷纷去试穿羽绒服,确定大小合适,没有什么瑕疵后,他们便领走了衣服。

他们领走了,却没穿,试穿完毕后又纷纷放回袋子里拎走了。

回去的路上,距离苏安怡远了,侯陌才问随侯钰:"这真穿啊?一点也不猛男。"

"你也有接受无能的时候?"

"可是……铿锵玫瑰……"侯陌真的是愁得抓耳挠腮。

"唉……穿吧,苏安怡急了能把我们全队秒了。再说,本来就是我们交给她全权处理的,现在又不喜欢,真的有点过分。"

"哦。"侯陌也只能妥协了。

回到教室后,苏安怡回头问随侯钰:"钰哥,要不把羽绒服都收回吧,我自费给你们再订一批。当初订的时候我和女队一起订的,她们说完寓意后我觉得挺好的……"

随侯钰正在补作业,头都没抬:"没事,挺好的。"

冉述也跟着说:"我喜欢的啊!"

教室里,在补作业的随侯钰看到了手机的消息提示。

随侯钰看了一眼手机,对侯陌说道:"你也看看手机吧,估计你也收到了。"

侯陌赶紧从包里拿出手机,发现是王教练发来的通知。

寒假期间,王教练给他们报名了集训,费用学校全出且有补助,集训一个月的时间,除夕那天才能乘坐高铁回来。

能去集训的,都是比赛成绩比较好的球员。一共十个人,名单里熟悉的名字有:侯陌、桑献、随侯钰、邓亦衡、沈君璟。

侯陌回复消息的时候,又看了随侯钰一眼,问:"你去吗?"

随侯钰很珍惜能提升的机会,立即回答:"我去,反正寒假没地方去。"

"你去我也去。"

"怎么，你还不愿意去？"

"我去年就没去，他们该打不过我还是打不过我。桑献也没去，他家里让他熟悉业务，十七岁就去公司做了一个寒假的小总裁……"

"你没去在家里做什么？"他有点好奇。

"哦，帮我妈做代账会计去了，年底忙，我妈累倒了，寒假就我上了。"

"哦……那今年……"

"没事，去年逞强了，接了五家的代账，今年估计会好很多。"侯陌回复了消息，也同意过去了。

那边邓亦衡朝侯陌喊，似乎想问问，侯陌扭头回答："我和钰哥都去。"

"妥了！"邓亦衡也快速回复消息。

桑献也说道："我也去。"

侯陌笑着问："不当小总裁去了？"

桑献叹气，回答："嗯，去年给公司亏损了三千多万，我爸不想让我去了。"

其他人一齐笑了起来。

早晨第一节课开始，随侯钰拿出练习册来看书。

他们学习的进度很快，一般高一和高二就把所有课程都学完了，等到高三的时候全年都在复习。

临近期末，老师也不再讲新的内容了，讲得比较多的都是练习册上的题目。

下课后，语文老师来到侯陌和随侯钰的位置，拿着卷子说道："上次的小考，你们两个人问题都很大。随侯钰的阅读理解似乎没有完全理解，抒情作文写得也干巴巴的。还有你，侯陌，让你写你最佩服的人，你写你的搭档？"说完，把卷子往桌面上一放。

随侯钰快速伸手拿来侯陌的卷子，看侯陌的作文，一边看一边生气，侯陌找死吧？

语文老师再次说道："你们两个人的作文都是问题，上一次统一考试就是作文上扣了大分数。期中考试你们在比赛没参加，不知道水平，但是这次小考作文依旧是一塌糊涂。实在不行就买本《作文大全》,背背例文,培养语感。我的科目都要成你俩的拖分项了,像我耽误你们了似的。"

两个人同时点头。

等老师走了,两个人同时惆怅。

作文啊——

好难啊——

元旦联欢会被安排在12月30日的晚上。

这一天,晚自习取消,晚间训练取消,所有人去学校大礼堂参加晚会。

不得不说原枫华高中真的财大气粗,学校内的礼堂容纳所有学生绰绰有余。

每次到了这种时候,欧阳格都会特别忙,座位安排还有现场秩序都需要他负责。

于是,侯陌和随侯钰今天就被他抓去当壮丁了。

他们胸前斜挂着一个红色的迎宾肩带,站在礼堂门口带着班级进场。

欧阳格给了他们位置图,每个班级从哪里坐到哪里都有安排。

随侯钰和侯陌去教学楼里通知哪些班级可以去礼堂了。等班级队伍到礼堂门口后,会有其他人带着他们进入礼堂,告诉他们座位的位置。

一个班级入场完毕后,下一个班级跟着。

随侯钰时不时要出来走一趟,比较冷,干脆穿上了体育生的长款黑色羽绒服,确实比较保暖。他胸前戴着迎宾肩带,拿着座位图看了看,领着下一个班级进入礼堂。

再次走出来,下一个班级的学生还没到齐,他站在一边等候时,看到侯陌大步从外面走过来。

侯陌过来时伸手挡了一个女孩子偷拍随侯钰的镜头,接着对她微笑:"要不要拍我,我也好看。"

女孩子被吓了一跳,赶紧逃跑。

最近因为短视频,兴起了一阵偷拍风,把偷拍的帅哥、美女发到平台上去,说什么"海底捞"。还有的则是单纯偷拍,想要发朋友圈炫耀。

可能一部分人真的不是恶意,但是作为被偷拍的大部分人还是会不喜。

至少随侯钰不喜欢被人偷拍。

侯陌笑着走过来，问："冷不冷？"

随侯钰回答："还好，大多数时间在礼堂里面。"

"我特意找人借了一个暖手宝，喏！"侯陌把暖手宝从羽绒服的袖子里掏出来给了他。

随侯钰拿起来看了看，粉红色小猪，还挺可爱的，不由得扬眉："和谁借的？男的女的？我认识吗？"

侯陌还挺开心地回答："我觉得你认识，姓邓，还和我们同寝，目前站在教学楼下成了瞭望石，随时准备去叫班级。"

随侯钰问："他怎么买这种？"

"他们家店里搞活动的赠品，他顺手留了一个。"

随侯钰笑着捧着暖手宝，等这个班级的队伍人到齐了，带着队伍进场。

侯陌跟在他身边问："还有几个班级？"

"坐得差不多了，苏安怡他们负责国际班的，全部坐在左边。我负责普通班的，坐在右边。格格也是舍己为人，我们班的学生是最累的，座位是全校最差的。"

"那没办法，谁让我们是 17 班？最差班。"

"喊。"最差班平均分排在中游？

等座位都安排得差不多了，随侯钰作为班长，收走了帮忙的同学的肩带，送到了后台仓库。

冉述还在后台帮忙排节目呢，看到随侯钰后跑过来，往随侯钰头顶戴了一个发箍，还打开了开关。

发箍是一个小恶魔的角，打开灯之后是红色的。

这种发箍还挺考验颜值的，偏偏戴在随侯钰的头顶格外搭，恶魔角配上一张总是不爽的帅脸，十分有趣。

他想拿下来，却被冉述阻拦了："别拿，一会儿关、关了我才能回去，我得看着你头顶的光找位置呢！"

"哦，那我先回去了。"

冉述点了点头。

随侯钰戴着发箍回去，路过观众席时还引起了一阵轰动。

有认识随侯钰的叫了几声："钰哥，太萌了！"

他走到哪里，便觉得周围的学生像是向日葵，脸都朝向他，他成了移动的太阳。

他抿着嘴回到班级，坐下后便注意到侯陌一直在看他，还拿出手机拍照。

一向不愿意拍照的随侯钰，竟然难得地配合，举起了粉红色小猪，让侯陌拍他，坚持了一会儿才问："拍完了吗？"

"我录像。"

"……"之前还算友好的表情瞬间收回，随侯钰再次严肃起来，且白了侯陌一眼。

侯陌反而笑出声来。

晚会正式开始，冉述才摸着黑回了自己班的队伍。

礼堂的二楼一共坐了六个班级，高二17班的座位排在最后，冉述过来也算好找。

坐下后，冉述对随侯钰说："徐、徐柚壹有节目，跳舞。"

侯陌探头问："我们妹妹舞蹈也不错？"

冉述越过随侯钰看向侯陌："谁、谁是你妹妹，别套近乎啊。"

随侯钰坐在中间，主持人的开场白都没听到多少，光听坐在他一左一右的两个人吵架了。

他懒得听，只能问冉述："你的节目在第几个？"

冉述跷起二郎腿，大少爷一样地回答："压轴。"

"不愧是你。"

冉述笑得特别灿烂："那是。"

正笑着，一扭头看到身边坐着的是桑献，冉述瞬间收了笑容。

挺开心的时间，怎么坐死神旁边了？

靠近桑献，快乐都会少三分。

忍了吧，人家现在是债主。

主持人是高二文科班的学生,主持功底还挺不错的,估计是专门学过播音主持。

他们学校的兴趣班就有这个,晚会的氛围也算不错。

刚刚并校一个学期,现在已经看不出任何不和谐来了。

晚会到了中场,有互动环节,主持人询问现场有没有之前没有报名,还想上来表演节目的同学。

场面混乱了一会儿,上来了一个男生抱着吉他清唱了一首流行歌。

主持人再次上台询问的时候,突然有人开始起哄,叫侯陌的名字。

最开始只有一两个人叫,到后来成了全校起哄。

侯陌坐在座位上一阵无奈,人气太高似乎也不太好。

随侯钰看到侯陌为难的样子,又想到侯陌唱歌的水平,最后叹了一口气起身,帮侯陌顶上了。

看到出场的人不是侯陌,居然是随侯钰,这些学生也万分惊喜,纷纷欢呼起来。

整个枫屿高中的学生差不多都知道原本不对付的两个人关系变好了。毕竟随侯钰这种不愿意出风头的人都能帮忙救场,这绝对是最大的恩赐。

随侯钰上台时穿的还是体育生那套黑色的运动服,站在主持人身边接过话筒。

主持人问道:"一向听闻随同学多才多艺,今天能不能表演一个不一样的?"

之前在军训的时候随侯钰跳舞,很多人都看过,主持人的意思也是不想随侯钰唱首歌就下去,最好能跳舞。

随侯钰并没有立即回答,只是看着主持人不说话。

主持人被看得有点慌,赶紧改口:"呃……唱歌也是可以的。"

瞬间认怂。

随侯钰也没让主持人下不来台,说道:"借我个乐器。"

主持人:"吉他?"

随侯钰:"二胡吧。"

这回的才艺表演的确不太一样。

二胡作为古典乐器,一直被奉为经典,随侯钰拿在手里时,竟然也不显得违和。

有着浓郁中国风的少年,和侯陌那种异域的长相形成了鲜明的对比。

好像……随侯钰原本就适合这种古典的东西。

之前那个男生的弹唱结束后,支架、麦克风和椅子还没撤下去,随侯钰顺势坐下了。

不坐不要紧,坐下之后腿长优势就显现出来了。

台上的是高脚椅,之前的男生两只脚搭在椅子脚踏上,随侯钰则是脚踩地。

他坐稳之后,试了一下二胡的音,接着对麦克风说道:"唱一个耳熟能详的吧,生僻的怕你们听不懂。"

依旧是跩得不可一世的样子,偏偏所有学生都不觉得有什么。

随侯钰就是这个样子的。

说完,他开始拉二胡,唱了一段《苏三起解》,男旦版本。

什么叫开口跪?

随侯钰开口的一瞬间,便引来一阵惊呼,又很快噤声了,生怕听不到随侯钰的声音。

等随侯钰唱完,放下二胡准备下场的时候,主持人再次上来,用夸张的语气说道:"没听够!是不是啊!"

台下的学生还挺配合的,跟着起哄。

被迫营业的随侯钰只能耐着性子再回来,坐下后思考了一会儿,拉着二胡找旋律,这次唱了一首歌——《新鸳鸯蝴蝶梦》。

随侯钰的声音更像是少爷,属于标准的少年音,唱不出太多的沧桑来。加上之前练习戏曲发音比较多,唱歌时有自己的味道。

这首歌算是被重新诠释了一遍,愉快的声音里还带着一丝慵懒。像是午后躺在飘窗的猫咪,伸着爪子,懒洋洋地喵呜。

头顶上的小恶魔发箍还在发着暗红色的光,精致的脸上难得地出现了一抹柔情。

唱着唱着,嘴角扬起,意外的迷人。

唱完这首歌,随侯钰没有再停留,直接走下台,再怎么起哄都没用,他已经非常给面子了。

回到班级队伍坐下后，冉述忍不住问："你、你怎么唱了这么一首歌，不是你喜好啊！"

"哦。"随侯钰重新拿来羽绒服外套盖在腿上，回答，"有人爱听。"

"大意了。"冉述骂了一句。

冉述的节目在晚会最后，一般这个节目都是全场最炸的。

冉述和其他几个班级里跳舞比较好的男生临时搭档，排了一支舞。由于准备得匆忙，大多数动作都是扒的原来的舞蹈动作，只在一些阵形上进行了改良。

至于中间的 C 位，当然是冉大神了。

他们甚至没有单独订服装，穿的是原青屿的校服，白色衬衫，靛蓝色的西装裤，统一的白色板鞋。

然而松松垮垮地系着领带就已经十分有型了。

在网球队里总是一副活不下去样子的冉述，在台上完全不一样，个性张扬，跳舞的力道与平衡感掌握得特别好，让人移不开目光。

表情管理方面也极为优秀，没有半点紧张，反而像是在享受，怡然自得。

随侯钰在台下像慈祥的父亲，问侯陌："他跳得不错吧？"

侯陌懒洋洋地抬眼看了一眼，随后敷衍地点头。

桑献托着下巴，看着台上耀目的少年，难得地勾起嘴角笑了。

这笑"三分欣赏，三分宠溺，四分漫不经心"，非常霸总。

等冉述表演完节目准备下台时，突然来了一群女生给他送花，他先是脚步一顿，接着笑趴在台边。

他知道这绝对是随侯钰和苏安怡安排的，来了二十多个女生，一人手里一捧鲜花，还怕礼堂太暗看不清花，每束花里都有星星灯，照得极为闪亮。

冉述喜欢什么？

不用经济实用，他就喜欢那种华而不实的东西，越浮夸他越喜欢。

比如闹闹哄哄的生日会，比如表演完节目雇二十多个小姑娘来给他送花。

晚会结束后，冉述捧着一束花，兴奋地跟着随侯钰他们一起出场，还在炫耀："听、听到欢呼声没有？我太帅了，所有人都被我的魅力征服了！"

随侯钰点头:"嗯。"

"你非、非得练网球,不跟我一起,不然咱俩配合的话无敌了!"

"兴趣不同。"

走出礼堂,外面已一片素白。

天空还在无声无息地落着雪花,纷纷扬扬,最后轻飘飘地落在了地面上,铺了薄薄的一层。踩上去,雪便粘在了鞋底。

侯陌抬手,帮随侯钰戴上羽绒服的帽子,接过已经不太热的暖手宝,放进自己的口袋里,说道:"回寝室吧。"

随侯钰手里还帮忙捧着一束花,抬头看着天空问:"如果明天雪很大,会停早操吗?"

"如果是平日里,早晨体育生负责把跑道清扫出来,接着继续跑步。冬天的训练最严格,就怕囤积脂肪。不过明天是31号,下午就放假,不一定会让我们扫雪,不知道了……"

和冉述关系好的人,几乎人手一捧花,这花都买了不能浪费,被他们带回了寝室。

尤其是随侯钰他们的寝室,回到寝室里就能闻到一股香味,也不知道究竟是哪种花这么香。

邓亦衡换睡衣的时候还在问:"室内这么多植物,晚上不会做噩梦吧?"

冉述在一边不爽地回答:"等你、你求婚的时候,你对象想要999朵玫瑰花,你说'不买,植物多了做噩梦',你看看你会不会孤寡终身。"

翌日早晨。

体育生醒来后,便发现雪厚得盖住了整个跑道,仿佛整个世界都被白色填满。

走出去,雪到脚踝,尤其是墙角之类的地方,雪被风吹得在这里堆积,有一米那么厚。

一群体育生在寝室门口徘徊,等待老师的安排。

老师也被雪困住了,过不来,只能电话通知他们:自由活动,不用除雪。

随侯钰原本已经打算朝食堂走了,突然一个雪团砸在了身上,远处邓亦衡挑衅地说:"来啊!打雪仗啊!"

侯陌走过来帮随侯钰拍了拍身上的雪，说道："咱们不去，怪冻手的。"

随侯钰也准备走了，结果听到那边有人说道："钰哥准头不行，不用拍的话肯定打不到我们身上。"

也不知他们是觉得就这么几个人打雪仗没意思，还是觉得活着没意思了，用了激将法，刺激了最无法忍受激将法的人。

随侯钰脚步一顿，接着扭头看向这群人。

侯陌心里一凉，知道随侯钰诡异的好胜心又起来了。

很快，随侯钰朝着雪地里走过去，纤细的手指拢起一团雪，揉成一团后朝着邓亦衡丢过去，直接砸在了邓亦衡的脸上。

邓亦衡刚刚抹下脸上的雪，下一个雪团又来了。

沈君璟赶紧帮自己的搭档，同时用雪球扔随侯钰。

随侯钰再次握好一个雪团，踩着雪快速跑过去，把雪团砸在了沈君璟的头顶。

网球队的男生们似乎没有人去吃饭，看到熟人都在雪地里，一瞬间都凑了过来，跟着一起打雪仗。

下了一夜的雪，到早晨便停了。

体育生是最早起床的，雪上面都没有其他人的脚印，蓬松且干净。

他们冲进雪地里，甚至没有戴手套，手指冻得发红，却没有停下来，大笑着混战成一团。网球队绣着"铿锵玫瑰"四个字的黑色羽绒服在雪地里尤其显眼。

初期还是大混战，到后来一群人反抗随侯钰，竟然不是对手。

后来很多年里，网球队的男生想起这一年的12月31号的早晨，都会心有余悸。

他们总会想起随侯钰1 VS 20，二十人仍被碾压的恐惧。

随侯钰很瘦，身体又十分轻盈，能够肆意奔跑，拢雪团的速度又很快，在场所有人都被随侯钰攻击过。

"大师兄！能不能管管钰哥，钰哥疯了！"有人朝着侯陌喊了一句。

"我哪敢啊。"侯陌站在操场边，双手插进口袋里懒洋洋地回答，看着随侯钰打雪仗的模样有点想笑。

别人是在玩,随侯钰是在努力取得胜利!

邓亦衡在那边躲得特别狼狈,甚至在求饶:"钰哥,我错了,你别盯着我了,我脖颈里全是雪了。"

随侯钰咬着牙问:"哥准不准?"

"准!特别准!"邓亦衡带着哭腔回答。

一边的侯陌偷偷搓了一个雪团,看到随侯钰靠近后,朝着随侯钰丢过去。

其实侯陌丢得挺轻的,像是在撩闲。

没承想随侯钰一瞬间放过了邓亦衡他们,转身朝着侯陌走过来,同时俯下身快速抓了一团雪,接着直接扣在了侯陌的脸上。

侯陌下意识地往后躲,刚刚将雪扑下来,便看到随侯钰正在握下一个雪团。

侯陌跑得比猴都快,一边狂奔一边道歉:"钰哥,我错了,我就是闹着玩呢!"

但是随侯钰不管,握着雪团疯狂追侯陌。

没一会儿,两个人便在雪地里跑出了一阵小旋风来,侯陌的后背挨了好几个雪团,随侯钰也不打算放过他。

侯陌回头,看到正在给随侯钰送雪团的冉述和苏安怡,差点崩溃了。

不带这么玩的!怎么还有应援?

这时邓亦衡终于能休息一会儿了,气喘吁吁地靠着一边的墙壁,还有闲心拿出手机来跟吕彦歆视频聊天,介绍道:"我们和钰哥打雪仗,二十来个人没打过钰哥一个,第一次见打雪仗打得这么拼的。"

吕彦歆听完大笑出声:"哈哈哈!钰哥怪可爱的。"

"看到那两个人没?钰哥和大师兄,钰哥追着大师兄绕操场跑了五六圈了,比出早操还快呢。"

"看不清啊,这两个人快得都成残影了。"

"那是,我们钰哥是三千万像素都追不上的男人,当然也可能是我流量网比较卡。"

吕彦歆再次大笑起来,笑的同时还在准备去吃早饭,视频里"哗啦哗啦"乱响。

邓亦衡也跟着傻笑。

视频里侯陌和随侯钰逐渐跑出拍摄范围，邓亦衡不再录他们了，扭头去食堂吃饭。

侯陌跑到了后操场墙根底下，再无去路，只能抬起一只手臂挡着，硬着头皮朝着随侯钰走。

随侯钰又丢了两个雪团后，被走过来的侯陌扛了起来，走了一段后，将其丢进了墙角的雪堆里。

这里的积雪很厚，雪堆十分松软。

随侯钰在雪里滚了一圈，还没稳住身体，侯陌便再次扑了过来，往他身上盖雪，似乎是准备将他埋进雪里。

他反应过来了，赶紧反过来制伏侯陌，把侯陌往雪里按。

可惜制伏方面随侯钰不如侯陌，很快又被侯陌控制住，将他按进雪里。

到了下午，随侯钰和侯陌两个人同时开始流鼻涕。

两个人交替着擤鼻涕，像是后排的二重奏。

冉述一脸嫌弃地回头，压低声音说道："该！之前有多疯狂，现在就有多狼狈！"

侯陌发现了，冉述数落他的时候都不结巴。

等到下午放学的时候，终于确认，他们一起感冒了。

两个人都顶着通红的鼻头，看着对方，眼神里都有点无奈。

乘坐面包车回到家里，侯陌下车后说道："你等我一下，我去买几个口罩，我妈妈身体不太好，免疫力低，别传染给她了。"

"普通感冒有传染性吗？"随侯钰站在原地问。

"以防万一吧，她身体经不起。"

"嗯，那你去吧。"

没一会儿，侯陌走出来，拿出一个一次性的医用口罩给随侯钰。

侯陌也戴了一个，因为鼻子比较挺，戴上后孔隙很大，调整鼻梁处的金属条调整了半天。

桑献背着包往外走找自己家车的时候，冉述小跑着跟上了他。

"让我搭、搭个车！"冉述跑得气喘吁吁的，说话的时候还扶着他的手臂。

"你家里没来接你？"

"别、别提了，不但没来，还让我别回去。要是我住校让钰哥知道就完蛋了，我得出去住。"

"你倒是为他承受了很多。"

冉述摆了摆手，一副别提了的模样，指着前面的迈巴赫说道："你家的车在那儿呢。"

"你都认识了？"

"嗯。"他可是连这辆车有什么配置都查过。

冉述跟着桑献到了车前，打开后排的门，看到桑献的妈妈也坐在车里。

桑妈妈看到冉述很意外，桑献解释道："朋友，搭车的。"

桑妈妈立即懂了，下了车主动去前排副驾驶的位置坐下。

冉述进车后才跟桑妈妈打招呼："您好，我、我叫您姐姐还是阿姨？要是不冒犯桑献，我想叫您姐姐行吗？"

此时前后排中间间隔的玻璃是摇下来的。

听到冉述说话，桑妈妈被逗得"咯咯"直笑："这个小朋友说话倒是有意思，嘴甜。"

冉述笑着回答："不是，我、我由衷的，您确实漂亮，欧美范。"

桑妈妈继续大笑，跟桑献感叹："你这个朋友绝对是你朋友里最会说话的。"

冉述有点纳闷："侯陌他、他也嘴甜吧？"

提起侯陌，桑妈妈笑容收起来了一些，随后感叹道："侯陌和我们家人一直都客客气气的，我倒是希望他能和我亲近一些。"

"哦……"冉述没多问。

桑献坐好后，低头看着手机问："你要去哪里？"

冉述想了想后回答："到、到市里以后，找一个酒店门口停下，我自己去住两天。"

桑妈妈听完赶紧说道："哟，都元旦了，自己住酒店？多寂寞啊，来我们家玩吧。"

冉述眼珠一转，当即乐了："行啊！"

他老早就好奇桑献到底是什么家底了，正好能去看看。

冉述想过，他们会去什么别墅区，有高档的物业，在特别厉害的园区。结果，他们去了荒郊野外。

桑家自己买了块地皮，自己盖房子，周围的园林景观都是他们家自己建的。

车子行驶进入大门后，桑妈妈指着山上的几栋房子说道："那栋楼是桑献自己的，那栋是我们的，稍远点那边有桑献的爷爷奶奶……"

冉述一直沉默地看着，心里暗叹：牛。

桑妈妈倒是不嫌弃冉述说话结巴，还和冉述聊了许久。

桑妈妈知道冉述是桑献的双打搭档后，还挺好奇："你以后会做体育生吗？"

冉述摇头："其实吧，如果我、我不结巴，我想做偶像去，唱歌跳舞什么的。我要是能参加选秀节目，就算不C位出道，也能混个出道位。"

桑妈妈惊讶地问："这么有实力？"

"也不是，主要是家里有钱。"

桑妈妈被逗得大笑。

冉述继续说道："我六岁的时、时、时候就带资进组过，演了男主角童年，导演都夸我有演技有灵性，结果后来结巴了，也就没拍过了。"

"结巴是后天形成的？"

冉述苦笑起来，这事没法说，也就没回答。

桑妈妈也没再问。

聊着聊着，桑妈妈知道冉述是冉家的，惊呼有缘分："我们两家祖上曾经是拜把子兄弟，一同经商的，一起对抗土匪，在当年都是有头有脸的人物。不过到了后来几辈关系就淡了，到现在已经没有联系了。"

冉述还挺惊讶："原来我、我们两家以前认识？"

"可不嘛！我回去看看族谱，你和桑献说不定还是叔侄兄弟呢。"

冉述晕乎乎地跟着桑妈妈到了桑家父母的别墅。

桑献本来想回自己的别墅，想了想后还是跟着冉述一块过来了。

桑妈妈热情地拿出族谱往下看，算来算去，觉得有点离谱："不对吧……差这么多辈？"

桑家和冉家有很大的不同。

桑家晚生晚育且世代单传，导致桑献辈分很大。

冉家则是枝繁叶茂，生得多且密集，到冉述爷爷辈更是娃娃亲，老早就有了孩子，他父亲有他的时候才二十二岁。

这样算下来，桑献居然是冉述的祖爷爷。

冉述看着这个辈分，陷入了沉默。

这亲戚真不如不认。

在桑妈妈再次重算的时候，冉述凑到桑献身边嘀咕："就您、您这辈分，您就不适合活着，就该早日入土为安，那小盒才是适合你待的地方！"

桑献也没准备和冉述攀亲戚，随便扫了一眼，接着说道："两家关系早就淡了，这辈分已经不作数了。"

"也对……"桑妈妈放弃了，起身问道，"小冉想吃什么？我让阿姨去做。"

"都行！"

桑妈妈走后，冉述拿着族谱拍照给随侯钰，打字：帮我算算辈分，我真是桑献的曾孙？

显然耿耿于怀。

然而随侯钰那边许久都没有回复他。

此时，随侯钰和侯陌正排排坐，被侯妈妈摸额头呢。

侯妈妈两只手，盖住两个男生的额头试体温，又对侯陌伸出手来，侯陌乖乖地把夹在腋下的温度计递了出去。

侯妈妈看了看温度，愁得眉头紧锁，甩了甩温度计，又递给了随侯钰。他乖乖地接过去，夹在了腋下。

两个男生此时都不敢出声，像做错事了似的等挨骂。

侯妈妈看了他们半晌，又伸手抚了抚大哥的后背，接着说道："下雪玩一会儿可以，但是要有分寸，这样感冒了岂不是会影响期末考试？"

侯陌赶紧说道："这都是小病，没事。"

随侯钰跟着说:"脑袋还是清醒的。"

侯妈妈也不忍心说他们两个人,问:"那今天还给你们补课吗?"

两个人一起摇头,生怕传染了侯妈妈。

随侯钰指着手机说:"我可以看视频学习。"

侯妈妈没再纠结,说道:"那你们下楼吧,我明天早上给你们送早餐,你们趁假期多睡一会儿。"

侯陌赶紧起身,随侯钰则是拿出温度计递给了侯妈妈,想要抱着大哥回去。

侯妈妈赶紧拦住随侯钰:"'喵咪咪'会打扰你们学习,期末期间好好复习。"

"哦。"随侯钰放下大哥,和侯陌结伴下楼。

出门后,两个人同时松了一口气。

他们怕侯妈妈这种温柔的女人,主要是怕她会担心。

谁能想到,在学校里不可一世的两个人,有朝一日会在一个女人的面前尿得像鹌鹑?

随侯钰和侯陌的感冒三天左右便彻底好了。

具体说的话,只有第一天流鼻涕了,第二天喉咙有些不舒服,第三天便一点症状都没有了。

两个人到底是十七岁的少年,长期训练,身体底子好。

元旦假期结束后,按照枫屿高中的安排,直接进入了期末考试阶段,小科目先陆续进行期末考试,大科目再在最后几天进行统一的考试。

这期间,体育生的训练相对减少了一些,毕竟他们寒假也会留校训练一阵子,以后再练也不迟,普通高中还是以学习为主。

自习课时,欧阳格特意来了教室,站在侯陌身前说道:"我和各科老师说了,这次不多给卷面分。"

侯陌抬头看了一眼欧阳格,继续看书。

欧阳格又故作担心地问随侯钰:"随侯钰,要是你作文能提高几分,这次能考第一吧?"

随侯钰抬头看向欧阳格,回答:"应该可以。"

"一等奖学金和二等差不少呢,你多努力。"

"奖学金倒是无所谓。"随侯钰翻着笔记继续看,"我就是不想输。"

尤其是输给坐在他身边,上课都不怎么学的傻子,他会万分不甘心。

欧阳格对随侯钰的反应非常满意,点了点头,对随侯钰表示鼓励:"继续加油,我挺看好你的。"

"好。"

侯陌看着欧阳格,知道欧阳格这是敲打自己来了,不由得暗暗来气。

他目送欧阳格离开教室,知道欧阳格看到他不认真学习的样子也来气,所以故意来刺激他几句。

关键侯陌还真开始担心起来了。

按照随侯钰的好胜心,不得学到废寝忘食的程度?

他现在也有着诡异的好胜心,总觉得自己样样都不如随侯钰。侯陌拿得出的就两样:学习和体育。

勉勉强强地还能再加一样:字写得不错。

随侯钰便在前两样上跟他较上了劲。

随侯钰呢,会跳舞,唱歌也好听,据说精通八九样乐器,画画也非常好。

真·全能。

考试不能输。侯陌暗暗下定决心。

他没有记笔记的习惯,也没笔记可以看,于是跑过去把桑献的笔记借过来了。

翻着桑献的笔记就觉得这货真的绝,笔记完整,字也好看,突然又动了歪脑筋,对桑献说:"你这笔记我复印几份!"

桑献无所谓,随便回应了一声,继续看书。

晚上放学后,侯陌拿着桑献的笔记去了学校的复印社,每科笔记复印了二十份,装订成册,接着在食堂里门口的桌子上摆一排,还立了一个牌子:卖学神课堂笔记。

最开始没人理侯陌,侯陌也不着急,坐在椅子上看笔记独自复习。

渐渐地,还真有人来问:"这个是你整理的吗?"

"嗯!我复印的!"侯陌回答得特别含糊。

"怎么卖？"

"一个科目十块钱，童叟无欺，以后高三复习的时候都能继续用。"侯陌说着，还拍了拍桌面的复印件。

他们学校的复印社比较良心，复印一科的笔记，成本也就两三块钱。

侯陌这样转手一卖，一份能赚个七八块钱。

侯陌是谁啊，高二学年组第一名，他总结的笔记肯定有精妙之处。渐渐地，还真有人买了，物理的笔记更是一瞬间就没了。

他们这一届还分文理呢，高一那一届改成了"3+3"模式，据说物理是最惨的，选择的学生少之又少。

可见，他们学校的学生对物理还是非常恐惧的。

还有几个女生预订了下学期的笔记，还和侯陌约圈重点，加了侯陌的微信。

侯陌在早读时间认认真真地在复印的笔记上圈了重点，并且挨张拍照，发给了之前预订了圈重点业务的学生。

侯陌做得很乐和，把重点发完，每份能多赚十块钱，准备期末考试还能有钱入账，这让他非常开心。

本来圈重点也是他时常会做的事情，圈的同时，他自己也复习了一遍，一举两得，何乐而不为呢？

第五章 集训营

期末考试的考场与上一次考试的一致。

侯陌进入考场后不久,便看到徐柚壹来了,还主动跟她打招呼:"哎,妹妹,上次双旦联欢会你的四小天鹅跳得真不错。"

徐柚壹被侯陌的主动打招呼搞得一怔,随后尴尬地笑了笑:"我跳的是拉丁舞。"

侯陌也是一慌:"我看错节目了?那个……我们班坐得比较远……"他确实没仔细看。

当时只是听到了报幕,这个舞又是四个舞种连着。他随便扫了一眼,看到一个清瘦且白的女孩子,便当成徐柚壹了。

冉述刚巧路过,忍不住数落侯陌:"你还好意思搭讪呢,是谁都没看清楚。再说了谁是你妹妹,真不要脸。"

侯陌看了冉述一眼也不计较,反而跟随侯钰邀功:"你看,我最近把冉述练得都不结巴了。"

随侯钰走进来回答:"那你多气气他,促进他的进步。"

"还用我气?"侯陌都笑了,"我活着他就不高兴。"

徐柚壹看着侯陌,眼睛里全是不可思议。

侯陌似乎和冉述他们相处得也不错,还可以贫嘴。

她做了随侯钰几年的妹妹,依旧没能让随侯钰和她多亲近,就连冉述对她也只是出于随侯钰那边的关心,表面上维持关系,并没有多要好。

至于苏安怡……她都没跟苏安怡说过几句话。

她看着侯陌的时候有些羡慕。

他是怎么做到的呢？

随侯钰看向徐柚壹，问道："他没再为难你吧？"

这个"他"指的是谁，徐柚壹一听便知。

她小声回答："没有，他还和我道歉了……"

"哦，那就好。"

这倒是那个伪君子能干出来的事情，能维持表面上的和平也不错。

"哥，春节你会回去吗？"徐柚壹还是非常期待随侯钰回家的，她已经很久没和随侯钰亲近过了，就连去找他的那次，他都把她一个人丢在民宿里。

随侯钰歪头想了想后，说道："我去集训，过年也不回来。"

一起来考试的人都知道，他们去集训会在除夕那天回来。不过随侯钰这么说了，肯定是故意的，他们也不戳穿。

"哦……"徐柚壹一阵失落，接着说，"我最近想给你织一条围巾，你喜欢什么颜色的？蓝白色吗？"

随侯钰随口回答："我不缺这个。"

"新年礼物嘛！也是我的心意，冉述哥哥要吗？"

随侯钰想了想后问侯陌："你喜欢什么颜色？"

侯陌正在包里掏笔，随口回答："春节戴吗？红色比较好？"

随侯钰点了点头，对徐柚壹说道："那就红色吧，需要搭配你就自己配一个颜色。"

徐柚壹睁圆了眼睛看向侯陌，心里有点嫉妒。

她拼尽全力，却无法做到的事情，这个人似乎轻易便做到了。

她不想输给侯陌，却比不过侯陌。

她还没开口，便看到侯陌突然举起一个毛毡玩具，对她说："顺便钩一个小的，用边角料给这个小家伙织一个。"

徐柚壹看着毛毡玩具，似乎认出来是随侯钰做的，许久后才回过神来点头："哦，好的，没问题。"

站在身前身材高大，发色和眸色都很浅的男生对着她灿烂地微笑，笑容纯粹，没有任何杂质，帅气的模样十分耀眼。

她坐回到椅子上，双手捏在一起，一阵难受……

期末考试两天就能结束，不过高一这一届"3＋3"需要三天才能考完，所以高二会早放假一天。

考试结束后，随侯钰和侯陌找老师又要了一份卷子，两个人聚在一起对答案。

对完之后发现他们能记住的一些题目答案基本一致，估计最后的分数差距，都在语文和英语上了。

去参加集训的不仅枫屿高中。

他们到了车站后便发现过去的学校订的都是同一班高铁的票，所有学生在候车大厅再次碰面。

他们到目标城市后，会乘坐同一辆大巴车到酒店，在酒店住的房间也都挨着。

枫屿高中非体育专业学校，去集训的只有十个名额，由于训练程度与自愿程度不同，同行的女队成员只有三个人。

据说去年的集训太苦，尤其是集训地湿冷的天气让女生们受不了，还不如留在学校集训。

省体和东体附中都是二十个名额，熟悉的面孔基本都在，其中还有吕彦歆。

等车的时候，吕彦歆一个人跑过来和他们聊天，主动问随侯钰："钰哥，你带护腕、护膝这些东西了吗？"

随侯钰随口回答："昨天临时去买了，怎么？"

"我们突然过去南方不适应呗，那边湿冷，还没有空调、暖气，据说挺难受的，我的学姐特意把她们传下来的护具传给我了。我们上一届一位学姐过去冻坏了，回来后经期不调了几个月，后来喝中药才调回来。"

坐在一边的侯陌随口说道："集训回来后，钰哥也要开始喝中药了。"

"怎么了？"吕彦歆惊讶地问。

"太瘦了，昨天被王教练带去中医院了，开了药方，春节的时候喝中药调调身体。"

"噗——"吕彦歆笑起来，"也是惨，这是多少女生羡慕的烦恼？"

随侯钰则是无奈地靠着椅子，不想说话。

昨天他们难得有一天假期，也没能睡成懒觉。早晨六点多王教练便开车来接随侯钰了，侯陌也跟着早起一起去了医院，毕竟他们湘家巷地方偏，去城里路上就得花很长时间。

随侯钰的狂躁症也需要定期检查，需要测的有几项，比如头颅核磁等，看看他各项指标正不正常，需不需要用药，等等。

随侯钰最近维持得很好，各项指标都朝着正常发展了，估计是保持了良好的睡眠，以及没有过大的情绪波动。

随侯钰最近的心情一直不错，让他病情也好了很多。

这些检查完了，王教练但心随侯钰太瘦，又开车直奔中医院。

这回随侯钰纯属被王教练和侯陌一前一后地架进去的，进去之后医生把脉，开了药方。

随侯钰瘦纯属体质问题，营养吸收不如一般人，才导致他吃得多却不长肉。

排队检票的时候，枫屿高中的人终于站起来了，让其他人能看清他们的羽绒服。

刘墨连行李箱都不要了，走过来欣赏侯陌的后背，问道："你们这是什么造型？"

枫屿高中的这些人倒是不在意，一齐转身展示给其他学生看，侯陌更是用大拇指朝着后背的四个字，说道："我们就是铿锵玫瑰，帅不帅？"

逐渐接受了这四个字后，他们还真是越看越顺眼。

而且这几个字的刺绣也很霸气。

刘墨看着这群人沉默了许久，终于破功了："我们到底输给了一群什么玩意儿？！"

杨宏直咧嘴："没眼看。"

胡庆旭也是一阵绝望："我们居然输给了他们，说出去都丢人。"

杨宏突然跟随侯钰说道："南云附中的那对双打搭档也去集训，你们到地方了说不定能跟他们切磋切磋。"

随侯钰回忆了一下问:"上次全国赛双打第一?"

"对!"

"云南的?"

杨宏很诧异,为什么会有这种误会?他赶紧回答:"不是不是,好像是火锅省人,而且人家是南云附中,也是省队挂靠的学校。"

"哦……"随侯钰随口回答了一句,"姜维那对呢?"

"姜维和陆清辉已经在省队训练了,不跟我们这群孩子凑热闹。"

聊着天的工夫,他们过了安检。

走出通道,侯陌他们和省体、东体附中的人分成了两个方向。

刘墨看着手里的票,问侯陌:"贱猴,你们车厢怎么那么远?不是一起买的?"

他们和东体附中就在同一节车厢。

侯陌晃了晃手里的车票,说道:"我们全员商务座,拜拜了您哪!"说着,拖着行李箱,带着坐在行李箱上的随侯钰朝着他们的车厢走去。

刘墨小声骂了一句脏话,不过很快调整了情绪,安抚队员,带着自己的队员朝着二等座车厢走。

其实这一路还挺波折的,他们需要先乘坐高铁去首都,听网球界大佬的讲座,听完之后住一晚,才乘坐飞机去集训基地。

枫屿高中心疼孩子,自己补贴了订票费用,高铁票是商务座,机票是头等舱,和其他学校根本不是一个水平。

出门在外的枫屿高中,时不时就会显露他们有钱的优势来,排面方面从来不输。

上了高铁,侯陌放好行李箱后帮随侯钰调整好椅子,说道:"你先睡会儿,我背电话号码。"

随侯钰觉得很奇怪:"为什么要背这个?"

"以防万一。你有需要联系的人吗?我把冉述和苏安怡的手机号码背下来?"

随侯钰拿出手机来找出冉述和苏安怡的手机号码给侯陌看,同时问:"背得下来?"

"一串数字而已,我看两遍就记住了。"侯陌拿着随侯钰的手机看了看便还了回去。

随侯钰不信他这么快就背下来了,还考了他一遍。

侯陌还真的一个数字不差地背了出来。

这记忆力……随侯钰真想一榔头把他给锤傻了。

随侯钰躺下后,侯陌从包里拿出一块毯子,盖在他的身上,没一会儿便睡着了。

快到目的地了,侯陌才叫醒随侯钰。

随侯钰缓了一会儿神,问:"之后什么安排?"

"几个学校集合后一起去吃饭,下午讲座,晚上回去休息,明天上午九点的航班……你跟着我走就行了,流程我都记住了,还顺便看了地图。"

其实随侯钰才是队长,不过他从来没真正地尽过队长的责任。

在他做了队长之后,侯陌便将所有的工作都揽了过去。

这次去集训没有教练跟着,苏安怡也不来,全程都是侯陌带队。另外九个人包括三名女队的,有事都先问侯陌,侯陌也都处理得很好。

出了车站,侯陌带着所有人走出去,到停车场找到了接他们的大巴车,他们是第一批上车的队伍。

找了合适的位置坐下,侯陌确认行李都放好了才上了车。

刘墨他们队伍是第二批上车的,看到侯陌便感叹:"贱猴,你们挺快啊。"

"我来之前看了地图,毕竟我是用脑子带队。"侯陌回答。

刘墨气得不行,问:"你们不是挺'壕'吗?怎么不找专车呢?"

"你看你酸的,像个烂了的柠檬,收收吧,数落我,我只会让你更不痛快。"说完,他像个天使一样地笑了。

刘墨也知道侯陌是什么样的人,不再数落了,安排自己队伍的人入座。

他从来没在侯陌这里讨到过好。

第二天,到了集训城市后,随侯钰走出机场第一感觉还好,不是很冷,没有他们说的那么夸张。

结果乘坐大巴车到了集训地点后,随侯钰渐渐开始不舒服了。

这里很潮湿,到了之后便觉得自己的贴身衣物,包括袜子都是潮的。

太过潮湿，会让这些衣物很难御寒，还增加了寒意。

从干燥的北方，突然来了南方，一时间还真适应不过来。

北方是干冷，干净利落地给你一拳，穿上羽绒服就能挡上了。

这里是湿冷，一点点侵入周身，逐渐渗透。

"近战"和"法师"的较量，随侯钰竟然觉得"法师"赢了。

到了集训基地，随侯钰突然懂了侯陌为什么要背电话号码了。

他们刚进去便被收了所有的通信设备，行李箱被挨个检查，不许带乱七八糟的东西，零食全部上交。

教练员们检查到随侯钰这里时，还卡壳了一会儿，引得吕彦歆等女队员都跟过来看。

他行李箱里一堆瓶瓶罐罐，都是旅行装，基地教练得挨个辨认。

吕彦歆看了一会儿感叹："钰哥，你用的比我用的都好，你太精致了吧！难怪皮肤这么好。"

随侯钰不承认："这些都是日常用的，没什么特别的。"

教练员又拿出一个瓶子问："这个是什么？"

"洗眼睛的。"

"洗眼睛？"

随侯钰回答得特别认真："对，缓解眼干眼涩。"

在场很多人都不知道这个东西，随侯钰只能当场表演一个洗眼睛。

杨宏看到后直惊呼："这是一个睁眼睛滴眼药水的汉子！"

随侯钰嫌弃地看了杨宏一眼。

要说对杀人不眨眼惊讶一下他还理解，滴眼药水不眨眼有什么可震惊的？

邓亦衡早就习惯这个场面了，多少有点轻蔑地笑了："这都是小场面，你还没看过我室友画眉毛呢，那真的是无中生有！"

吕彦歆特别好奇："谁啊？"

"小雕塑。"

"哦哦，我对他也是记忆深刻。"

到最后，随侯钰还是被没收了不少东西，比如任天堂Switch（游戏机）、物理书、做毛毡的工具、一袋枸杞等。

侯陌老早就知道有这个环节，行李箱里除了衣物和洗漱用品外，只带了一些网球线和备用球拍。

等教练员检查完走了，侯陌从箱子里找出两个瓶子给随侯钰看："一个抹脸的，一个防晒的，没了。"

随侯钰没搭理他。

这样检查完，随侯钰整理了行李箱，本来以为已经过关了，没承想进门的时候还有检查。

他们将行李箱放在传送带上，还要像机场过安检那样用仪器扫全身。

他在排队的时候便看到，东体附中的一个人在秋裤里藏了一个手机，被收走了。

省体的有一个人在鞋底藏了一块手机电池，也被扫出来了，后来省体全员重检，终于在另外一个人那里搜出了一个旧款的诺基亚来，电池可卸的那种。

和侯陌一起等待入住的时候，随侯钰小声问："一个月，完全不能与外界联系？"

"月中会将东西还给我们一下午，还有半天的假期，回来还得还回去。"

随侯钰表情都木了。

侯陌则是找到了安排寝室的教练，对教练小声说："教练，枫屿高中的双打搭档能在一个寝室吗？"

"我们住宿都是重新分配的，怕你们聚在一起不好好睡觉。"教练摇头拒绝了。

"我和我搭档比较特殊，他刚刚开始打网球，睡觉方面还有点问题，我们教练和你们打过招呼了。"

教练似乎有印象，问："你们叫什么？"

"侯陌和随侯钰。"

"行吧，我尽可能安排。"教练说完，安排他们去食堂先吃午饭，等人到齐了之后再去寝室。

到了食堂里吃饭，随侯钰突然觉得枫屿高中的食堂做菜也挺好吃的，这里清汤寡水的，真的很难吃。

这是坐牢来了？

侯陌看出来了，小声劝道："别在乎这些，这里就是很苦，不过教练还是自有一套体系的，练一练你也能提升一些。更重要的是这里人多，自由练习时我带你挨个挑战，增加实战经验。"

随侯钰点了点头，抬头看到桑献这个大少爷也在吃，他不想搞特殊，于是跟着吃饭。

他们之后在食堂等了一阵子，等其他省份队伍的人来得差不多了，才进行了分寝。

侯陌和随侯钰拿到房间钥匙的时候都无语了，他们两个人不但不是一个寝室的，甚至不是同一楼层的。

侯陌只能去找之前那位教练，教练回答："先这么住，回头我有空了给你们调。"

侯陌也不好意思太麻烦教练，毕竟今天他们也挺忙的，只能先陪着随侯钰到了寝室。

这里的寝室是双人间，两张简单的单人床，一个衣柜，一张板子拼接的桌子，两张椅子，便没有其他的东西了。

淋浴和上厕所都是公共的。

刚巧这时有人拽着行李箱走进寝室，他们两个人同时看向来人。

进来的人身高大概180厘米往上，净身高也就少个一两厘米。

来人眼尾上挑，长了一双狐狸眼，嘴角还有淤青，身上其他地方也有淤青，似乎才打过架，伤还没好，白瞎了一张还算不错的脸。

在随侯钰和侯陌看来，进来的这人妥妥就一刺头，看人的眼神就带着傲气。

侯陌看他眼熟，当即认出来，是南云附中那对双打搭档的其中一个。

刺头男生扫了他们一眼，拽着行李箱进入房间坐在另外一张床上，进行短暂的休息。

侯陌先跟他打招呼："你好，我们是枫屿高中的，我叫侯陌，他是我搭档随侯钰。"

"嗯，我知道你们。"刺头男生扭头看向他们，"和姜维、陆清辉打得不分高下的那对？"

"嗯。"

刺头男生的眼睛长得过分凌厉，看人的时候就像是在怒视，或者是在瞪人。

随侯钰是奶凶，刺头男生是真凶，放在古代绝对是亡命之徒，手里没有几条人命，眼神都不会狠到这个地步。

侯陌看着随侯钰的室友便发愁，要是这人和随侯钰不对付，两个人打起来怎么办？

随侯钰的脾气一点就炸，根本不会让着对方，对方看来也不是个善茬。这寝室必须得换！

刺头男生突然想到什么，自我介绍道："哦，对了，我叫何氏璧。"

随侯钰&侯陌："……"

这时又有人走进他们的寝室，个子很高，是清瘦高冷的类型。

这人长了一张厌世脸，之前顾璃泊厌世是因为总是一副活不起了的样子，这人则是因为长相和气质。

他戴着一副眼镜，嘴巴紧抿，将不苟言笑展现得淋漓尽致。

如果这人不是眼角贴着创可贴，脸颊还有些青的话，还真挺帅的。

随侯钰和侯陌对视了一眼，似乎确定了这两人是一起打架的了。

侯陌小声说："是他的双打搭档。"

"哦。"

厌世脸男生走进来，将一份饭放在桌面上，说道："食堂里只剩下几样菜了，我给你带了一份。"

"拿走，我不吃。"何氏璧看都不看厌世脸男生，直接不爽地说道。

"下午就要开始训练了。"

"我说我不吃，听不懂吗？"

厌世脸男生看了何氏璧半晌，把这份饭往桌面一扣，声音低沉地说："你爱吃不吃。"说完转身离开了寝室。

全程看戏的随侯钰和侯陌频繁眼神沟通，最后侯陌背着自己的包带着随侯钰上楼。

出来后，随侯钰的好奇心又上来了："我合理怀疑他们身上的伤，是他们两个人打起来造成的。"

侯陌跟着唏嘘："我突然觉得我们初期的关系也挺好的了。"

至少侯陌不打随侯钰的脸，随侯钰打架也比较有分寸。

侯陌收拾自己寝室的工夫，看到邓亦衡路过就叫住打听："南云附中那对双打搭档怎么回事，气氛那么吓人？"

邓亦衡大大咧咧地回答："他们一直这样。上次和姜维、陆清辉比赛延迟了二十多分钟，听说是因为南云附中那对商量战术的时候打起来了。但是总决赛了，不能不比啊，就把打架的事瞒下来了。不过这也是我听说的小道消息，不知道真假。"

现在看来，多半是真的有矛盾。

侯陌对邓亦衡勾了勾手指，小声说道："明天晚上跟我去拿手机。"

邓亦衡一听就笑了："今天不去？"

"今天肯定一群人看着呢，明天比较安全。"

随侯钰还挺惊讶的："你藏哪儿了？"

侯陌大拇指朝外一指："进门前我不是在外面走了几步吗？我把手机扔围栏外面了，用防水膜包着呢，破手机，没啥事。"

"带着手机呢，你为什么要背电话号码？"

"万一被教练捡到了，一看里面的号码打过去，或者查询到号码的归属地都是哪里，顺藤摸瓜，就知道是哪个学校的人扔的了，所以记在脑子里最安全。"

随侯钰听得赞叹不已："厉害了。"

侯陌笑着回答："这是经验。这鬼地方我初中来过一次，记忆犹新。"

枫屿高中网球队，收拾稳妥后都下意识地往侯陌身边聚，没一会儿便在侯陌寝室里会合了。

邓亦衡没地方坐，直接坐在桌子上，突然感叹："唉，我想冉述了。"

所有人都看向邓亦衡。

邓亦衡紧接着说道："我特别想听他吐槽这里，每一句吐槽都会是我们意想不到的词。"

随侯钰听完就笑了。

幸好冉述没来,不然他真受不了这里。

直到晚上,教练员还在处理陆陆续续来的队伍的事情,没空理会侯陌,侯陌只能让随侯钰先回寝室,自己回四楼去。

晚上睡不着觉,让随侯钰再次陷入焦躁中。

他在床铺上坐了一会儿后,起身开始擦桌子。

他离开寝室的时候,桌面上还有被扣倒的饭,他回来后已经被收拾干净了。

他也不是觉得桌子脏,只是闲不下来。

看到他这样收拾东西,原本躺在床铺上休息的何氏璧反而慌了。先是看了他一会儿,接着也跟着起身,帮着他收拾。

比如,他擦桌子,何氏璧会将桌面上的东西拿起来;他擦椅子,何氏璧便将搭在椅背上的衣服移开。

他拿来扫把扫地,何氏璧会将房间里的东西都移开,让他扫得更顺畅。

等他拖地的时候,何氏璧会再挪一次东西。

两个看起来会见面就打一架的人,在寝室里也没有沟通,但是配合着把寝室彻底收拾了一遍。

没有交流,配合却很默契。

这恐怕是网球双打队员的配合意识?

收拾完房间后,随侯钰掐腰看着房间陷入沉思,之后他能干什么呢?

何氏璧看着他跟着沉默,似乎在等他,只有他睡了,何氏璧才能心安理得地睡觉。

半响,他才看向何氏璧,说道:"你先休息吧,我就是睡不着。"

"哦……"何氏璧没多说话,回到自己床铺前刚打算坐下,便看到随侯钰在地面上铺了一张纸后开始倒立,他坐下的动作停顿了,扎了三秒马步才坐下。

这时有教练员进来查寝,他们查寝的表格上都有相片,根本没办法冒名顶替。

教练员进来后交代了一些注意事项,扫视了一遍后,说道:"我进了那么多寝室,你们两个人的寝室是最整齐的。他们还是没锻炼出来,这么长时间了还没收拾完行李,还有的连被罩都不会套。常年出门比赛的,自理能力很早就能练出来。"

教练员说完,何氏璧没搭腔,随侯钰在倒立,没人搭话,搞得教练员也没多留,确认人都在后便离开了。

他们此后一个月的集训时间安排为——

6:10 ~ 7:10 早操

7:30 ~ 8:20 早餐

8:30 ~ 11:30 上午训练

14:30 ~ 17:30 下午训练

19:30 ~ 21:00 晚间训练

这个时间安排是省队和体校的训练时间,午间休息时间很充足,午饭后可以回宿舍睡一觉。

每天晚上 22:30,寝室会熄灯。

随侯钰的手机被没收后,连时间都不知道,毕竟他打了网球后便没了戴表的习惯,如今寝室里连一个能看时间的东西都没有。

直到寝室里熄了灯,他才知道已经晚上十点半了,也不知道天亮之前能不能睡着。

第一天早操,各省的队伍都很零散。

教练让每个省的队员站在一个队列里,按照身高重新排队列。

每个省的人数不一,他们这个省的人相对多一些,人数可以排在前三。

这一回随侯钰和侯陌距离更远了,倒是和邓亦衡、沈君璟距离很近。

在网球队里身高差一厘米,都会有很多人。教练们钟爱 185 ~ 190 厘米身高的男生,随侯钰 183 厘米的身高,在网球队里算可以的,却不在黄金身高的范围内。

跑完步,随侯钰和侯陌打算回寝室洗头发的时候,吕彦歆跟过来说道:"钰哥!我们女队跑步的时候,全程就看到你的头发一荡一荡的,整个队伍里就你最显眼,跟簸箕抖玉米似的。"

侯陌听完就乐了:"这个形容很贴切嘛!"

吕彦歆兴奋得打响指:"是吧!不过你比钰哥还招摇,想找你特别简单,哪个人特别白,一准是你。"

侯陌不搭茬了。

邓亦衡最近很讲究,早早起床洗了头,为的就是见到吕彦歆的时候,是最帅的模样。

在很多人返回寝室的时候,邓亦衡则是状态满满地问吕彦歆:"用不用我帮你带份饭?"

"不用,我也去食堂。"吕彦歆回答完,凑过去看邓亦衡的眼睛,"完全消肿了啊,调整完帅多了。"

突然被凑近,邓亦衡的脸红了个彻底。

随侯钰和侯陌像慈祥的老父亲,看着邓亦衡的模样就想笑。

侯陌对邓亦衡说道:"带一下我和钰哥的早饭,我们上去洗头发。"

"行,我看着给你们带。"邓亦衡也熟悉这两位的口味,毕竟不是第一次带饭了,"不过我觉得你们很快就会来,我早晨是生死时速洗的头,咬着牙擦干的头发。"

侯陌同情地看了一眼随侯钰厚厚的头发。

随侯钰则是做了一个深呼吸上了三楼。

侯陌和桑献去了四楼。

集训营上午的训练比较笼统。

慢跑一圈后活动关节,做一些踢腿之类的运动。

如果操场不放《兔子舞》的曲子就好了。

他们上午活动筋骨,会进行综合跳跃练习,比如单腿跳、直腿跳,最后跟一段克里欧卡舞。这些跳跃动作配上《兔子舞》的音乐,让他们看起来就像一群疯狂跳跃的兔子。

最要命的是他们会下意识地跟着音乐的节拍去跳,非常魔性。

队列里,邓亦衡和随侯钰距离很近,跳跃时还在跟随侯钰说话:"钰哥,我怎么越跳越觉得我像在跳小天鹅呢?"

随侯钰也挺苦闷的:"我也很难受,我跳舞训练过卡点,现在下意识跟着卡点。"

这些做完之后,进行反应游戏。

70%强度的训练进行一个小时左右,90%强度的持续二十分钟左右,100%强度的训练会持续10～15分钟,分次进行,一次3～5分钟。

反应游戏开始后,便分了男女队,分开训练,一个教练员负责一批人。

练着练着,侯陌趁着混乱越来越往后,最后到了随侯钰身边站好。

两个人对视了一眼,都没说话,继续跟着训练。

被挤开的邓亦衡嘟囔:"收敛点吧大师兄,说不定你们两个人拉开点距离,他还能看你顺眼点,你这人越相处越招人烦不知道吗?"

"该闭嘴的是你。"侯陌没好气地回答。

"不听老人言,吃亏在眼前。"

"比我大几个月而已,你很嚣张啊!"

"某些人比我小还想充长辈呢!"

在这两个人即将吵起来之时,随侯钰站在了他们的中间,才阻止了这场战争。

到了下午的训练,是分开练习。

主攻双打的和主攻单打的再次分开,分别训练。

随侯钰和侯陌训练的时候,有教练员在球员里找人,最后走到他们这边的队伍里,朗声叫道:"侯陌,你跑这边来干什么?"

这一声吼声音洪亮,吸引了不少人的目光。

加之"侯陌"这个名字在集训营里也算是小有名气,侯陌本人的受关注度也很高,很多人都朝这边看过来。

关注青少年比赛的教练,都会关注比较出色的几名球员。

这位黄教练之前还带过侯陌一次,一直挺看好侯陌的,甚至在国家队那边还提起过侯陌,似乎有引荐的意思,国家队教练也表示会重点关注这名球员。

黄教练负责的是训练队员,昨天没来,今天来了之后便到处找侯陌。

侯陌正和随侯钰一起练习抢网截击小角度球,听到黄教练叫他,立即回答:"练双打呢!"

"就你,双打?"黄教练问得特别不屑,还带着点开玩笑的味道。

"对,他是我双打搭档,叫随侯钰。"侯陌跟黄教练介绍。
"带新人?"
"什么啊!上次我们和姜维他们俩对阵,还打得不分上下呢!"
黄教练这才多看了随侯钰一眼,说道:"不错啊。单打你不练了?"
侯陌特别不要脸地回答:"我单打不用练了。"
这话旁人听起来真挺来气的,偏偏侯陌说出来,他们还反驳不了。
侯陌的单打没人能说出哪里不好来。
"过去帮我做个示范,一会儿再回来。"黄教练说着,拽着侯陌往单打训练场地那边走。
侯陌也确实有事想求黄教练,于是笑着问:"这是把我当教具用了?"
"这次来的人多,我就认识你,赶紧过来。"黄教练不由分说地拽着侯陌走了。
侯陌只能回头对随侯钰说道:"我马上就回来。"
"嗯,没事。"

这次来的人确实挺多的。
光他们省来的就有六十五人,加上另外几个省的队伍,一共来了三百多人。
这人数还是有些省份的队伍定在年后过来,分了几批才控制住的。
有时提起这些数字真的有些唏嘘,明明培养了这么多的少年人才,最后能冲上大型比赛的,都是凤毛麟角的存在。
网球是国内一直在努力的项目。
女子球员世界排名高一些,进入大满贯主赛场的运动员还多些,男子就少了。
国内真的是在铆足了劲儿,想要培养出一个优秀的男子网球运动员来。
现在一起集训的,以后都有可能成为对手。
说不定他们中间真的飞出一只凤凰。
这种事情,谁说得准呢?
侯陌恐怕是这些学员之中最受重视的一个了。
作为侯陌的搭档,随侯钰没参加过全国比赛,还没有任何拿得出手的战绩，很多人对他不够认可。

这让随侯钰暗暗咬牙，想要在下次的全国比赛中打出成绩来。

截击是随侯钰的最大弱点，在侯陌离开后，他专注于练习这一点。

双打教练没时间一直带他一个人，都是安排好练习内容后，在一边看着一群人，需要指点的时候才会过来。

他练习了一会儿后，何氏璧突然走过来："我和你配合。"

他扭头看向何氏璧，觉得很奇怪，又朝另外一边看了一眼，看到何氏璧的搭档扫了他们一眼，什么都没说，还是自己练自己的。

他也没多说什么，真的尝试和何氏璧练起了配合。

就算不和何氏璧培养什么默契，也可以练习一下随机应变的能力。在队友有其他状况的情况下，他能够做到即刻配合。

让他没想到的是，何氏璧配合能力惊人。

他和何氏璧全程不需要任何沟通，何氏璧就能做到完美配合。

这种无声配合的感觉，让他觉得他仿佛和何氏璧认识很久了，两个人之间甚至有着超越他和侯陌第一次比赛的默契度。

要知道，他们刚刚配合了十几分钟而已。

他觉得，这个人懂他。

无论他做出怎样的决断，或者下意识做出诡异的反应来，何氏璧都能照顾得到。

何氏璧能够让出他的移动路线，预判到他是否会去接球，哪个球该他接，哪个球该自己接，何氏璧都分得清清楚楚。

何氏璧不争不抢，甚至有种奉献的精神，全程做的举动只有一个：配合他，给他寻找、制造机会，让他发挥得更好。

和这个人配合非常舒服。

这让他想到了一个词：善解人意。

随侯钰很少真诚地夸人，这次没忍住回头对何氏璧说道："不错啊！"

何氏璧依旧是那副看着就不好相处的样子，低声回答："我单打非常菜。"

"但是和你配合还挺舒服的。"

"我和谁配合都可以。"何氏璧说着，瞥了他的搭档一眼，"可是我的教练非得让我和他搭档,你看他那张臭脸,好像谁欠他八百万似的。"

随侯钰没接上话,只是看着何氏璧。

老哥,您自己就跟个亡命徒似的,还好意思说别人脸臭呢?

这时,轮到另外一组学员用场地练习,他们这组人到一边练习站在不同位置发内角、外角球。

随侯钰和何氏璧边走边聊,探讨心得。

侯陌回来的时候,在随侯钰耳边说:"我求了黄教练,黄教练特许我们换寝室了,我刚才已经把你的东西全部带到我的寝室去了。我的室友人挺好的,也配合搬三楼去了。"

这个时间搬,是不想别的学员知道,跟着闹着换寝室。

"嗯。"随侯钰想了想,还是去跟何氏璧打了声招呼。

也不知道是何氏璧比较独,还是他这张脸真的很挡人缘,所有学员都没有和他坐一起吃饭的。就连他的双打搭档,都坐在斜对面不远处的位置。

随侯钰和侯陌坐过来后,他的双打搭档朝他们这边看了一眼,拿筷子的手稍微停顿了一下。

随侯钰倒是没在意那个人,跟何氏璧说了换寝室的事情。

何氏璧点头:"行,我知道了。"

他们本来也不熟,换就换了吧。

随侯钰犹豫了一下,说道:"你留一个联系方式给我吧。"

侯陌原本没当回事,不过是过来礼貌性地打声招呼,听到随侯钰要联系方式后却瞬间坐直了。

主动跟别人要联系方式?

这绝对是随侯钰最大的尊重了。

何氏璧似乎也很意外,不过还是同意了:"可以,我写给你。"说着,从口袋里掏出一支笔来。

随侯钰还挺惊讶的:"随身带笔?"

"我记性不太好,记不住重点,所以教练如果说了我什么问题,我就用笔记下来。"何氏璧说完挽起袖子,给他们看自己的手臂,小臂上还真写了几段文字。

"哦，好。"随侯钰也没什么能记的地方，于是伸出手去，何氏璧顺势在随侯钰手背上写号码。

像他们打网球的，手心握拍会出汗，所以从来都不会在手心写字。

侯陌看到的一瞬间说道："其实可以说号码，我能背下来。"

不过还是说晚了，何氏璧已经写了三个数字了，听到的时候停下来看向侯陌。

随侯钰说："没事，写吧。"

侯陌没再管。

何氏璧写了一串数字后，说："我的号码，微信号也是这个。"

随侯钰收回手看了看："嗯，好的，我回寝室记下来。"

在被没收了通信设备的情况下，只能使用最原始的方法了。

换好寝室，随侯钰难得睡着了，侯陌刚准备掀开被子睡午觉，便听到了敲门声。

他回应了一声后，门外的人推门走了进来。他们寝室会有老师查寝，都不许他们锁门。

进来的是邓亦衡、沈君璟、刘墨和杨宏。

这四个人能一起倒是少见。

刘墨进来便说道："我和你谈战略合作来了。"

侯陌听完冷笑："怎么，想要我训练的时候多让让你？"

今天他被黄教练叫去做"教具"，就是和刘墨对打，黄教练当场点评两个人的特点，以及每一个招式该如何应对，还时不时让他们停下来重复刚才那一球，按照黄教练指点的重新打，看看效果。

刘墨就这样当众被侯陌虐了一下午，做了一下午的反面教材。

这个刘墨倒是没在乎，而是说道："不是，手机能不能共享？"

侯陌装傻："什么手机啊？"

刘墨看到侯陌这个样子就来气："别装啊！我第一天认识你吗？我知道你肯定留了一手，不如共享一下。我们那边全军覆没了，实在没办法了。"

侯陌不接这句话，而是问："这……我有什么好处？"

"话费我们出，流量超标了我们承担。我们那边有人在这边有亲戚，成功送进来了一台折叠的烘干机,你们也需要吧?"刘墨扬眉。

话费倒是无所谓,但是烘干机的诱惑力很大。

在这里洗衣服晾晒许久不干,他们来时特意多带了衣服,但侯陌是真的受不了一堆脏衣服堆放在一起不洗的感觉。

而且,穿衣服之前烘干一下也能舒服一些。

于是他同意了:"行是行,不过都战略合作了,你们这边也得出人去拿,看看能不能拿进来。"

刘墨点头同意:"行。"

"我就不去了,我搭档睡着了,我要是出去久了,他醒了会不高兴。"

"……"

"我告诉你们位置,你们过去。你先走两步我看看,正常走就行。"

刘墨都震惊了:"这还得走两步?"

"赶紧的。"

寝室里地方小,刘墨只能故作镇定地走了一圈。

侯陌看完了之后估量了一下,说道:"操场围栏东南角位置,按照你的步子朝北走十二步,按照你的臂展得再拿一个衣服挂,钩一钩就能碰到,我粘胶带的时候故意留下了一个可以钩起来的地方。"

刘墨看了侯陌半天,扭头问邓亦衡:"你们队长没骗我?"

邓亦衡用下巴示意:"队长睡着呢,这位是队长搭档。"

"贱猴认真的?"

"估计是。"

"他计算能力这么强?"

"他计算能力强不强,你这个老对手应该知道啊。"

刘墨不说话了,回头带着杨宏走了,估计是去找人借带钩的衣服挂了。

邓亦衡和沈君璟也跟着出去了,临走时说:"手机拿回来之后我再过来。"

侯陌比了一个"OK"的手势。

等了二十分钟,这几个人回来了,刘墨把东西从外套里掏出来递给侯陌:"日期单数天归我们,双数归你们,软件别记住密码,我这边不确定谁会用,别被盗用了,每个人用完记得清手机。"

侯陌接过来后点了点头："好，烘干机今天也送过来吧，明天连同手机一起给你们送过去。"

"行！"刘墨答应完便走了。

烘干机被送到侯陌和随侯钰的寝室，桑献他们很快将衣服送了过来。

这也意味着，这个寝室将来会是枫屿高中几个男生短暂的集合地。

第二天午休时间，吕彦歆已经成功打入枫屿高中内部，吃饭的时候都会坐在邓亦衡身边，和随侯钰、侯陌他们同桌，且十分自然，根本就是老友的感觉，格外自来熟。

今天吃饭的时候，吕彦歆特意拿出一个尺子来，对他们所有人示意："我跟你们讲，来这里几天我就瘦了，我实在是吃不习惯这边的米。你们看，我的腰围只有63厘米了，我这么大的骨架，第一次这么瘦。"说着，当着他们的面量了一次。

打网球的女孩子身高普遍超过165厘米，像吕彦歆这样身高超过170厘米的更多一些。

吕彦歆原本身材就很好，属于骨架比较大的女孩子。

至少在座的男生都没看出来她瘦了。

侯陌扫了一眼，说道："那你是没见过我钰哥的腰，肯定比你的细。"

吕彦歆特别不服气："怎么可能？我骨架再大也是女生，他骨架再小也是男生，这还是有不同的。而且，就钰哥这直角肩，我不信他骨架很小。"

"腰和骨架有必然联系吗，又不是胸围。来，钰哥量给她看。"侯陌说着拽来了软尺。

随侯钰躲了一下："谁要比这个。"

侯陌没回答随侯钰，反而对吕彦歆说："我们钰哥在腰围上会输吗？不会输！绝对比你腰细！"

好胜心逐渐驱赶了智商，最终占领高地，随侯钰居然站起来配合了，看得吕彦歆目瞪口呆的。

侯陌帮随侯钰量的时候，还跟他说："钰哥，吸气，对，吸住，我看一下，62厘米。"

吕彦歆看了一下随侯钰的腰，重新坐下了，看着餐盘嘟囔："我不想吃了，我吃不下了，我觉得我不太好了。"

邓亦衡赶紧安慰："该吃还是得吃，钰哥是要喝中药的人。"

吕彦歆瞬间被哄好了："一会儿我们去打一次吧。"

邓亦衡知道她说的是网球，吃了一口饭，想了想回答："行。"

这两个人拿着拍找到了一块场地，这是他们认识后第一次正式较量网球。

随侯钰和侯陌他们饭后消食，都跟着去看这两个人单打，看了一会儿后侯陌低头对随侯钰耳语："邓亦衡要输。"

随侯钰依旧盯着场上看，说道："邓亦衡的力气应该比吕彦歆大，专攻大力发球都可以抗衡吧？而且，身高臂展、体力方面也有优势……"

"吕彦歆的水平确实不错，我们学校女队的队长水平都不如她，刚转网球没多久就拿了省级比赛的第三，很厉害。"

吕彦歆说过，她是学习不好，听说打网球可以保送大学才临时起意，从羽毛球换成了网球。

没承想，还真被东体附中选中了。

在女生里，吕彦歆就是天赋型学员，进步惊人，体能又特别好。

无论是身高、身体素质还是其他方面，吕彦歆都非常优秀，是最受教练青睐的那种。

这样的女选手，就算碰到男对手也能一较高下。

打着打着，邓亦衡也察觉到打不过了，开始耍赖："不行，我单打不行，我练习的都是双打。"

吕彦歆没多想，问："那我们比双打啊？"

邓亦衡同意了，觉得这回应该不能输了。

吕彦歆主攻的是单打。

邓亦衡主攻的是双打。

也算术业有专攻。

沈君璟为了自己的兄弟也是豁出去了，对他们说道："我去取拍。"说完便扭头去取球拍了。

邓亦衡过来后，侯陌小声安慰："吕彦歆没练过双打，两者路子不一样。而且，只要她不找钰哥这种好胜心上来管你是谁的人做搭档，都能让着你点,不至于让你没面子。"

邓亦衡点了点头,认可侯陌的话。

侯陌已经做好准备,打算去和吕彦歆做搭档了,在他看来,他经验丰富,被选的概率很大,甚至对桑献使了使眼色,示意如果选了桑献,桑献也要配合一下。

桑献无奈地看向一边,似乎对这件事不感兴趣。

结果吕彦歆走过来说道:"钰哥,陪我打一次双打。"

在场众人:"……"

真会选人。

随侯钰根本没注意到邓亦衡求饶的目光,回答道:"我恐怕不行,你不擅长的,我也不擅长。"

听到这句话,邓亦衡松了一口气。

随侯钰却说得特别认真。

他和吕彦歆之前都是只会单打。

单打的球员根本不用抢网,且没有抢网意识,如果他和吕彦歆配合,只能用双底线阵形,还不一定能配合得默契。

他之后说的话,就让邓亦衡十分绝望了:"不过我可以给你找一个搭档。"

吕彦歆笑着问:"谁啊?把侯陌让我了?"

"何氏璧。"

"得蔺相如捧来吗?据说蔺兄脾气不太好。"

"不是。"随侯钰说完,在训练场地找了一圈,最后真的叫来了何氏璧,介绍,"他叫何氏璧,双打配合能力比较厉害,你可以和他试试看。"

邓亦衡看到何氏璧后,脸都绿了。

侯陌偷偷拽随侯钰的袖子:"有你这么做爸爸的吗?"

"等会儿跟你说。"随侯钰解释。

吕彦歆看到这些人的表情就知道,这个叫何氏璧的肯定很厉害,欣然同意了,还跟何氏璧聊了几句,商量怎么打。

吕彦歆也真是个人才,看到何氏璧这种面相的人一点都不打怵,还对随侯钰盲目信任,觉得随侯钰找来的人肯定是没问题的。

等那边要开始打了，侯陌才问："你搞什么？"

随侯钰笑着回答："其实我想看看何氏璧是怎么配合的，算是偷学吧，你不好奇吗？"

侯陌听完立刻懂了，随侯钰是故意的。

如果是训练的时候偷偷看何氏璧，多少有点明显，估计会让人厌恶。

但是这种私底下的比赛，还是和熟悉的人打，随侯钰和侯陌就能理直气壮地偷学了，还能学到何氏璧的应变能力。

侯陌也跟着随侯钰一起直勾勾地看着何氏璧比赛，他和随侯钰两个人一起总结经验的话，肯定会把何氏璧身上的可取之处全部扒下来，这是他们学霸具备的抓重点能力。

看了一会儿，侯陌说："我们儿有点惨啊。"

"我们儿？"随侯钰问。

"我的好大'儿'。"

"哦……"随侯钰扬起嘴角，狡黠地笑了，"爹让儿死，儿不得不死。"

侯陌笑了好半天。

在看何氏璧比赛的时候，侯陌终于理解随侯钰为什么那么认可何氏璧的配合能力了。

吕彦歆显然很少打双打，没有这方面的经验，配合意识不强。在比赛的过程中，会下意识地左右调动，球过来就觉得应该去接,而不是交给搭档。

像他们身体反应灵敏的球员都有这样的问题，身体动得比想法还快。身体已经过去了，才又想起来——天啊，这是双打！

在有限的场地里，一个人全场乱窜，另外一个人只能躲开，不然真的容易撞在一起。

撞在一起，是双打比赛里的大忌。

搭档这么不受控制，何氏璧依旧有条不紊地配合。

或许是发现吕彦歆双打方面实在不行，何氏璧还会提醒吕彦歆几句。

渐渐地，吕彦歆适应下来，主动询问何氏璧，她是不是跑得太积极了，干脆分工合作得了。

这样临时合作的搭档，竟然也能和邓亦衡、沈君璟这样的发小组合相抗衡。

吕彦歆本身技术过硬，不负责网前，不必去抢网，负责发球和底线位置。

何氏璧则负责抢网，网前的截击。

这样既弥补了吕彦歆的不足，还能相互配合。

随侯钰看了一会儿说道："何氏璧的速度很快。"

何氏璧身高不算特别高，只有181厘米，身材结实却十分纤细，速度极快，瞬间爆发力很强。

他能够灵活地躲开自己的搭档，并且让出移动路线来。看吕彦歆的频率并不算高，每一次看向队友的时机都拿捏得恰到好处。

他在连同搭档一起预判，预判的不仅仅是对手的路子，还有自己搭档的路子。

双重预判叠加在一起。

侯陌跟着点头："你看他的小碎步。"

"嗯，注意到了。"随侯钰的目光也锁定在了何氏璧的双脚上。

身体素质是一方面，何氏璧特殊的小碎步也是值得学习的。

这次比赛，邓亦衡和沈君璟赢得非常艰难，得分点全部都是吕彦歆的失误。

在双打比赛中，只要失误了，分也就丢了。

吕彦歆比完说道："双打节奏太快了，嗖嗖嗖，就跟点了快进似的。"

邓亦衡扶着沈君璟的手臂，赢了后终于松了一口气。看到何氏璧，他简直腿软，只能回答："你们已经非常厉害了。"

吕彦歆依旧是爽朗地微笑："我以后得好好练一练，等你考上东体了，我俩可以试试混双。"

邓亦衡的眼睛一瞬间亮起来："行啊！"

吕彦歆转身对何氏璧说道："谢谢你了，你双打真挺不错的。"

作为全国双打比赛的冠军，何氏璧倒是不招摇，只是回答道："我也是在趁机练习，不过你真的是我碰到过的最棘手的搭档。"

吕彦歆赶紧道歉："哈哈哈！抱歉，希望没给你带来心理阴影。"

"还好，回见，我去整理一下东西，准备下午的训练。"

"拜拜。"

目送何氏璧离开后,邓亦衡哭唧唧地看着随侯钰。

随侯钰伸手捏了捏邓亦衡的肩膀,哄道:"你牺牲了自己,为我们两个人获取了特别珍贵的情报,这种舍己为人的精神着实让人敬佩。"

"钰哥,少跟大师兄玩吧,你现在说话都一套一套的了。"

随侯钰笑着说:"只是熟了而已,我其实不是高冷的人。"

他本来就不是高冷的人。

如果不是生病,他其实很爱笑,很爱闹。

在被送进医院前他就爱笑,后来笑容便少了,因为突然知道他的爱笑也是生病的表现。当病情成了他敏感的点,就想将这些隐藏起来。

两校合并后的意外收获是侯陌,让他病情逐渐转好。

侯陌则是扭头看向不远处,迟疑了一会儿说道:"我总觉得我们应该过去拉架。"

所有人被他的话吸引了目光,跟着看过去,随侯钰则是问:"怎么了?"

"刚才何氏璧和吕彦欹双打的时候,何氏璧的双打搭档坐在那边的台子上看了很久。等何氏璧进寝室楼后,他的搭档也跟过去了,看架势要打起来似的,不知道是不是我多虑了。"侯陌回答。

随侯钰和侯陌对视了一眼,想起那两个人见面后便剑拔弩张的样子,也有点担心。

"过去看看吧。"随侯钰说着,跟着进了寝室楼。

他们进去之后特意去何氏璧在三楼的寝室门口,探头往里看了看,里面并没有人。

接着他们又在淋浴室、水房、厕所都转了一圈,都没有看到那两个人。

侯陌问:"他搭档在几号寝室?"

"不知道。"

"也没个手机,谁也联系不到,等问到了估计也没什么用了。"

"算了,我们去准备下午的训练吧。"

下午的训练何氏璧和他的搭档都没出现。

等到下午五点多,何氏璧才重新出现,脸上的伤更多了。

他的搭档则是再没出现。

他臭着一张脸的时候真没人敢和他搭话,也没人敢去问。

后来,随侯钰还是在别人那里听说的,何氏璧真的又和他的搭档打架了,并且被教练员抓住了,两个人去写了检讨书。

何氏璧随身带笔,先写完了。

他的搭档想借笔,何氏璧不借,两个人又差点打起来。

据说他的搭档检讨书写到了后半夜,第一份检讨书出现了"他欠打""没脑子,主动给别人提供参考资料"之类的话语,被罚重写一份。

后来,这件事不了了之了。

随侯钰好奇心起来的时候,也会偶尔去看看何氏璧和他搭档。这两个人从打过架后,整个训练期间没再说过一次话,连眼神接触都没有。

随侯钰曾经去跟何氏璧聊过一次,何氏璧没在意,回答:"看一场就能学会,是你们聪明,我也看过你们的视频资料,这没什么。他就是傻,故意找事。"

"你们真的要这么持续下去?"随侯钰有点疑惑。

"我的教练利益至上,更重视成绩。我和其他人也配合过,只有和他配合能拿到全国第一,我只能坚持。如果我没有双打的成绩,很难留在南云附中被保送。我学习成绩不好,南云附中是我最好的选择,只能坚持到毕业了。"

随侯钰再难说什么。

第六章

钰哥教你做人

随侯钰绝对不会想到，他不过是在和冉述打电话时抱怨了一句，冉述居然坐飞机来了集训营的城市。大老远过来，就是为了给他送一些生活用品。

他们来之前也带了热水袋和暖手宝之类的东西，过不了安检的都放弃了。

进入集训营后就不能走了，他们很多东西都没有。

睡前想洗个脚都没有脚盆。

没有手机，不能网购，集训营也不帮他们收快递。

想买东西，就只能等月中放假。

冉述没参加枫屿高中的体育生集训，倒是在桑献家里住得挺好的，偶尔去舞蹈室练练舞蹈，日子过得还挺惬意。

知道随侯钰受了苦，顺带了解了集训营的艰苦条件，冉述开始坐立不安，干脆乘坐飞机跟着来了。

到了这个城市后，冉述去了一趟本地的市场，给所有队友买了电褥子、小太阳这些东西，烘干机也买了两台。

冉述来了之后雇了车，大摇大摆地去了保安室，让他们帮忙联系自己的同学。

保安室的人也是罕见有人特意过来送东西，不过是临时集训一个月而已，这样买东西还带不走，是不是有点夸张了？

冉述笑呵呵地说："您检查，肯定没、没有手机这些东西，全都全新没开封的，我同学走了，东西也不带走，你们想留着就全留着。"

这回保安大爷被收买了，眼睛在东西上面转了一圈，最后帮忙叫人。这些确实不是什么违规的东西，北方的孩子受不了这边的气候，常有生病的，送进去也正常。

不过保安大爷不让冉述进去，他只能站在铁门外，将东西递进去。

随侯钰他们过来后看到冉述，都惊讶得不行。

随侯钰问："你一个人过来的？你疯了？遇到坏人怎么办？"

冉述从口袋里掏出身份证来，给随侯钰看："看着没？哥、哥成年了！"

"你之后怎么办？自己住这里？哪天回去？"

冉述随口回答："不知道，回程票还没买呢，打算在附近转转再走。"

随侯钰看着冉述，眼睛都要冒火了。

邓亦衡眼圈都红了："冉述，你真是天使。"

冉述笑着说："我、我给吕彦歆也带了一份，你可以说是你求我带的。"

"述哥，我感动得要哭了。"

保安大爷不让冉述多留，冉述指了指一边围栏，接着朝那边走。

随侯钰说："我把东西送回去然后来找你。"

"行。"冉述摆了摆手。

他走到围栏边等待的时候，注意到桑献一个人慢悠悠地走过来找他了。

他找的这个地方也算偏僻，左右都没有别人。他隔着栏杆看着桑献，问："你、你怎么没搬东西？"

"随侯钰怕你被狼叼走，让我看着你点。"

"哦……"

星斗澄澈且明亮，沉甸甸的，像是要从空中坠落下来。

带着凉意的风和林中的香不知是哪个先来的，纠缠在一起。

随侯钰和侯陌结伴过来时，正好看到桑献站在栏杆边。

冉述在栏杆外跳跃着朝随侯钰招手："钰哥！钰哥，你还要不要什么东西，我明天去买！"

随侯钰走过来回答："不用了。取暖的问题解决了，其他的都能克服。"

冉述又问:"要不要我买几个手机给你们送过来?"

侯陌先回答了:"别!如果被发现了,我们的电褥子全得被收上去。在集训营就这么一段时间,忍忍就过去了。"

冉述努嘴想了想,又问:"那需要带什么吃的东西吗?"

围栏内的三个人同时安静了。

这个令人十分心动。

有的时候条件差到了极限,对物质、精神娱乐的要求都会相应降低。

最让他们向往的,反而是解决最基本的温饱问题。

现在够"温"了,"饱"又是一个问题了。

冉述看懂了,于是说道:"行,我明天晚上过来,什么能吃什么不能吃我都知道,你们是不是只有这个时间解散?"

随侯钰想了想,这么晚冉述一个人出来不安全,于是提议:"你午休的时候过来吧。"

"好嘞,我走了,是不是还得检查车牌号?"冉述说着,举起手机给他们看自己叫的专车的车牌号,"司机还等我呢,我先走了!"

随侯钰目送冉述离开,还是担心得不行,跟侯陌说:"他跟个傻子似的,万一被人拐跑了怎么办?"

侯陌双手放进口袋里,低头看向他问:"他第一次一个人出门?"

"也不是……"随侯钰声音突然低了一些,"他曾经独自去国外待了半年时间。"

"留学?"

"他爸爸不想他和我一起玩,把他送过去上学了。"

侯陌愣了一下,又问:"怎么回来的?"

"各种方法借钱,自己买机票回来了。回来后躲在国内三个月一直没上学,只偶尔来找我,他家里没办法了,才妥协了。"

桑献听完蹙眉,想到冉述一个人在外面过年家里都不管,还这么久没给冉述一分零花钱,他家里对他确实不太好的样子,突然问道:"他家里都不在意他?"

"他家里……"随侯钰欲言又止,最后叹气,"如果是其他人在他家里生活,肯定会抑郁吧,他能这么乐观也是难得。"

他们一直都当冉述就是一个娇生惯养的大少爷,没承想,冉述也有自己不为人知的艰辛。

似乎,谁的生活都不太圆满。

冉述在这个城市一共住了五天,其中有四天中午给他们送东西吃。

按照从这里到酒店的路途所需时间,加上买食物需要用的时间,冉述这些天也没什么时间在本地一个人旅行。

他买东西一向豪横,每一次都会买一堆过来,所有人一样吃一口都够饱的。

邓亦衡叫来了吕彦歆,侯陌叫来了刘墨几个人,就这样还经常会剩下一些来。

他们不敢把食物带回去被别人看到,于是只能条件艰苦地蹲在围栏边吃。十几个人蹲在冷风里吃着东西,看起来可怜兮兮的,他们却觉得格外幸福。

冉述乘坐飞机回去后,刘墨还特意来他们这群人这边转了好几圈,询问:"小雕塑不来了?"

"嗯,回家了。"侯陌随口回答。

刘墨顺势就要坐下,还说:"最近我看这小雕塑真是眉清目秀,怪招人喜欢的……"

话都没说完,椅子就被桑献一脚踢远了。

刘墨没自讨没趣,自觉离开了。

其实他就是来逛逛,看看他们这边还有没有零食。

此后几天都很平常。

所有人按照规定时间起床,坚持训练。

侯陌偶尔会被教练叫去做示范,当场可以说是百人围观,黄教练拿着一个喇叭,现场教学如何打败侯陌。

这期间,侯陌就是众矢之的,一个对手下去了,黄教练便问:"还有没有人想挑战的?"

侯陌就像打擂台的擂主,全程守擂等待挑战,特别无奈。

难得休息的时候，刘墨和那个拿过全国第二的学员会顶上。

侯陌趁这时带着随侯钰去挑战那些比较厉害的双打球员，就连顾璃泊和唐耀，都被侯陌激着又和他们打了一次。

虽然是练习赛，但是有随侯钰在，就会变成特别激烈的战斗。毕竟随侯钰那种好胜心真的会刺激到对手，令对手也想要赢。

他们两个人有了实战经验后，进步速度飞快，在比赛的过程中便会有所提升。

有时侯陌还会带着随侯钰去看别人比赛，在旁边小声跟随侯钰总结战术。

他们的目标是全能型组合，就要一点点积累战术，从别人那里学习点经验也是不错的选择。

侯陌其实很想带着随侯钰挑战何氏璧和他搭档，能提前熟悉一下对手，真的遇上了，也能有所应对。

但是这两人闹别扭呢，完全没办法挑战。

集训临近结束，侯陌第一次在随侯钰刚刚睡着的时候叫醒了他。

随侯钰睁开眼睛，便看到侯陌蹲在他身边，高大的男生居然缩成了一团，用手指一下一下地戳他的脸颊，委屈巴巴地说道："钰哥……救命啊钰哥。"

他被"救命"两个字吓了一跳，瞬间坐起身来看向周围，问道："怎么了？"

随侯钰刚刚睡醒，睡眼惺忪，迷茫里还有着点警惕。

侯陌都不想往那边看，指了指说道："那……床底下……巴掌大的蟑螂……都快有你脸大了。"

随侯钰松了一口气，刚醒来就听到这么一句话，真的有点吓人。

他站起身来披上外套，穿上鞋子，弯着腰到处找，同时问："在哪儿呢？"

"我最后一次看到那位大哥时，它还在床底下，绕着床爬。"

随侯钰回手拿起拖鞋，绕着床走了一圈，真的看到了那只蟑螂。

他最开始还当是侯陌夸张，蟑螂怎么可能大到那种地步？巴掌大的是螃蟹，有他脸大的是小乌龟！

结果看到那只之后,他也愣了一下,甚至觉得是世界末日了,蟑螂都巨大化了。

他手里握着拖鞋,朝着蟑螂拍过去,动作又快又狠,竟然没能一次性拍死,那只蟑螂的壳无比坚硬,堪比铠甲。

他又左右看了看,搬起屋子里的椅子,用椅子腿砸,砸了五六次,蟑螂才不动了。

侯陌依旧吓得不敢动弹,高大的男生缩在床上,颤颤巍巍地问:"钰哥,用不用我帮你把蟑螂尸体扫出去?"

随侯钰没理侯陌,蹲在蟑螂尸体边观察,小声嘟囔:"怎么这么大个?这么大的蟑螂应该送去研究吧?这么被我砸死,我会不会阻碍了科学的进步?"

侯陌不想说话。

随侯钰拿来扫把清理尸体,随口说道:"他们都说,如果看到一只蟑螂,那么就说明屋子里有一窝蟑螂……"

"!!!"

侯陌想一想就恶心得浑身难受,蹲在床上抖,仿佛身上也不干净了似的。

过了一会儿,侯陌没听到声音,鼓足勇气去看随侯钰,语气幽幽地问:"钰哥,用帮忙吗?"

随侯钰冷淡地回答:"你不乱叫就帮忙了。"

"你忙什么呢?"

"我打算把它的老巢给扒了。"

"你加油……"

"嗯,你也别捣乱。"

随侯钰在寝室里,一个人把柜子和桌椅全部都挪开看了看,后来又伸手去推床,连同不敢下床的侯陌一同挪动,没再看到第二只蟑螂。

不过他知道这样的话,侯陌肯定睡不安稳,于是走出去打算找寝务老师。

侯陌蹦起来穿上拖鞋跟着随侯钰一起走,拽着随侯钰的衣服不松手:"钰哥,别留我一个人。"

不知道的,还以为是房间里闹鬼呢!

他回头看看侯陌那没出息的样子,微微蹙眉,188厘米的身高真白长了。

两个人到了寝务老师那里,随侯钰用双手比画,跟老师描述:"我们寝室有蟑螂,这么大,大概是变异了的。"

寝务老师看了看他们两个人,微微有点无奈:"北方学生就是喜欢大惊小怪。"

说完,他拿出柜子里的瓶瓶罐罐去了他们的寝室,进去一顿喷喷喷后,对他们说:"寝室门关上,四十分钟后再进去,之后开窗户放味道后再睡。"

两个人站在门口等待的时候,随侯钰双手环胸,特别认真地思考:"所以……蟑螂是真的有可能那么大?"

"好像是的……"侯陌现在想起自己的尿样十分后悔,表情严肃,不知道该怎么挽回形象。

这时邓亦衡和沈君璟结伴走过来,看到他们两个人在门外站着还挺意外的。其中一个问:"你们两个怎么在门口?我还当你们早就睡了呢!"

随侯钰指了指寝室:"我身边这位被拳头大小的蟑螂吓得不敢进去了,里面喷了药,屋子里目前是毁灭模式,我们也进不去了。"

邓亦衡听完就乐了:"让大师兄崩溃只需要两步,第一步在他面前放一只蟑螂,第二步把钰哥带走。"

沈君璟摇头:"不够绝,如果想让大师兄更加崩溃,应该在他面前放蟑螂的同时,让他看钰哥和黑藏獒打双打。"

邓亦衡想一想就觉得那一幕简直好笑。

侯陌沉着脸问:"是觉得我提不动刀了吗?"

邓亦衡和沈君璟同时闭嘴,甚至清了清嗓子,故作镇定。

除夕当天,集训营安排大巴车,将他们一起送到了机场,一行人乘坐飞机回去。

下了飞机,侯陌坐上大巴车捧着手机跟侯妈妈报平安,接着说道:"钰哥,我今天得到我姥姥那里去,她想我了,我们家传统是这一天得跟他们一起过。你先自己住一天,能行吗?初一一早我就回去找你。"

随侯钰低头看着手机,给冉述发消息,同时回答:"无所谓。"

和侯陌重遇之前,他照样过得好好的。

结果和冉述发消息,说他想去找他,冉述居然拒绝了他,只答应初一和他一起出去玩。

他看着手机,陷入了迷茫。

今年除夕真的只能自己过了?

算了,无所谓。

一个节日而已。

他们回到家里后,侯陌和侯妈妈当天傍晚直接去了侯姥姥家里,说是要去帮忙包饺子。

随侯钰站在窗口看着这娘俩离开小区,回到房间里抱着大哥,看着平板电脑的学习APP,看了一会儿突然一阵烦躁。

他打开冰箱,突然看到冷藏的果酿,迟疑了一会儿伸出手拿了两瓶出来。

正好解解馋,喝完说不定能睡一觉。

坐在书桌前,喝着果酿看着教学视频,又拿起手机看了一眼微信。

翻看和冉述的聊天记录,突然觉得有点怪。

冉述一向喜欢发语音消息,特别不愿意打字,今天怎么都是打字跟他聊天?家里氛围不太好?

他又给冉述发了一条消息:你晚上吃的什么?

冉述迟迟没回。

大年初一的早晨。

随侯钰睁开眼睛的时候,侯陌不知什么时候来了,在房间里"正襟危坐",手里还拿着手机,玩着全国大型"竞技"游戏——斗地主。

见他醒了,侯陌放下手机,去厨房给他做早饭。

粥很早便在煮了,再做点配菜即可。

这时侯陌收到了邓亦衡的消息。

邓亦衡:大师兄,这次考试你拿不到一等奖学金了。

侯陌看到这个消息心里"咯噔"一下,也不问超过他的人是谁,只是打字询问:差多少分?

邓亦衡：2分。

"……"

侯陌放下手机，知道这2分肯定出在语文或者英语的作文上面。

之前他的字好看，有卷面加分。这次没有卷面分后，他的优势一下子就没了。

没承想，这次随侯钰的作文写得不错？

也是，这次是议论文，不用写得多有情感。在不需要情感的事情上，随侯钰总是过分优秀。

虽然想到了有可能被超过，但真的被超过了，侯陌还是一阵焦虑。

他们学校一等奖学金跟二等奖学金差不少，或许是为了鼓励学生有好的成绩，为了让升学率，尤其是升重本的比例高一些，他们学校也是下了血本。

一等奖学金名额1人，奖金8万元。

二等奖学金名额3人，奖金3万元。

三等奖学金名额10人，奖金5000元。

侯陌还想着，他要是拿了一等奖学金，债务也能还上一些，这回一下子就少了5万，心里没有落差是不可能的。

不过想了想后，又坦然了，他确实太自信了，没怎么认真复习。随侯钰治好了他的少年狂妄，也让他感受了一把"钰哥教你做人"。

再说了，被随侯钰超过，他心服口服。

调整完心态后，他又乐呵呵地打字回复。

财源广进：我们家钰哥真棒。

邓亦衡：我觉得吧，你要有危机意识才行。

财源广进：嗯，对。

侯陌看到这句话，意识到了这一点，危机感突如其来。

随侯钰这时拿着手机出来了，还回了一条语音："没事，我都理解。"

侯陌将早饭盛出来问："冉述？"

"不是，格格。"随侯钰回答完坐在了餐桌前，心情突然愉悦了很多似的，笑眯眯地看着他。

随侯钰肯定知道成绩了。

"格格找你什么事？"侯陌把早饭端过来放在餐桌上问。

"格格说考试成绩方面，我们交替得过一次第一，所以算是持平。不过你上学期比赛成绩比较好，有为校争光的加分，所以一等奖学金还是你，我是二等。"

侯陌还挺意外的，毕竟他们学校期末考试成绩占的比重很大，没想到还能轮到他。

他还没说话，随侯钰先说道："你不用在意，我不在意这点钱，一等二等无所谓，反正我考试超过你了就行。而且，一等奖学金的获得者开学的时候需要在开学仪式上讲话，我可不愿意上去。"

其实按照随侯钰的好胜心，他很想拿一等。可是想到侯陌真的需要奖学金，且学校也综合考虑了，侯陌的比赛成绩又真的没话说，也就没必要争了。

他知道他努力后，考试成绩超过了侯陌就行。

超过了侯陌，他就很开心。

"我一会儿得去拜年，冉述会来陪你吗？"

"他说他感冒了，我听着声音都哑了。"

"他那个小体格，还臭美，我看他从来不穿秋裤。明明腿都够细的了，为什么还要在意体形呢？"

随侯钰叹气回答："他的梦想是做偶像，但是因为结巴耽误了。不过现在就算是在学校，也要保持形象，要走偶像路线，他说当红的人走红毯都冷。"

侯陌认真想了想，说道："其实他确实适合走这个路子，那大眼睛大嘴巴，上相，传说中的高级脸嘛！正常人拍照脸形都不敢修成他那种，下巴扎死人。"

"怎么被你说得像蛇精似的？"

"他确实是小脸大五官啊。"

"他和整容脸不一样。"

"对对对，冉哥特别帅！"侯陌不想再继续这个话题了。

吃完饭，侯陌便穿戴整齐出门。

晚上，随侯钰抱着大哥去了侯家。

到侯家后，这娘俩在厨房里忙碌，他一个人坐在客厅里，有点不知道该做什么好。

侯陌在间隙走出来坐在随侯钰对面的茶几上，帮他剥橘子，说道："我尽可能按照你喜好买的菜，我妈妈做菜挺好吃的。"

"哦。"

三个人坐在一起吃饭的时候，还挺和谐的。

随侯钰吃饭的时候规规矩矩的，尽可能不让侯妈妈看出来自己挑食。

侯妈妈一向温柔，只是询问了随侯钰几句关于咸淡的问题，好知道随侯钰的口味，方便以后改善。

他和侯陌准备回民宿的时候，侯妈妈突然拿出一个红包来给他："这个你收下，别嫌弃。"

随侯钰赶紧拒绝："不用的！我都蹭了一顿饭了。"

"还是得收，这是过年。"侯妈妈微笑着。

侯陌在一边帮着拿过来了，接着拽着他带他走。

随侯钰迟疑了一会儿说道："谢谢阿姨。"

回到民宿，随侯钰看了红包，里面有两千元钱，在他看来真的不算多。今天白天，他爸爸直接给他转了五万，是压岁钱加这阵子的生活费，告诉他不够了可以再要，不过过年不要过去，他继母的娘家人来了。

继母家的人特别不喜欢他，尤其是家里有了一个弟弟后，那家人总怕他发疯会打孩子。

在侯陌的家里给两千元的红包，已经非常难得了。

这红包接得他心里怪难受的。

侯陌在他家里转了一圈后，突然说道："钰哥，你的那个APP借我看看。"

"嗯，你打开APP就是登录的状态。"随侯钰回答完，突然笑了起来，"怎么，知道着急了？"

"对，不能一直被你超过，这是我的信念。"

"什么？信念？"他笑了一声。

侯陌在看教学视频，问道："钰哥，你春节什么安排？"

"可能会去培训学校。"

"春节还不放假?"

"嗯,有一位老师过年才有空回来,每年只教这么几节课,其他时间都在别的城市。补习班也只能临时开几节,一般学生都排不上那个老师的课。"

侯陌还挺惊讶,问:"这么大牌?"

"嗯,杜敬之你知道吗?"随侯钰说了自己老师的名字。

"不,我知道王羲之,或者运动员什么的我都知道。"

"他现在很出名,随笔的插画都五位数起,这种画到他那种程度两个小时就能画完。不过还是很多人都约不到他。"

侯陌听完感叹:"我学什么网球啊,应该学美术。"

他一年累死累活地训练,参加比赛,风里来雨里去的,还没有人家一个月的收入多呢!

"你啊……"随侯钰笑了笑,接着摇头,"没天赋。"

"不是有几个抽象派的大师吗?"

"嗯,估计你要真想成为抽象大师,你得死得有故事感,用死来成就你的艺术造诣,生前就不要想了。"

侯陌闭上了嘴,继续看教学视频,许久没再说话。

大哥在房间里绕着两个人转,最后停在侯陌身后,一下一下地摇尾巴,每一下都抽在侯陌的后背上。

绝对是故意的。

对于这位猫大爷,侯陌敢怒不敢言。

随侯钰凑过来摸了摸大哥的头,用口型跟大哥说:别欺负他。

侯陌背对着随侯钰,并未看到。

过了一会儿,侯陌又忍不住了,问:"那你还有别的课吗?"

"好久没去了,会排几节舞蹈课,还有剑术课。"

"你还会用剑?!"侯陌吃了一惊。

"嗯,太极剑,击剑也会。"

侯陌听完之后从口袋里摸出手机来,找到了欧阳格的微信号,快速打字发送消息。

财源广进：格格，我现在去你那里学散打还来得及吗？你们这个练成了，能空手接白刃吗？

格格：能，还能徒手接导弹，不过是一次性的，导弹没了你也没了。

财源广进：对，钰哥再厉害，他这辈子也只能打死我一次。

格格：[名片]

格格：咱们学校田径队的教练，你可以加他问问，打不过还能跑得快点。

财源广进：我谢谢您了，祝您新年发大财。

格格：同一个世界，同一个梦想，我们一起努力。

正月初三这天，随侯钰要去培训学校，参加杜敬之老师的美术课。

由于路途比较远，且天气很冷，侯陌叫了熟悉的邻居的车，让叔叔开车送他们去城里。

到达培训班的门口，侯陌先下车，说道："难得过来一趟，课程结束后我们去看电影吧，顺便吃个饭。"

随侯钰同意了，拿出手机来问："你想看什么电影？"

"我订完了！"侯陌赶紧按住了他。

他扭头看向侯陌，勾起嘴角笑了一下："早有准备？"

"嗯，还是托桑献熙冉述打听的，肯定不会踩雷，除非冉述坑我。"

"行吧，下次我请。"

随侯钰是培训学校的VIP会员，从小学到大，整个学校的老师都认识他。

他带一个人进教室，学校的人也不会多说什么，他便让侯陌坐在一边等着。

杜老师早就在教室里等了，见到随侯钰后招呼他过去，说道："你去年的画我都看了，有进步，不过后半年怎么都没有作品了？我看到最后的日期是8月21日。"

"我下半年在学校练网球，参加了网球队。"

"网球？打算做体育生？"

"算是吧，不过应该不会用体育参加高考。"

杜敬之老师头发是天然棕色的，蓬松地搭在头顶，配上一张看起来很显嫩的娃娃脸,就算已经二十八岁了,看起来依旧像高中生。

他是初代网红,长得很帅,做过吃播,画画还非常厉害。

现在很少直播了,社交软件也只是更新画作,但是这不影响他的名气。

他继续翻看随侯钰的作品,拿出其中一幅来固定在画板上,执笔帮随侯钰改画。

杜老师改画,简直就像在原画上乱涂一气,整体都看不出原来的模样了,结果最后几步一勾,视觉效果瞬间扭转。

他画画,就像是在表演。

杜老师改画的同时,还在跟随侯钰说要点,指出他画的问题。

随侯钰坐在杜老师身边,认认真真地听。

等随侯钰自己画画的时候,杜老师晃了一圈后站在他的身边,说道:"你幸好不准备做美术生。"

"怎么了?没有悟性?"随侯钰很纳闷,停住画笔问道。

他也是从小学美术的,水平不错,好几幅画都被培训学校装裱起来,挂在了走廊展览。

"你看看你的坐姿。"杜老师说着,拍了一下他的手腕,"腱鞘炎。"说着,又戳了一下他的后背,"颈椎这里,腰,你认真画两年就得去做颈椎手术去,就没见过你这种画个画还拧来拧去的人,你蛇精刚化形没进化好吗?"

"坐不住……"随侯钰解释完,有点难为情。

侯陌等随侯钰下课,全程只能在角落静坐。

"电影是几点的?"下课后随侯钰拿起水瓶拧开喝了一口问。

"下午四点二十。"

"那还早呢,你陪我去练舞室吧。"

"哦。"

两个人走出去一起上楼,现在是过年期间,舞蹈室里没有其他人,比较清净。

随侯钰起身活动身体,说道:"我跳舞给你看,你想看什么类型的?"

他想了想后放弃询问了,补充道:"你喜欢的类型我够呛会跳。"说着走过去开音响设备。

　　培训学校的舞蹈室装修属于重工业风,房间里的灯光不算明亮,多半是壁灯,墙壁上装饰着造型前卫的彩灯,还有墙壁涂鸦。

　　其中有一整面墙装着镜子,便于练习。

　　随侯钰选择的曲子是他停止舞蹈训练前练的最后一首歌,这个舞记得还比较全,且练的次数比较多,听到音乐就能下意识地完成动作。

　　随侯钰学舞蹈的时间很长,前期是跟着每个课程去学老式街舞,Locking、Popping之类的都会。

　　后来什么都能来一点,逐渐形成了新式街舞的风格。

　　从小练舞的优势就是他身体被开发得非常全面,无论是大开大合的动作,还是一些震颤的小细节处理,都能做得特别到位。

　　身体平衡感掌握得好,卡点又准,仿佛音乐的旋律在操控着他的身体。

　　看随侯钰跳舞,是一种享受。

　　上一次看到他跳舞还是在军训,他有点被迫营业的感觉,跳得并不算特别走心,只是能看出来舞蹈底子很好。

　　这次是在熟悉的环境里,音响设备和场地都是一流的,他能够完全放开,跳得比上一次好出几倍来。

　　侯陌最后干脆坐在镜子前的地面上,盘着腿欣赏。

　　跳累了,两个人离开舞蹈室,到达商场后一起随便吃了点东西,准备看电影。

　　随侯钰站在爆米花摊子前许久,眼巴巴地看着,模样很是向往。

　　侯陌无奈,小声提醒:"钰哥……我买了矿泉水,实在不行我给你插根吸管。爆米花我们真的不能吃啊……"

　　随侯钰难受得不行,跟着侯陌离开,坐在等候区等待,唉声叹气的。

　　侯陌只能尽可能安慰他:"回去我给你做汉堡吃。"

　　"我们能吃汉堡?"

　　侯陌点头:"买块全麦面包切开,里面放菜,煎一块牛肉,涂一层我独家调制的酱……"

　　"肉夹馍?"

"不是馍,是汉堡包。"

随侯钰只能撑着脸,看着滚动字幕上的入场通知,有点沮丧。

他们看的是一部 3D 电影,战斗场面居多,热血的战斗,正义永不迟到。很老套的剧情。

但是观众买账,百看不厌。

随侯钰单手拿着插着吸管的矿泉水,另外一只手放在椅子的扶手上。

坐在他们后排的是两个年轻的女孩子,其中一人看到前排的两个男生又高又帅,惊呼了一声,赶紧闭嘴,装成什么事情都没发生。

另外一个赶紧按住了同伴的手:"别一副没见过世面的样子。"

"有点帅……"

"嗯……"

然后两人一起姨母笑。

走出电影院将手中的 3D 眼镜还回去,他们又一次遇到了后排的两个女孩子,两人看了他们一眼后匆匆跑了,跑得格外兴奋。

两个人结伴走出去,在纪念品区域居然碰到了熟悉的人。

冉述捧着爆米花,正在买电影的周边,他也不选,一样来一个,桑献负责结账。

冉述看到他们问:"都、都遇到了,一起玩吧,我们去哪儿呢?"

随侯钰指了指楼下:"五楼有一个篮球场。"

"和、和你们打篮球,一个个盖我帽,我还能玩?!"冉述当即拒绝。

"……"

四个人商量了半天也没商量出来到底去哪里好,最后还是去打篮球了。

侯陌和桑献两个人进去一对一,谁也不让谁。

冉述和随侯钰则在铁栏网外看着。

冉述注意到随侯钰很馋他手里的爆米花,偷偷喂给随侯钰一个,随侯钰没吃,他便把爆米花扔了。

而球场上的两个男生,简直就是花式打篮球,还引得球场上其他人鼓掌。

随侯钰看了一会儿后嘟囔:"真菜,都不如我。"

"嗯，我、我也觉得他们俩水平都不如你。"冉述表示认同。

而此时认真对战的两个男生，浑然不知他们的耍帅终究是错付了。

打完篮球已经到傍晚，四个人打算结伴去吃饭。

侯陌穿外套的同时对另外三个人说道："你们想吃什么？今天我请。"

三个人同时看向侯陌，接着互相交换眼神，敷衍地说道："行，我们去看看。"

到最后，他们在商场美食楼层转了一圈，选了一家面馆进去了。

入座后他们拿着菜谱，一人点了一碗炸酱面。

侯陌看着菜单问："还要再加点东西吗？"

随侯钰拿过菜单认真地看，说道："加一份炝拌土豆丝。"接着将菜单递还回去。

侯陌看着这三个人沉默许久，他难得请客一次，要不要这样？

侯陌只能说："我今天带红包了，有两千的预算！"

冉述拿出一次性筷子来，说道："过年吃得太油腻了，确实只想吃点清淡的。"

随侯钰听到冉述不结巴地说话，就知道冉述在说谎了。

不过，这次随侯钰也跟着点了点头。

正月初五傍晚。

杨湘语突然接到培训学校老师的电话，有点意外，摁下接通键："喂，老师您好。"

"嗯，小钰妈妈，我是来和你说一声，小钰最近来学校上课了。杜老师回家过年，临时开了五节课，小钰都报名了，今天刚上完第二节课。"

在随侯钰离开家里之后，杨湘语几乎失去了随侯钰的消息。

她在这期间询问了培训学校的老师，问随侯钰的出勤，知晓随侯钰半年没有去过了，不由得一阵气闷。

培训学校的老师都知道随侯钰家里的情况，还当是随侯钰去父亲那边住了，妈妈不知道情况，也没多问。

杨湘语对待老师的态度很好，笑着回答："哦，谢谢老师，他还上了什么课？"

"只报名了美术课，课程结束后会和他同行的朋友一起去舞蹈室。舞蹈老师最近放假，他都是自己练。"

"和冉述一起去的？"

"不是冉述，看着脸生的男孩子，挺帅的，染了一头浅棕色的头发。"

杨湘语听到"染发"二字，不由得蹙眉。

如果是随侯钰的朋友，估计只是高中生，高中生染发会让杨湘语的印象降到冰点。

想了想后，她问："老师，他下节课是什么时间？"

"明天上午一节，下午一节。"

"麻烦您把课程表发给我。"

侯陌坐在自己房间的书桌前，嘟着嘴用嘴唇和鼻子夹着笔，手里拿着手机看桑献回复的消息。

桑献：贵不贵？

财源广进：这玩意儿在你们眼里算贵？

桑献：我觉得随侯钰应该不缺这样的东西。

财源广进：这不是缺不缺的问题，心意得到，毕竟是成人礼。

桑献：行，我知道了，我帮你订购。

随侯钰的生日是4月5日。

还有一个半月的时间，侯陌已经开始做准备了。

侯陌将笔放下来，拿着手机给桑献转账，接着又打开电脑查询机芯改造，之后拿着图纸去跟侯妈妈沟通，研究这些东西应该怎么改。

作为理工女，这些小东西对侯妈妈来说就和拼装玩具似的，给了侯陌改装思路后，问道："今天不下去找小钰吗？"

"我刚被赶回来。"侯陌沮丧地坐在客厅的沙发上，无所事事地看了看周围，接着伸手去剥干果吃，"他的美术老师给他留了作业，让他今天完成。我和大哥都被撵出来了，说我们打扰他画画。"

"小钰画画还挺不错的？"

"是不错吧……反正我看不懂，我刚才看的时候上面全是色块，跟用铁锹拍扁了的土豆似的。倒是觉得画画真费颜料,新开的一盒颜料,他画了一天,浅色里面就混合了黑的绿的蓝的,都变色了。我看着难受,帮他一点一点地挖出来,他还嫌我碍事。"

"那你什么时候过去?"

"等会儿吧,省得他画不出来还跟我急。"侯陌举起图纸继续看。

看了会儿图纸,再看看表,二十分钟后他还是坐不住了,把图纸收到房间书桌的抽屉里,带着新的床单、被罩出了门。

侯妈妈一直看着,门关上了才放心,带着大哥回自己房间去。

坐下后,侯妈妈从抽屉里拿出一摞文件来,打开台灯认真地查看,随手拿来了笔记本电脑,启动后输入密码,单手整理PPT。

在生病之前,她也是女强人。

后来身体出了问题,她也闲不住,找了个民宿的工作。

再后来做代账会计,渐渐有了一些人脉关系。

现在,她还是想东山再起,又怕侯陌担心,只能偷偷进行了。

侯陌进到随侯钰的房间里,刚进门便举起手里的东西示意道:"我是来换被单的。"

随侯钰坐在画架前看着侯陌从他面前走过,去换被单。

他继续画画,没一会儿,看到侯陌又去烧了一壶水,走进厨房摆弄王教练送过来的中药。

他已经喝三天中药了,每次闻到中药的味道就觉得恶心,喝下去更是难受得厉害,最起码有五分钟的时间一句话都不想说。

最可怕的是反上来那种味道,他还不能吃带糖的零食,只能喝白开水缓解。

不一会儿,厨房里便传出中药的味道,随侯钰瞬间画不下去了。

正闹脾气呢,侯陌从厨房里走出来,把切好的水果放在他身边。

侯陌问:"一晚上能画完一幅画吗?"

"按照艺考时间安排的话,确实是规定时间内画完一幅画。不过我只是兴趣爱好而已,不参加考试……"

侯陌凑过去看随侯钰画的,已经能看出来雏形了。

接着，侯陌坐在随侯钰的斜对面，说道："我真的觉得你非常厉害，你看，你可以参加体育生的高考，可以参加艺术生的高考，而且是舞蹈、绘画两方面的。最重要的是，你文化成绩也很好，正常参加高考也没问题。这简直就是全能了，你就是一个考试怪物。"

随侯钰想了想后，突然觉得还蛮不错的，于是扬眉："你钰哥多才多艺。"

"对，完美！"

随侯钰刚被哄得合不拢嘴，就看到侯陌起身去把中药端了过来，很快收住了笑容。

侯陌继续哄他："一口气下去，然后赶紧喝水，实在不行吃口水果，就一瞬间的事。"

随侯钰不情不愿地端起盛着中药的碗，一饮而尽。

正月初六，随侯钰去了培训学校。

到学校后，他脱掉外套，把带的东西都给了侯陌，自己坐在了画架前准备上课。

他把昨天的作品恭恭敬敬地固定在画架上，打算见这幅画最后一面，过一会儿这幅画就会被杜老师改得面目全非。

今天坐在一边板凳上等候的人多了一个，侯陌身边还坐着杜老师的朋友。

两个人最开始还没有交流，后期等得无聊了，他们才小声聊起了天。

聊的话题也都很生疏，比如侯陌擅长的网球，那个男人会的跆拳道，聊到最后，他们都不知道对方姓什么。

课程结束后，随侯钰带着侯陌去了楼上舞蹈室，路过一个房间时停顿了一下，突发奇想地说："我穿汉服跳个中国舞给你看？"

"行啊！"

"我在这里有演出服，是上一次表演的时候定制的，一直没拿走。假发我就不戴了，戴着难受。"

随侯钰带着侯陌走到更衣室，打开他的小柜子，从里面拿出汉服来到一边换上。

汉服是跳舞的时候穿的，并非非常规整的风格，属于晋襦，交叉领，宽大的袖子，装饰着精致的刺绣。

随侯钰穿的时候还在说："其他人的都是银灰色配雾霾蓝的颜色，我是中心位，强制性订的暗红色的，其实我还是喜欢雾霾蓝的，我又自己买了一套，结果等工期等半年了还没邮来。"

"嗯，我知道你喜欢蓝色和绿色。"

在等随侯钰换衣服的时候，侯陌照镜子看着自己亚麻色的头发，突然指着自己的头发说道："我想把这玩意儿染成绿的。"

随侯钰回头看了他一眼："你有毛病吧？"

随侯钰穿戴整齐，整理着衣袖走出来。

侯陌打量着随侯钰穿汉服的样子，认可地点头："好看。"

随侯钰的长相偏柔美，似乎本来就适合中国风，古典味很浓，眉眼里有着古代翩翩公子的倜傥感。

侯陌跟在随侯钰身后问："你有没有试过把头发拉直？"

他突然好奇随侯钰头发如果直了会是什么样。

随侯钰摇了摇头："没有，拉直头发时间太长，我坐不住。"

想了想，他又回忆起不好的经历："有一次舞蹈表演统一编脏辫，我也特意在暑假把头发留长了一点。脏辫是按照根数算钱的，结果理发师编我的头发编不耐烦了，说这个钱都不想赚了。"

侯陌笑了好半天才止住。

随侯钰带着他到了一间明亮的舞蹈室。

侯陌坐在镜子前，捧着两个人的东西，等待随侯钰开始。

这次随侯钰选的是一首古风曲子。

中国舞其实是沿用了芭蕾的一些训练体系，部分动作还融进了传统戏曲里武术的手眼身法步等技巧，比较讲究身体的美感，尤其是旋转的时候，动作舒展，需要体现出延伸感来。

跳完之后，随侯钰走过来蹲在侯陌身前，仿佛翩翩公子，衣袂飘飘，像是有一丝仙气缭绕。

侯陌看着他，说道："跳得特别好看！"

"中午吃什么？"随侯钰知道自己跳得好看，他关心的是吃饭的问题。

仙气瞬间少了一半。

这时，舞蹈室突然进来一个人。

春节期间学校里人很少，只有美术课的学生会来学校，上完课便离开了。

只有随侯钰一个人来这个学校像回家，每个教室来去自由，突然来了一个人，把他们吓了一跳。

看清来人后，随侯钰吓得睁圆了眼睛。

是杨湘语。

他的心里"咯噔"一下。

"随侯钰！"杨湘语突然声嘶力竭地喊他的名字，指着侯陌说，"你看你找的什么朋友，流里流气的，年纪不大还染头发，看着就不是什么正经人。"

侯陌注意到随侯钰的表情以肉眼可见的速度垮掉，似乎很快也要炸了。

这母子二人如果吵起来，那绝对是火星撞地球一样的效果。

他赶紧站起身来，说道："阿姨好，我是安南渐。"

"我管你是谁！"杨湘语对着侯陌吼道，吼完突然依稀想起来什么，嘟囔，"名字倒是耳熟。"

他提示道："随叔叔战友的儿子，和钰哥一起练过钢琴。"

杨湘语想起来了，她见过侯陌几次，当时还当他是混血儿。

她记忆深刻的是侯陌的父亲，非常英气的男人，对儿子却格外温柔。这让她觉得随凛和侯爸爸对比太过强烈，明明是战友，差距却那么大。

在杨湘语愣神的工夫，侯陌指了指自己的头发："我发色从小就这样，不是染的。"

说完，他对着杨湘语微笑，笑得像个天使，笑容纯粹没有杂质，竟然完全不畏惧她的咆哮。

杨湘语本来还想骂人，硬是卡壳了。

侯陌继续微笑着说："好久没见面了，我们找个合适的地方好好聊吧。"

侯陌知道培训学校有一个隔音房，一般是用来招新的。

他之所以知道，还是因为随侯钰指着那里对他说："在这里面就算你叫破喉咙都没人来救你。"

杨湘语本来气得发抖，被侯陌连哄带骗地带到了隔音室里，这样杨湘语再撕心裂肺地喊，都不会引人来围观了。

随侯钰本来很担心，看到侯陌推着他妈妈进入隔音室，突然觉得画面很有意思，仿佛侯陌天生就会顺毛。

走进去后，侯陌让杨湘语先坐下，还主动帮她倒了一杯水。

"我不喝！"她直接拒绝了。

"还是喝点吧，不然一会儿容易上火。"

她一听就来劲了，质问："怎么，你真当自己是根葱？"

侯陌让随侯钰坐在自己的身边，两个人对视了一眼，似乎都不害怕。

接着，侯陌平视杨湘语，淡然地回答："您和您儿子之间的事情我也听说了，鉴于您之前对待他的种种事迹，我也不觉得我有必要尊重您，所以我们心平气和地聊聊天，不好吗？"

杨湘语被侯陌看似客气的一席话气得浑身发抖，捏着自己的膝盖才勉强保持镇定。

就像随侯钰之前说过的，杨湘语暴躁易怒，稍微有点事情就会炸。

在职场上，她还算是做事果断、雷厉风行，但是和这种火暴脾气的人朝夕相处，是一种折磨。

她对侯陌多少有点轻视与厌恶，说话更是不客气："你怎么和我说话呢？"

"您之前的所作所为，值得人尊敬吗？我是看在您年长，以及是我朋友的母亲的分上才对您客气的。"侯陌依旧在微笑，眼底却一点笑意都没有。

微笑，是他的自身涵养。

"狗崽子！说的还是人话吗？我不值得尊敬？你知道我年收入多少吗？有多少人一辈子都挣不到，我还不值得尊敬，你多能耐？还不是花家里的钱？在我面前你屁都不是！"杨湘语气得发疯，面目狰狞地朝侯陌吼，骂他没教养，没礼貌。

她扭头又开始骂随侯钰："随侯钰你有没有良心？啊？你自己有病，把我拖累成什么样心里没有数吗？还在给我添麻烦！你干的就没有正常的事情，天天发疯打架！交的朋友也这么没教养！"

侯陌只是看着她，想象着那些年里，随侯钰是怎么和这样的母亲相处的,接着伸手握住了随侯钰的手安抚他,让他不要暴躁。

等杨湘语骂累了,侯陌把水杯再次推到她面前,开口说道:"我可以说了吗?"

杨湘语咬着牙冷笑,问道:"你想说什么?"

"狂躁症不是精神病,也非他所愿。而且,无论是先天遗传,还是后天,他的狂躁症都是您和他的父亲一手造成的。你们非但没有愧疚感,还觉得他是你们的拖累,他没有恨你们造成了这个病,你们却反过来怨他,凭什么?"

侯陌说得掷地有声,没有被杨湘语之前的话语影响,依旧冷静从容。

杨湘语一时语塞。

侯陌没管,继续说下去:"再婚之后,我不知道那位叔叔是怎么给您灌的迷魂汤,让您连自己的儿子都不信任。您儿子是一个什么样的人,看来您是一点都不清楚。您确实有可能被人骗婚了,您现在应该做的不是对自己儿子发泄,而是留个心眼,尽可能减少损失,毕竟您现在的财产,很多人一辈子都赚不到。"

"你还跟着他一起编故事?"杨湘语不可置信。

"您已经在怀疑了,不是吗?为什么还要极力否认?是不想承认自己经历了两段不成功的婚姻吗?还是不想承认自己的失败?"

"我失败?!"杨湘语指着自己,睁圆了眼睛。

"对,您失败,是一个不合格的母亲,没有像样的亲情,也没有理想的爱情。您的事业或许是成功的,不过……我今年十七岁,打比赛加奖学金年收入二十多万,换作十七岁的您,站在我面前屁都不是。"

杨湘语气得拿起桌面上的烟灰缸就要朝侯陌砸,被侯陌抓住了手腕。

侯陌拿下烟灰缸说道:"一言不合就动手,您倒是和他一样,你们的脾气也像,不过他比您幸运,能清楚地知道自己想要什么。"

"他没有骗婚!"杨湘语吼道。

"找一个私家侦探调查一下,如果真的掌握了证据,建议您趁早做好预防。查不到也无所谓,您私生活上做好防范措施就可以了。"

杨湘语气得要哭了,和一个晚辈,还是儿子的朋友谈论私生活,让她脑袋嗡嗡作响,气得说不出话来,于是恶狠狠地看向随侯钰。

随侯钰在喝水，见母亲看向自己后便问："聊完了吗？"

"你什么意思？"杨湘语问。

"我不太想和您说话，所以，聊完我就先走了。"随侯钰说着起身，拽了拽侯陌的衣角，"我们走。"

"随侯钰！"

"放过我，您也自由了，我不再拖累您了，可以吗？"随侯钰再次说了这样的话，甚至有祈求的味道。

随侯钰想要脱离她的态度很早就已经很明显了，每一次说出这样的话，都会让她心口狠狠地痛一次，然而见面了，又控制不住自己的脾气。

杨湘语看着他们离开，随着关门的响声，她的身体也跟着颤了一下。

许久后，她开始捂着脸哭，越发崩溃。

第七章 成人礼

随侯钰回到更衣室里坐下，颓然地抬头看向白炽灯，表情木讷，也不知是什么样的情绪。

侯陌则是站在他身边，用手指戳他的脸："别愁眉苦脸的，别气。"

随侯钰抬头看向侯陌："你是不是也觉得她很恐怖？"

"和这样的母亲在一起很压抑吧？"

"嗯，被她嫌弃后，好多次我都站在阳台看着楼下，想着就这样一了百了吧，不会拖累他们，我也解脱了。"

侯陌听完赶紧安慰："这太荒唐了，不能有这样的想法，你并没有错。"

"嗯……我坚持下来了，我觉得我现在已经很强大了。可是再次看到她，还是会有一种压抑的感觉。该怎么说呢……"

他呼出一口气，像是想要排出体内的混浊，连同那些糟糕的情绪一同吐出去。

"见到她，就脑袋发胀，甚至会耳鸣，仿佛靠近她，就会听到她骂我的声音。她的管束像是重重的茧，她扯掉的不是翅膀，她甚至想把我的四肢都剪断，把我捆进茧里，让我只能看着她，只能乖乖听话。"

侯陌伸手拍拍他的后背，安慰："没事，以后我陪着你，我是你的搭档，也是你的亲人，有什么事情我们一起面对。"

"嗯。"随侯钰回答的声音糯糯的，甚至有点委屈。

"好了，言归正传。"

"嗯。"

"想吃什么?"

随侯钰终于笑了出来,推了侯陌一把,想了想后回答:"黄焖鸡米饭吧。"

"我给你做?我们现在回家?"

"算了,晚上再吃吧,中午先随便吃点,下午还有一节课呢,一会儿我想去买点东西。"

"行,我也想去买衣服。"

"好。"

侯陌第一次和随侯钰逛街。

两个高大帅气的男生走在一起,十分引人注目,很多路过的人都会多看他们两眼。

这一天,侯陌买了三件上衣,一条裤子。

这条裤子还是好不容易碰到合适的,毕竟按照他的腿长买裤子,裤腰都肥得夸张。

随侯钰则买了一辆车。

对……一辆车。

侯陌看到随侯钰走到 4S 店,便伸手拽着他不让他进去:"钰哥,你也没驾照,你去这里干什么?"

"没驾照就不能买吗?"

"你要考驾照?"侯陌的心都要提到嗓子眼了,按理说随侯钰还有一个多月就满十八岁了,可以考驾照了,但是,随侯钰真的不适合开车。

随侯钰看着他问:"我怎么就不能考了?"

"你真开车上路,你能容忍你的前面有别的车吗?如果有人超你的车,你不得跟人家飙一路?钰哥,你先别看,真需要学车我去学,你不用学,我是你的专属司机,随叫随到。"

"阿姨会开车吗?"随侯钰随口问道。

"我妈?她会啊。"

"买回去给她开吧。"

"你不是想给我妈买吧?"

"给她估计她也不要,所以你就说我上学的时候不开,放在家里也没用,给她开去呗,不然冬天骑电动车多冷。而且,有车去买菜也方便,不用她拎回来,路也挺远呢。"

随侯钰进入4S店,问:"甲壳虫还是MINI?我对适合女性开的车不熟悉。"

"给你留条后路,买辆你也能开的车,不然真的成我妈的车了。"

"对啊,之后她想还给我,我就说我不喜欢了,送她了。"

"别了,太刻意了。"

"好吧。"

等随侯钰刷卡付款的时候,侯陌后悔得直用脑袋磕墙。

之前说的两辆车的价格还算合适,随侯钰最后买的奥迪A5敞篷,贵了将近一倍。

在4S店吃店里提供的午餐的时候,侯陌忍不住问:"你刚跟你妈妈决裂,她说不定会断你生活费,你这么花钱能行吗?"

"没事。"

侯陌想了想,特别认真地说:"算了,你大手大脚的毛病一时半会儿也改不过来,你钱不够花了跟我要,我手里还有点。以后你不用怕,我和我妈都是你的家人。"

随侯钰拿出手机来给他爸爸发微信语音消息:"我今天去补习班了,她家人走了吗?"

没一会儿,随凛便回了消息:"没走,先别回来。"

随侯钰拿起手机回复:"那我住酒店。"

"钱够了吧?"

"够了,过年我妈给了我不少钱。"

侯陌吃着饭,眼巴巴地看着随侯钰,没一会儿便听到了随凛暴躁的语音消息:"就她能耐,就她能赚是吧?一天天给她显摆完了,一会儿我再给你转一笔钱,等你过生日了给你买套房子,你也别跟她一起住了。什么玩意儿!"

随侯钰看着手机没动,等了一会儿收到了短信提示,还是连续三条。

随凛的卡转账限额了,分了三张卡转过来的。

他指着手机对侯陌说:"不用担心,我还有一个爸爸呢。"

买完车,随侯钰还打算给侯妈妈买一条 Gucci 的围巾。
Gucci 的款式就那么几个,不太会翻车,比较适合侯妈妈这种女性。
走到店门口,侯陌再次将随侯钰拉了回来:"寡妇门前是非多,我妈长得还挺不错的,更容易被旁人说是非。再说了,我们还欠着债呢,围这么一条围巾,人家还当是我们有钱不还呢。"
"这么多讲究?"随侯钰眉间挤出了一个"川"字。
"对,越穷越讲究,所以俗称穷讲究。当你有钱的时候,你会发现周围的人都特别善良。"
随侯钰想了许久,只能走到其他的店铺,选了一条纯色的围巾问侯陌:"这个很衬肤色吧?"
"我劝你买这条碎花的,以我妈妈的审美会觉得这个超级好看。"
随侯钰伸手拿来碎花款看了看,又看了看侯陌,问:"你不是在戏弄我?"
"认真的。"
随侯钰将信将疑地将两条都包了起来,又去了首饰店。
他看着橱柜选了半天,最终看中了在展览的耳坠,玻璃种的翡翠坠子,非常贵气。
侯陌跟着看了看,摇头,带着随侯钰到了一边,说道:"你买这对小兔子的我妈妈能喜欢。"
"太幼稚了吧,阿姨都……"
"不,女孩子永远长不大。"
"要不我两对都买了。"
"你可别扯了,那对耳坠的钱能再买一辆甲壳虫。我妈要是知道了价格,会舍不得戴出去,放一辈子,用来传家。"

最终,随侯钰拎着买的东西回了培训学校上了下午的课,又非常忐忑地回了家,总觉得这些礼物非常拿不出手。
可是将礼物给了侯妈妈后,却有意外的效果。

侯妈妈看到围巾后惊喜得不行:"天啊,这个碎花也太好看了!"还当场围上了。

接着,她拿出纯色的围巾看了看,问:"这条是给侯陌买的吗?"

侯陌赶紧点头:"对对对,这条是我的。"

随侯钰跟着点头,因为撒谎突然干咳了一声。

侯妈妈又拿出耳坠来,再次欢喜地说:"这个小兔子也太可爱了!"

随侯钰看得目瞪口呆。

侯陌偷偷给他使眼色,眼里分明写着:听我的没错吧?

侯妈妈照着镜子把耳坠戴上,走路的时候小兔子一颤一颤的,仿佛在跳跃,回头给两个男生看:"好不好看?"

侯陌连连点头:"特别配您。"

随侯钰看着她那张温柔典雅的脸配着可爱的小兔子,只能微笑:"好看。"

侯妈妈显然特别开心,说道:"我特别喜欢!谢谢你小钰。"

"没事。"随侯钰赶紧回答,"过两天还得麻烦您帮我提车呢。"

"我本来也没工作,帮忙去提车还是可以的。到时候我问问楼下的王姨,让她帮找一个好点的停车位置,没有日晒雨淋的那种。"

随侯钰补充:"我驾照考下来之前,那辆车您开就行。"

"我开一开就旧了。"

"新车得磨合啊,还得上高速跑一圈呢。"

侯妈妈一想也对,同意了:"也是。"

侯妈妈美滋滋地将碎花围巾叠好,顺便问道:"你们要开学了吧,行李收拾好了吗?"

侯陌试了试那条纯色的围巾,接着说:"其实也没有什么东西可带,球拍带去就行了,反正就是训练。"

"记得穿秋裤。"侯妈妈提醒。

"嗯嗯!"侯陌回答完,带着随侯钰下楼,一进门便拿出随侯钰的大行李箱,一起收拾。

随侯钰则是站在一边看着,问:"阿姨是真的觉得好看?"

"对,她确实喜欢那些东西,这些年都没变过。而且你不能夸她穿什么衣服显白,她最怕别人说她白,她老觉得自己的皮肤是病态白,看起来没有气色,吓人。"

"哦……"

"她还觉得我瘦呢,也就是不好意思念叨你,不然她能一天给你做八顿饭吃,太瘦了。"

随侯钰走到落地镜子前扯起衣服看:"我觉得我最近胖了点。"

侯陌回头看了他一眼,继续低头收拾东西。

体育生开学早,明天就要开始恢复训练了。

侯陌和随侯钰会提前一天带着行李回学校,这样还能赶上第二天的早操。

两个人回校已经算早的了,没承想有人比他们还早。

打开寝室的门,行李箱还没推进去便看到邓亦衡和沈君璟已经在收拾寝室了。

没过一会儿,冉述和桑献拖着行李箱也来了。

冉述还特兴奋地宣布:"我订了烤鱼,一会儿送过来,准备开吃!"

邓亦衡当即精神了,和他们几个人一起收拾,还找来了一张书桌,说道:"这是国际班学霸搬来寝室学习用的桌子,被我借来了,我们围一圈坐。"

"回、回寝室还学习?"冉述抓来椅子说道。

侯陌拎着一个椅子过来,让随侯钰坐下,同时回答冉述的问题:"其实国际班托福、雅思过了,之后也轻松了,不过想考更好的学校就需要努力了。"

冉述坐下之后突然沉默了一会儿:"其实我、我突然在想我的高考,你们是不是都有目标了,就我没有?"

他们寝室里,随侯钰和侯陌是奔着京华去的。

桑献初步也打算考首都去。

邓亦衡和沈君璟的目标则是东体。

就他一个人一点目标都没有。

桑献看向冉述,问:"你有特别向往的学校吗?"

冉述大大咧咧地回答:"有啊!但是我、我结巴,去不了。"

"试试改掉结巴的毛病呢?"

"你、你以为我没试过吗?"

刚巧这个时候冉述的电话响了,他拽着随侯钰一起下楼取餐。

待两人出去,侯陌靠着椅子问桑献:"你知道他想考哪里?"

桑献呼出一口气回答:"艺术类学校的表演专业,他好像很喜欢演戏。他早前和随侯钰一起练过中国舞,近两年停了。"

邓亦衡点头:"别的不说,冉述的舞跳得是真不错,长得也可以,可惜了……成了失去理想的咸鱼。"

桑献沉着脸思考了一会儿,对侯陌说:"你问问随侯钰,冉述结巴的原因,我听说他是后天形成的。"

"和家里有关系吧。"侯陌随口回答,"他们断断续续说的,能猜到一些。我试试看,不过他不愿意说的话,我也不会继续问了。"

"嗯。"

冉述和随侯钰聊天的声音由远至近,他们结束了这个话题。

两个人拎着烤鱼进来,拆开的时候邓亦衡都震惊了:"订烤鱼还送锅的,太豪横了!"

"那是!"冉述介绍道,"我、我和钰哥最爱之一,今天你们有口福了。"

打开包装后,香味扑鼻,虽然是外卖,依旧色香味俱全,一群人大快朵颐。

恢复训练循序渐进地进行着。

前几天相对轻松,此后便是魔鬼训练了。

等到魔鬼强度结束后,他们还能缓两天,之后普通班的学生也都会回来上课。

第一天出早操,侯陌还在等其他队伍开始动了再领跑,结果听到队友提醒他:"大师兄,都是队长领跑。"

侯陌愣了一下,问:"怎么了?"

"你这么代表了?"

侯陌只能"退位让贤",让随侯钰带队领跑。

而随侯钰带队的后果就是,他们的队伍全程都在超越别的队伍,到最后比其他队伍多跑了将近两圈。

随侯钰的理念——不能输！就算只是出早操。

提醒侯陌的队员后悔得直抽自己的脸。

魔鬼训练的最后一天下午，网球队的队员都在进行最后的坚持。

在室内，他们虽然穿着半截袖和短裤，身上的衣服已经被汗打湿了大半。

随侯钰咬牙坚持到最后，每一个动作，都能感受到汗水从身上甩落的感觉。

身上的半截袖被汗打湿后粘在了身上，包裹着他纤细的身体。

队伍里有人干脆开始光膀子，抬手揉一揉头发，都能带下来一手的汗。

整个室内，都弥漫着浓郁的荷尔蒙味道。

要是平时，冉述一准嫌弃得不行，此时他已经无暇顾及了，只是坚持下去都让他的两条腿打战。

这个时候有人推开门走进室内，带来了一阵冷风，吹得所有人下意识打战。

好在门很快合上了。

所有人看到，苏安怡换了公主切的发型，本来就是清冷的样子，更加傲慢了似的，显得十分不好亲近。

偏偏这群人看得很激动，就喜欢这个范儿。

她缓步走进来，到一边打开工具箱，拿出筋膜枪来准备着，目光扫过在训练的众人。

她提前三天回了学校，特意在魔鬼训练的最后一天过来。

她拎着筋膜枪站在一边，模样有点酷，接着用毫无感情的语气说道："一会儿我帮你们放松，明天你们帮我抬被子，我要帮我室友晒被子。"

网球队的一群男生看向她，同时欢呼出声。

有人明明累得都要倒下了，还在感叹："呜呜呜，她就是我的女神……"

解散后，队员们一窝蜂冲向苏安怡，刚才练成"老弱病残"的那群人仿佛都不见了。

随侯钰和冉述都没挤进人群里去。

随侯钰瘫坐在地板上，不愿意起身，想就这样歇一会儿。

谁知侯陌走到他身前，在他的头顶拧自己的衣服，衣服上的汗全淋在了他身上。

这一举动给随侯钰气得直接蹦了起来,疲惫一扫而空,满训练场追着侯陌打。

邓亦衡盘腿坐在一边,看着他们俩感叹:"年轻真好,还有力气跑呢。"

冉述感叹:"人家是百里屠苏,我钰哥是百里屠夫。"

听完,桑献笑了起来。

开学后,欧阳格需要准备开学典礼,很忙,但还是抽空来看了看。

"侯陌,你过来。"

侯陌莫名有点心虚地问:"怎么了?"

"过来!"欧阳格说完之后带着侯陌出了教室。

侯陌回到教室的时候,手里还拿着两盒染发膏,说道:"格格让我染头发,开学典礼不能顶着这头头发上台。"

随侯钰伸手拿来染发膏说道:"我给你染?"

"我不是不相信你的耐心,只不过……我怕你染着染着忍不住揍我,我脸上印着一个洗不掉的黑手印上台,还不如顶着这一头亚麻色的头发呢。"

冉述回头笑呵呵地问:"这、这要是我钰哥演讲,是不是得把头发拉直?"

侯陌连连点头:"对,格格说头发的事他不能挨个和同学解释,还是得搞一下,树立一个正面的形象。"

侯陌对邓亦衡扬了扬下巴,邓亦衡很快懂了,问:"我陪你去教职员工浴室染去?"

"学校理发室是不是一直没开?"

"嗯。"

随侯钰很惊讶:"学校还有理发室?"

侯陌点头:"对,我们当初开学军训的时候按着男生去剃头,稍微长点的都剃成卡尺头,我就被剃过,后来长出来还是这个颜色的,格格就没管。那个理发室的理发师就会剃卡尺,别的都不会,也没学生愿意去,后来也就黄了。"

"你……留卡尺?"随侯钰还有点好奇。

邓亦衡拿出手机来，找出他们高一军训的相片给随侯钰看："喏，军训完的合影。"

随侯钰伸手拿来手机看了看，看一眼就笑了。

一群黑土豆里，就侯陌一个人白得跟没参加过军训似的，不过这头卡尺……居然有点帅？

他看了一会儿，又很快收敛了笑容。

他依稀记得，侯爸爸当年就是卡尺的发型。侯陌剃了卡尺，眉宇之间有着侯爸爸当年的感觉。

很难不让人联想，接着怀念。

他又把手机还了回去。

早自习开始，侯陌和邓亦衡被特许离开教室，去理发室染头发去了。

欧阳格特意找老师要来了那里的钥匙。

两节课后邓亦衡回来了，侯陌则是去了欧阳格的办公室，说是被按头改演讲稿，之前的稿子一塌糊涂。

开学典礼在下午第二节课下课后举行，依旧是高二17班负责带队进入会场，这群人已经做得很熟练了。

只不过这次侯陌没有参与，他被欧阳格单独培训呢，说是特意回寝室换了西装校服，黑色运动服都不让他穿了。

随侯钰拿着座位图安排座位的时候，看到侯陌拎着领带朝他走过来。

一头刚刚染过的头发漆黑无比，像是刚刚磨开的墨，在雪白的纸上画出了浓重的一笔。

白皙的皮肤配上一头黑发，混血感弱了一些，少年感更强。

西装校服穿在他的身上格外合身，将平日里的不羁拘束在了白色衬衫里，领口敞开，扣子依旧没有完全扣好。

他的脸上总是有着狡黠的笑，淡了清风明月，静了熙攘人群。

只有他，人群之中最为闪耀。

他们的座位还和上次一样，二楼最后面，非常偏僻。

不过，别看他们是17班，还是有四个人获得了奖学金。

侯陌一等，随侯钰和桑献二等，桑献当然也有体育加分，苏安怡是三等。

"不错啊桑小献。"冉述凑过去调侃桑献,"虽然你、你是个霸总,但你还是个好好学习天天向上的好学生。"

"奖学金给你买东西吃。"桑献回答。

冉述扬眉,开心了:"那你、你以后继续努力。"

"嗯。"

侯陌依旧是平日里大步流星的样子,走上台都仿佛要去干架的,非常有气势。

他将话筒调高,抬起来了将近三十厘米的高度才算是满意。

这居然都能引来一阵起哄声。

"大家好,我是高二17班的侯陌。"

侯陌淡定从容地演讲,全程脱稿一点不卡壳,说得特别顺畅。

到了颁奖环节,随侯钰他们相继上台。

二等奖学金是由一等奖学金的获得者颁奖的,这是一种荣誉。

侯陌将证书递给随侯钰,台下欢呼声不断。

明明是二等奖学金的三个同学的合影,在一边等待的侯陌突然挪了几步,蹭了一个合影,对着镜头比很傻气的剪刀手,笑得灿烂无比。

开学后的训练比较常规,不像寒假期间那么魔鬼,但也不算轻松。

不得不说,随侯钰最初入队体验的时候是9月,真的是他们全年比较轻松的时间。

他们的赛季一般是从6月开始,王教练就会给他们报名各种比赛。

每一场的比赛级别不同,比赛场地的所在城市也不同,全国奔波。

他们参加的第一场全国性质较高级别的青少年比赛,是在8月5日开始,持续25天,一直到月底结束。

这也就意味着,网球队根本没有暑假。

3月的训练强度一样很强,听说要到5月才会降低训练强度,进入赛前调整状态。

随侯钰生日那天是星期一,不过,刚巧赶上清明节调休的最后一天,依旧在假期里。

在4月5日,刚到00:00,侯陌便注意到随侯钰的手机连续闪烁,似乎有不少人给他发了消息。

沉睡中的随侯钰并未回应。

随侯钰醒来的时候，已经是第二天早上了。

缓了一会儿，他还是起身，拿起了最靠近他的盒子，盒子上写着一个数字"6"，格外分明。

他觉得这个数字很奇怪，拆开后看到里面放着一个变形金刚大黄蜂。

他抿着嘴唇拿出来看了看，放在了一边，接着下床，拿起第二个盒子，上面写着数字"7"。

这个盒子里放的是玩具车，也是小孩玩的。

之后的盒子上写着"8""9""10"……

盒子里的礼物逐渐成熟了一些。

到"14"的礼物，随侯钰看到是保时捷911的乐高积木。他记得这一套要四位数，不由得蹙眉，侯陌是不是飘了，买这么贵的礼物？

礼物还在逐步增加，"17"的礼物就比较大了，打开后看到里面放着一只机械的小羊。

他捧起来看了看，注意到这只小羊和侯陌被法拍的房子里的很像，应该是侯陌自己拼装的，甚至看到了焊接过的痕迹。

侯陌的纯手工制作，这冷冰冰的铁家伙，是来自未来理工男的心意。

打开开关后，小羊在家里憨态可掬地来回走动。

他看着小羊走了一圈后，拿起了最后一个盒子，上面写着"18"。

他记得，他和侯陌是六岁时分开的。

所以，回头看这些礼物，这货是从六岁的生日礼物，补到了十八岁？

把这些年的都补上吗？

他打开最后一个盒子，里面放着一对项链，项链坠子很稀奇，拿起来可以看到是一块表。

手指触摸到表盖下意识按一下，另一个项链的坠子亮了起来。澄澈的蓝光，照得表盘带着梦幻感。

他拿着坠子看了看，又看了看表盘，再去看坠子周围，一瞬间气血上涌。

这个表盘他认得，并不算多奢侈的牌子，但是一块表也要五位数起。

这里放着两个改装过的表盘，最少也得三万。

再仔细看,表的盖子等配件都是定制的,好像还经过了改装,反正他不知道这家的表有发光的设计。

他拿着项链表看了许久,最后放回盒子里,也不知道这改过的表还能不能退。

他喊了一声:"侯陌!"

并没有得到回答。

他只能捧着最后一个礼物盒子上楼,去敲侯陌家的门。

侯陌似乎很慌张,赶紧过来开门:"你怎么起得这么早?平时都能睡到九点多。"

"就是醒了。"随侯钰拿着盒子走进家里,看到侯妈妈也在,这娘俩似乎是在一起做蛋糕,餐桌上都是工具。

他走过去看了一眼,听侯陌解释:"我妈妈非得再画一只小兔子,我没拦住。"

侯家母子二人都没有什么美术天赋,蛋糕上画着太阳、彩虹,还有小花,画得真不太好看,花旁边还有一只小兔子,眼睛一大一小,像双眼皮手术前的邓亦衡。

蛋糕上的字倒是可以看,写着:祝小钰十八岁生日快乐。

他只能说:"挺好看的。"

说完,他拉着侯陌去了侯陌的房间,把盒子放在侯陌的书桌上:"你疯了,买这么贵的礼物?"

侯陌反驳:"有车贵?"

"我们情况不一样,你不用跟我穷大方。"

侯陌拉着随侯钰坐下,接着解释:"其实从一等奖学金确定是我后,我就没想过拿多出来的那些钱,我知道学校是知道我的情况,才会给我的,这对你不公平。"

"没有不公平,那就是你应该得的,决策是学校做的,你有体育加分也正常,又不是我让你的。"

"嗯嗯,我知道,可是钰哥,你的成人礼就这么一次。"

"就算只有一次也要掂量你自己的情况啊!"

"我有的不多,但是我想把曾经欠你的陪伴,用余生补给你,好不好?"

"可是……你家里……算了，你们家还欠多少钱？我直接给你们还上。"

"不用，今年的全国比赛结束我就能全部还上了。"侯陌微笑着说下去，"而且，我是长期投资啊，把你收买了，你以后陪我打双打比赛，又是一份奖金，多棒！"

随侯钰还是有点心疼。

侯陌拿起项链说道："表盘是定制的，不大，做挂坠正好合适。我们打网球不能戴手表，动不动就看不到时间，所以就戴这个，藏进衣服里。当然，比赛的时候还是得拿下来，一切东西都不能成为阻碍。"他说着解开链子上的扣子，给随侯钰戴上。

侯陌继续介绍："它还有一个小功能，只要按一下，我这边就亮了，这样我就知道你找我了，我会立即出现。"

回到客厅。

"生日快乐。"侯陌和侯妈妈同时祝福道。

侯陌接着提醒："你看手机了吗？凌晨的时候有很多祝福。"

随侯钰想了想，冉述一准又要送他什么浮夸的礼物，赶紧下了楼。

到了家里拿起手机，还有未接的快递电话，回电话后很快收到了快递。此时他刚刚读完祝福，挨个回复了，接着拆开其中一个快递盒。

今年冉述送的礼物并不算太夸张，里面是几个板子，板子上写着字，画着画。

他起初没在意，仔细看了看后直接蹦了起来。

签绘！

特签！

来自各界大佬，都是他的偶像。

其中有一张竟然是TO签，祝他生日快乐。

这东西没点诚意，真的买都买不到。

再去看另外一个快递，盒子大，说明书多，送的宣传册都有半斤重，礼物却没有多大。

是一块手表。

看这风格，绝对是苏安怡选的。

他详细读了读说明书，定制款，制作周期极为逆天，在他入网球队前，苏安怡就已经订了。

他去看表盘一侧，果然有他的名字和专属编号。

放下礼物，随侯钰拿起手机给这两个人发消息，告诉他们自己收到礼物了。

冉述：侯陌送你什么了？

罗罗诺亚：你说哪个礼物？

冉述：还哪个？

罗罗诺亚：他补了我十三年的礼物。

冉述：哟！

难得做了一件还算靠谱的事情。

罗罗诺亚：礼物我很喜欢，不过总觉得有点贵了。

冉述：不用在意，你父母那边说什么了吗？

罗罗诺亚：我爸爸似乎忘记了，我妈妈已经很久没联系过我了，都没有消息。

冉述：叔叔会忘记不奇怪，他小儿子的生日都得你后妈提醒，这点他倒是很公平，毕竟他连他两任老婆的生日都记不住，估计只能记住自己的。

罗罗诺亚：嗯。

随侯钰不像冉述那么喜欢大场面，所以生日的安排完全就是两个画风。

他在侯家吃了早饭后，便起身回民宿换衣服，打算去预订的轰趴馆找冉述他们。

他刚刚换好衣服拿起外套朝外走，便看到侯陌穿着一件蓝白色衬衫走了进来。

这件衬衫还是侯陌特意网购来的。

侯陌和他一起出门，说："桑献家里派车来接了，邓亦衡、沈君璟和我们一道过去。"

上了桑家派来的商务车，吕彦歆居然也在车上。

随侯钰坐下后，邓亦衡递过来一个盒子说道："钰哥，我和沈君璟一起买的礼物。"

他伸手接过来说道："谢谢你们。"

打开后,是一个球拍。

邓亦衡扶着椅背介绍:"我看你都没有备用球拍,就跟王教练商量了一下,选了重量比你之前的重一点的,适合现在的你,你掂量掂量。"

随侯钰拿出来掂量了一下,再看看这金色的球拍,多少觉得这颜色有点骚。

沈君璟赶紧说:"这球拍牛就牛在它是夜光的。"

侯陌听完当即笑出声来:"钰哥,我是不是比他们眼光好多了?"

"嗯,你的优秀全靠队友的衬托。"随侯钰还是笑了起来,"不过挺好的,在夜里用,闪瞎对面的眼。"

到达轰趴馆,几个人进去后便被冉述喷了一脸彩带。

随侯钰头上都是彩色的碎屑,肩膀上挂着彩带,冷冷地扫视了冉述一眼。

果然,只要冉述在,到哪里都是闹闹哄哄的。

吕彦歆进来便抱着苏安怡不松手,那模样根本不是来给他过生日的,而是找机会和苏安怡见一面。

随侯钰很快被其他人拽过去切蛋糕和许愿了。

他双手合十,听着这群人唱着跑调的生日歌。

上一个生日也是在这里过的,熟悉的环境让他有安全感。不过,给他过生日的只有冉述和苏安怡两个人。

今年身边突然多了一群人,甚至有曾经跟他不对付的人。

一群人闹闹哄哄的,唱歌跑调,就没有安静的时候。

睁开眼睛看到他们齐齐看着自己,喊了一句"生日快乐",他笑了起来。

这么闹,他心情却不错。

像是推开了一扇门,意外地灌进了一阵轻柔的风。

风铃响动,被风温柔以待,惊动了岁月。

以后,他们都在。

第八章

少年模样

时间到了5月中旬,训练强度逐渐减弱,此时的训练安排大多是引导和调整,便于他们随时进入比赛状态。

同时,禁外食,只能吃食堂。

清晨,随侯钰拿着洗漱用品朝寝室走,看到冉述打着哈欠走出来,头发还乱糟糟的。

洗漱完毕的体育生们懒洋洋地下楼,朝着自己队伍的位置走,到了位置也没有立即列队,而是一副副神游天外的样子,似乎都没睡醒。

只有网球队的成员比较精神。

随侯钰和侯陌石头剪子布决定今天谁领队,周围其他的队友紧张得直吞唾沫。

若是侯陌赢了,就是正常跑步模式。

若是随侯钰赢了,瞬间变成竞技模式。

最终,今天由侯陌带队,所有人齐齐欢呼了一声,被随侯钰扫视了一眼后瞬间老实,主动整理队伍准备站成排。

最近,随侯钰的网球技术已经训练得不错了。这个时间段需要做的是战术方面的积累,还有就是继续和侯陌提升默契度。

两个人在课堂的间隙,罗列出了一堆战术来写在本子上。

侯陌的字特别好看,带着自己特殊的笔锋,看他的战术册子都觉得是在看字帖。

随侯钰本来看得好好的，结果侯陌一句话刺激到了他："你不用再写一份，我的字更清晰一些，你也能看懂。你的字有个别我不认识，读着像在做填字游戏。"

随侯钰瞬间不高兴了："是，就你的字好看，我的字你看不懂是不是？"说着把侯陌的笔记本丢在一边，自己重新总结。

"这也生气啊？"

"没生气！"随侯钰不爽地回答。

可是，很显然他就是生气了。

这学期已经考过两次了，一次月考一次期中考试，随侯钰都没考过侯陌。

两个人在出分之后对照卷子发现，侯陌全部都赢在卷面分上，作文会比随侯钰多一两分，这让随侯钰特别不服气。

尤其是刚刚结束的期中考试，他和侯陌就差一分，作文差了两分。

气不气人？

随侯钰憋闷在心里的气被这话刺激得又升腾起来，写战术总结的时候都十分用力，笔上的弹簧小玩具一个劲儿地摆动。

写字这东西真不是一朝一夕能赶上的，随侯钰知道这点肯定比不过侯陌了，心里自然难受。

下午训练时，两个人在王教练的指导下，进行同伴偷袭以及搭档补位的模拟训练。

随侯钰发球后，从发球线位置移动到网前，王教练喂给了他们一个小角度斜线球。

侯陌则是要移动到中间的位置进行偷袭，结果两个人动作的时候身体别了一下，没抢到最好的时机。

王教练在对面看了看后，说道："再来一次，一眼就能看出破绽来，这要是在现场就是失误，现在我这边已经得分了。"

随侯钰和侯陌再次做准备，王教练提醒："侯陌，你撤防中路。"

重复后，依旧做得不完美，王教练再次提醒："随侯钰你着什么急抢网，差点撞上，你和他抢什么呢？这是配合，不是跟他比谁跑得快。"

过了一会儿，王教练明显看出来这两个人在闹别扭，叫他们两个人到场地边，给别人腾出场地来，接着站在他们面前训话："想什么呢？马上就要比赛了不知道吗？你们两个人的小情绪怎么那么多呢？"

　　两个大男生同时低下头，不说话。

　　不过还是互相看了对方一眼，随侯钰还白了侯陌一眼。

　　王教练盯着两个人看了半晌，才说道："进来，我整理了最新的双打资料片，你们看看总结经验。"

　　王教练非常重视他们这一对的战术积累，有新的精彩比赛了，他都会让这两个人去看看，事后总结这场比赛的技术关键点，有时还要写观后感，总结全程得分点与丢分点。

　　这场比赛王教练早就看过，找出来后便去训练其他人了，战术指导室里只剩下他们两个人。

　　侯陌凑到随侯钰身边小声说："我没说你字不好看。"

　　"看比赛，别说话。"

　　其实越接近比赛，准备参加比赛的选手反而越不紧张了。

　　兵来将挡，水来土掩，没什么大不了的。

　　结束了一场省级比赛，姜维和陆清辉并没有参加，随侯钰和侯陌拿到了男子双打的冠军。

　　至于男子单打的冠军，完全没有任何意外，还是侯陌得到的。

　　这一次的赛后采访多了一项内容，记者们似乎很关心侯陌和随侯钰的毕业去向，毕竟这关系着他们之后会加入哪支队伍。

　　王教练特意告诉他们，别在公众面前说得太死，含糊过去就行。这个事情没到毕业前都不能确定，变数很大。

　　现在，已经有体育大学千里迢迢地过来想跟侯陌签合同了。这次比赛结束后，连想签随侯钰的学校都出现了，都是他们省的。

　　这里面自然有东体。

　　只要签了合同，侯陌和随侯钰就都不用参加高考，参加的话就算文化分数、体育成绩很低，他们也会被录取。但是必要条件是毕业后只能去他们学校。

随侯钰和侯陌有自己的想法，自然没签。

他们的想法都很简单——

侯陌："钰哥去哪儿我去哪儿。"

随侯钰："侯陌去哪儿我去哪儿。"

王教练和欧阳格看着这两个小浑蛋都没辙。

不过这才刚刚高二下学期，等高三了再说也可以。所以都没帮他们参谋，反正这两位都等着京华的消息呢。

8月5日，全国比赛首日开幕仪式在成都举行。

参赛的队员们都起得很早，到大厅里集合签到，领取纪念品，看抽签安排等等。

比赛主办方工作人员拿着表格挨个点学校的名字，每个队伍的队长或者助理负责应答。

这里聚集的，都是全国各省的强队，毕竟那种在省级比赛里重在参与的普通高中的队员积分不够，是不能参加这个级别比赛的。

工作人员点到其中一个学校的时候，突然卡壳。

"枫屿国际高中没来吗？"主办方的人员再次问道。

这时，声音从门外传来："来了。"

随着声音，一支队伍姗姗来迟。

门开启后，带进了一阵锐利的光，像是带着尖刺，格外刺眼。好在光很快被挡住了，取而代之的是一队闪耀的队员。

这个队伍中心走着一个模样清冷的女孩子，留着公主切的发型，穿着一身黑色的运动服，气场强大。

她的旁边是最近非常风光的那对双打搭档。

卷发的男生有着一张过分精致的脸，明明看起来很奶，却抿着嘴唇，不苟言笑。

他身边的男生却一直在笑，笑容爽朗自然，皮肤白皙到近乎病态的程度，连头发与瞳孔都是亚麻色的，仿佛整个人都要浅几个色号。

另外一边则是一个身材高大的男生，看着十分沉稳，气质超绝，仿佛不是一名少年。

他身边的男生却和他有着很大的反差，小脸大五官，笑的时候尤其灿烂，一看就是性格特别好的那种人，自带亲近感。

这一队成员的颜值都不低，看起来就像是走红毯的。

一队人，全部穿着一身黑色的运动服，气场强大，不像是要入场，而是要炸场子来的。

亚麻色头发的少年说道："抱歉，去抽签了，门口只能整队过安检，所以耽误了点时间。"

抽签，是上一届冠军选手才有的殊荣，工作人员不能说什么。

不过这种隆重的登场，还是让其他所有的队伍看向他们，很多人的目光都聚集在那个亚麻色头发的少年身上，毕竟他在这里格外出名。

省体的刘墨看到这群人就忍不住数落："只要队里混进一个侯陌，整个队伍都能自带光环，出场方式都跟我们不一样。"

杨宏则是叹气："我上次比赛是没碰到那对，不过听说他们打唐耀和顾璃泊几乎没经历过什么波折。"

"这回是全国，没那么好打，还有一队……哎，怎么没看到南云附中的？"

这时，又有一队人走了进来。

随侯钰在人群里看到了何氏璧，点头问好。

何氏璧也注意到了他，跟着点头回应。

两支队伍一同出现在门口，自然会互相看向对方，不过也只是匆匆一眼。

其中一个男生沉稳地说："抱歉，我们去抽签了，南云附中。"

说话的人是何氏璧的双打搭档。

"找个地方站好集合。"工作人员说道。

两支队伍一齐进去，只有靠近落地窗的地方有空位，于是他们站了过去，彼此相邻。

侯陌站好之后，小声和随侯钰说："姜维和陆清辉也来了。"

"嗯，正好打败他们。"随侯钰一直想一雪前耻。

侯陌又看了两眼后说道："何氏璧他们的队伍不太好打了。"

"怎么？"

"你看看就知道了。"

随侯钰顺着侯陌的目光看过去,便看到何氏璧和他的搭档并肩站在一起,他的搭档正低头跟他说着什么,模样看起来没什么不妥的。

随侯钰没看出什么来,于是小声嘀咕:"他们长高了?"

"不是,他们不吵架了。"

"哦……"这有什么?

抽签结果很快公布,第一轮比赛的选手都去热身了。

随侯钰和侯陌第一场的对手他们并不熟悉,看学校名字和人名,都很陌生。这一队和他们不是一个省的,所以没有对战过。甚至在集训的时候,这支队伍跟他们都不是同一批去的。

引起他们注意的是,其中一位球员身高有2.03米,比随侯钰整整高出了20厘米。

他们的比赛在第二轮,之前两对选手比完了,他们才能上场。

这次的比赛场地完全在室内,所以只要是投硬币选择对了,侯陌肯定要选先发球。

并且,这次场地的观众席是特别设置的,在靠近比赛场地的位置有一圈软沙发,他的教练和队友们可以坐在那里近距离看比赛。

回到选手位置,还能听到教练的指点。

其实第一个上场反而是好的,如果是第二个上场,热身的时间不太好掌握。

有时网球是持久战,他们根本不知道第一组会打多长时间,经常需要去反复热身,才能让他们在上场的时候,保持肌肉是最完美的被唤醒的状态。

不过侯陌在这方面要强一点,他可以通过看第一盘比赛的状态以及水平,分析出他们多久能结束比赛,预估出一个大致的时间,之后带着随侯钰去热身。

热身完毕,刚巧到时间上场。

上场后,扔硬币选择时对方选对了,自然也是选择先发球。

侯陌和随侯钰在场地准备妥当后,先坐下休息了一会儿,喝了一口水。

随侯钰看了一眼对面,小声嘟囔:"那么高身体灵活吗?"

"克罗地亚不也有 2.08 米高的？到时候试试看呗，而且，注意适应场地。"

第一场比赛，他们甚至没去找熟悉的人了解对手。

按照随侯钰的毛病，什么样的对手都不会放在眼里，他的目标就那么几个，这一对在随侯钰眼里甚至不算对手，只是通往打倒大 Boss 之路上的小怪。

侯陌则是应变能力很强，也就不浪费那个时间了。

他们的当务之急，是熟悉场地。

这里是室内场，地面是塑胶面层，他们要尽快熟悉这个场地的粗糙程度，以及对球的影响，从而更好地完成之后的比赛。

比赛开始。

对面第二次发球，就朝着侯陌打了一个追身，这球直奔着裤裆就来了……

侯陌看着球跳了起来，抬拍去挡，虽然将球打回去了，但是球路没有控制好，回得多少有点狼狈。

好在他保住了他的小弟弟。

侯陌挡住这个球之后，甚至听到了来自队友们的笑声，观众席也是笑成一片，自己也是又气又觉得好笑，特别无奈。

他都不知道该不该夸对面的落点控制优秀。

第一局未能破发成功，侯陌走到随侯钰身边说道："大个子发球还不错，不过网前速度一般，他的球旋转也少，大多是平击球。应对这种平击球不要往前，左右调动，这样有助于角度封锁，还能打借力。"

"嗯。"随侯钰拿着网球点头。

"你不用帮我还回去，没打到。"侯陌了解随侯钰是什么样的脾气，赶紧提醒。

"嗯。"又是敷衍的回答。

侯陌只能去网前准备，蹲下身，注意到网球过网后起身，眼睁睁地看着那球直直奔着"2.03 米"的裤裆去了。

那位没侯陌灵敏，只能立起球拍挡在身前。由于身体处于半蹲的状态,加之球碰到球拍后有冲击的力道,球拍往后砸了这人的腿。

球被挡住,但是都没过网,掉落在地面上后滚到了场地外,被球童捡走。

好在,他也保住了自己的小弟弟。

侯陌看到这一幕,又回头看看随侯钰,最后只能说道:"你的落点控制进步了。"

随侯钰扬起嘴角笑:"那是。"

第一场比赛,随侯钰和侯陌打得游刃有余,甚至没有再战第三盘就拿下了比赛,获得了胜利。

两个人回到座椅边收拾东西,侯陌一个人背起了两个人的所有包,还顺便从包里掏出一根香蕉来,扒开皮递给随侯钰。

随侯钰伸手接过去,朝着场边走,站在队友身前后听到苏安怡说道:"也是下午三点进行第二轮抽签。"

"何氏璧他们比了吗?"随侯钰一直惦记着去看看这两个人的比赛。

"下午第一场。"苏安怡自然知道随侯钰的想法,早就帮他查好了。

"好,正好我去看看。"

侯陌站在他身边用手肘撞他,他抬头,才发现何氏璧和搭档也坐在观众席,刚刚起身要离开,两个人走的时候还凑在一起聊着什么。

不过想也知道,这两个人在分析他和侯陌的打法。

王教练起身后安慰他们:"他们也是把你们当成重点对手了。"

下午,随侯钰他们到了比赛场地,需要在观众席找空位坐下。

青少年比赛观众少的好处就在这里,选手们可以畅通无阻地进入场地里观看比赛,只不过有时需要分开坐。

刚刚入座,吕彦歆就从包里拿出一个发箍来,对随侯钰说:"钰哥,低头。"

随侯钰很纳闷,不过还是乖乖听话地低头。

低下头后吕彦歆把发箍给他戴上了,他抬手摸了摸,是一对猫耳朵。

邓亦衡频频回头看,问:"我怎么都没有礼物?"

吕彦歆拿着手机给随侯钰拍照,同时回答:"你戴不合适啊,你看钰哥戴着多合适。"

侯陌也跟着看了一会儿，凑到随侯钰身边说道："给我俩合个影。"

吕彦歆特别配合，拍了他们两个人的合影后转过身去。

侯陌入座后想要跷二郎腿，可惜座位间的空隙太窄了，他只能规规矩矩地坐好，靠近随侯钰小声说道："何氏璧的搭档叫楚佑，单打成绩算是中上，不算特别优秀吧，最好成绩全国第三。"

随侯钰扭头白了侯陌一眼，侯陌对着他笑："打不过我的都是垃圾。"

"哦——"随侯钰点头，"我参加网球队前也没打过你，我也是垃圾？"

"啧，别翻旧账，我们说正事。"

随侯钰不再说话，盯着比赛场地看。

侯陌一边看一边点评："楚佑超级正手很厉害，很会抓时机打在对手两人的空当处。他的落点非常多变，属于机会主义者。而他的搭档跟他完全契合，因为何氏璧是最擅长给队友创造机会的人，无声配合，甚至于牺牲自己的闪光点，去捧自己的队友。"

"就像哲也……"

"嗯？"

"没事，你不看动漫。"

两个人继续边看比赛边研究，时间在不知不觉间过去，直到苏安怡过来通知他们下一场比赛的安排，他们才反应过来第二轮抽签结果已经出来一部分了。

"对手是姜维和陆清辉。"苏安怡坐在他们身边说道，语气有点沉重。

显然这不是一个让人喜欢的抽签结果。

随侯钰和侯陌两个人同时沉默下来。

他们想过这次比赛会遇到这两个人，却没想过这么早就能遇到他们。

只打过一场，刚刚算是熟悉了场地，就碰到了强劲的对手。

片刻后，随侯钰点头："嗯，知道了，时间呢？"

苏安怡回答："今天傍晚左右，不早于18点30分。"

一天比两场，好在他们的对手也打过一场比赛了，还算是公平。

随侯钰和侯陌对视了一眼，侯陌依旧是微笑的样子："今天晚上就给他们上一课。"

"你的发带借我。"

"好。"侯陌很快懂了他的意思。

这个发带算是上一场比赛中随侯钰的耻辱,再次遇到,他要再次戴着这个发带,给自己警示。

这一次,不能输。

何氏璧和楚佑顺利赢得了这场比赛,随侯钰看得也挺畅快的。

他们确实好厉害。

这是随侯钰脑袋里的想法。

至于战术总结,那都是侯陌的工作。

傍晚的比赛打成了持久战,到19:15左右,才到随侯钰和侯陌这一场。

两个人背着包入场,随侯钰的头上还系着侯陌的发带,一头卷发被束缚在头顶。

这一场,随侯钰用的是邓亦衡、沈君璟送他的球拍,非常骚气的亮金色,在场上一眼就能注意到。

对面是那两个大个子,站在场地边像两座山岳,还主动走过来跟他们打招呼,陆清辉笑着说道:"这次可能是我们短时间内最后一次交手了。"

等到开学,他们就是大学生了。

这是他们两个人最后一场青少年比赛。

"看来这场比赛对你们来说至关重要啊!输了是不是不太好看?"侯陌脸上挂着狡黠的笑,问得颇为气人。

"对啊,所以我们会全力以赴。"陆清辉也不计较侯陌的嘴贱,回答得坦然。

"我们也不会让你们的,必须让你们对我们印象深刻。"

"已经非常深刻了。"

这句话倒是真的,陆清辉和姜维对他们这对是真的印象深刻,打过一场便记住了。

明明是一个新人,却有着可怕的成长能力,以及赛场上的震慑力。

像一条漂亮又冰冷无温的蛇,对着他们吐着蛇芯子,绕得他们喘不上气来。

两边丢硬币选择环节,侯陌选对了。

侯陌选择首先发球。

随侯钰拿着球走到场地边，拍了两下后看向对面。

抛起网球后，朝着两个人的空当打了过去，绝对的速度和力量，快如闪电，一闪即过。

姜维和陆清辉两个人同时动了，却只能侧头看着球从他们眼前过去，压线飞弹出去。

ACE球！

时速210公里。

全场沸腾。

这无疑是一个漂亮的开场，气势浩大。

对面的陆清辉拿着球拍笑了起来："小不点还是这么大的脾气，怪有意思的。"

姜维难得夸奖："有点进步。"

随侯钰今天第一次开口和他们说话，微微扬起下巴，眼神里带着一丝傲气，说道："别让我失望。"

他把他们当成强大的对手，别比得太容易，不然他会失望的。

他不怕对手太过强大，他担心的是他当成对手的人，最后不算是个合格的对手。

对着两员老将说这种话，何等狂妄？

但是他说得坦然。

和真正厉害的人比，赢了才会开心，不是吗？

陆清辉依旧是好脾气地笑，似乎觉得随侯钰非常有意思。

姜维则是沉稳地回答："好，我们奉陪到底。"

比赛继续。

又一次发球，来回几拍后姜维给球加了下旋。

在网前截击的侯陌已经击中了球，球却未能过网，让姜维拿到了首分。

姜维一向非常擅长下旋球，上一次比赛，就用下旋球给了随侯钰一个下马威，这一次，再次使用下旋球挫了他们的锐气。

老将可不是没有脾气的。

侯陌和随侯钰一同调整位置，随侯钰应对这种球已经有心得了，也能指导侯陌一下："他的这种球得挑起来。"

　　"嗯，好，我下次注意。"

　　随侯钰再次发球，同样角度刁钻。

　　在底线位置的姜维接发时完全没有拉拍的机会，直接往前迎着接了这一拍。

　　随侯钰早就准备好了，暴力抽球回击，挥拍的同时还伴着一声低喝，可见力道之重。

　　这么纤细的身体，能够打出这种旋转和力量的球，绝属罕见。

　　姜维为了接这一球，身体冲出了底线外。

　　回过头后，他就意识到了他们这边出现了空当。

　　他跑得太远了，想要迅速回调很难。网球的速度很快，回球只在一瞬间便可完成。

　　与此同时，侯陌已经到网前，对球进行封堵，一记高压球将球打到了两人之间的空当处。球弹出去后，还带着霸道的力量感，冲向观众席。

　　得分。

　　随侯钰拿着球再次发球。

　　之前他的球都加了旋，速度上相对慢一些。这一次则是强势的直击，非常霸道，气势汹汹地去了。

　　陆清辉似乎没想到随侯钰会突然改变路数，也没想到随侯钰的发球居然还能更快，将将抬起拍来挡了一下。

　　侯陌在网前回了一个短球，同样快速且直接，未能适应的陆清辉回击后，球下网了。

　　随侯钰的发球局保发成功，成功拿下一局。

　　刚刚开场，两方就已经到了互不相让的地步，打法非常激进。

　　随侯钰和侯陌就已经打出了全力以赴的架势。

　　他们的变化很多，战术也越来越多了，全能型组合已经渐渐成形。

　　王教练坐在黑色沙发上看着随侯钰和侯陌比赛，紧紧咬着牙，心中万分激动。

　　他看着这两个孩子，仿佛看到了燃起的希望。

当年他和他搭档未能完成的目标,这两个孩子似乎能够替他们完成。

近乎完美的全能型组合已有雏形,两个孩子的智商都很高,脑子活,对于战术也用得灵巧。运用好了,招招都是必杀技。

说真的,国内网球前景并不如其他的体育项目前景好。

尤其是男子网球,由于积分不够,能够登上大满贯主赛场的男子选手少之又少。

网球这方面,男子球队真的不如女子球队的成绩。

多少年了,他们都想培养出能够冲出国门,打进大满贯赛场的选手。无论是单打,还是双打,只要有出色的苗子,都能让他们看到希望。

如果这两个孩子培养好了……

说不定真的可以!

他是最能够体会这两个孩子成长速度的人,每一次看到他们比赛,他都会跟着热血沸腾,犹如梦回当年——他也是一个握着球拍,怀揣梦想的少年。

坚持自己所热爱的,成为大家所认可的,这就是他们终生奋斗的目标。

再次开局,是姜维的发球局。

姜维的发球一向高质量,今天似乎被随侯钰带动了,发球带着爆破感。

每次接到姜维的球,都能够感受到拍把的震颤,仿佛这不仅仅是在回球,还是在一次次地暴力撞击。

侯陌注意到随侯钰渐渐到了网前,再次接到一个短球后改了路数,做了一个网前轻打的动作。

这种网前轻打,一般运用在对手都在网前,或者四个人都在网前的情况下。

比赛时,他们的绝对速度和力量都压制不了对方时,继续硬攻其实不算聪明,每一球都仿佛打在了墙面上,又弹了回来。

这样将球轻打出去,让球放慢速度,对方也容易出现错误。

果不其然,突然变了球速,陆清辉以鱼跃的动作向前也未能补救成功。

姜维第一次发球,就被对方破掉,这无疑打击信心。

陆清辉走过去拍了拍姜维的肩膀安慰:"没事,再来。"

"嗯。"

姜维到底是从小便开始参加比赛的选手,不会被这点打击打败。

第二次发球,发球质量很高,快速且蛮横。

随侯钰到了自己防守的位置,侧身反斜线回击。

陆清辉网前截击,快狠准。

姜维和陆清辉堪称无弱点的选手,任何角度,任何位置,都能够完美回击。

开场被压制的感觉渐渐被扳回,姜维和陆清辉用漂亮的发球以及严防死守,保发成功。

两边平局。

可以说,第一盘两边都是僵局的情况。

虽说每一局都打得胶着,却没有一队成功破发。

第一盘便进入了抢七的局面。

侯陌发球,随侯钰在网前准备,采用I字阵形。

最考验默契度的阵形。

侯陌朝着对面看过去,接着抛球发球。

随侯钰在球过网后立即起身,握拍在网前准备截击。

显然,陆清辉并不想将这一球给他,而是挑高回向后场。

之前,随侯钰的网前截击是他们队伍的弱点。

这是自然的,单打选手网前能力普遍不如长期训练的双打运动员,尤其是抢网方面。

随侯钰单打转双打初期,不适应抢网和网前截击都是最正常的。

进入训练后的这段时间里,随侯钰专注于克服自己的弱项,对于网前能力更是刻苦训练过。

他再也不是队伍的短板,甚至因为身体反应能力强,网前能力竟然成了他的强项。

知晓随侯钰的网前能力后,这两个人便不再把球往随侯钰那里送了,而是选择攻击侯陌。

侯陌在后方被姜维、陆清辉两个人调动着,每次都需要追出很远去回击。

他们在努力找破绽，将球打在合适的地方。

随侯钰一直守着自己的位置，就算球没有朝着他过来，也一直小碎步准备着，直到看准机会突然挥拍。

这一次挥拍让在场几个人都措手不及，就连他身后的侯陌都准备好挥拍了，这球却被随侯钰拦截了回去。

就那么看似随意的一次挥拍，打得又准又快。

球落地后飞出，落在了有效区域，得分。

在曾经最弱的一点上，拿到了至关重要的一分。

"钰哥！"侯陌突然激动得手舞足蹈，"钰哥勇敢飞，侯侯永相随！啊啊啊！"

又来了。

"你闭嘴吧。"

"继续努力，现在的状态不错。"

"嗯。"

两个人重新站好，由对面的陆清辉发球。

陆清辉突然感觉到了压力，站在底线位置做着提神呼吸，接着发球。

一发未进。

二发时，陆清辉依旧没有选择他熟悉的球路，而是铤而走险，发球朝向绝对死角。

这一球的落点在侯陌的相反方向，且是随侯钰的后方。

侯陌想要赶过来有些来不及，随侯钰回身去追也有些来不及，角度、位置选择得极为刁钻。

就在很多人都觉得要 ACE 的时候，就看到随侯钰单脚为轴，圆规一样地转了一圈，靠着自己身体的惯性甩出一拍。这一拍靠拍框才将将碰到了球回击，可惜是擦边球，回击得软绵无力。

侯陌没有再追球，而是瞬间上前抢网。

随侯钰在自己站不稳的时候身体故意往后一坐，干脆用自己不会受伤的姿势摔倒，且瞬间收腿给侯陌让出位置来，在侯陌过去后快速起身，速度快到仿佛鲤鱼打挺。

这一下子，没点武术底子都做不出来。

随侯钰起身后，便看到侯陌已经回了一球。他的眼睛迅速扫过侯陌的脚后跟，便知道了侯陌要移动的路线。

这种混乱的场面，两个人没有任何沟通，侯陌已经站在了有利的位置，随侯钰便无声地配合补位。

姜维又是一击大力抽球，侯陌挥拍要打，却突然收了回去。

球从侯陌的身边穿过去，旁人还没看得真切，球已经返了回去，速度之快，让人措手不及。

侯陌挥拍只是虚晃一招，这是他们的假动作，随侯钰看到侯陌站位与站姿的一瞬间就已经知道，侯陌想要用偷袭的招数。

显然这个招数成功了，对面的两个人错误地预判，站位是为了回击侯陌回球的，使得随侯钰、侯陌再次得分，拿下了第一盘。

这一球，从最开始就脱离了陆清辉的预想。

他首先没想到那种情况下，随侯钰居然能接到球，且在混乱的情况下，随侯钰和侯陌还能配合着使用偷袭的战术。

无疑，对面已经是一对技术成熟的组合了，展现出了非凡的实力。

是以战术取胜的全能型组合。

"啊啊啊！"邓亦衡几乎是吼着站起来的，想要扯一个人表达自己的激动，却发现自己伸手拽住了桑献这木头，又松手了。

让他意想不到的是，桑献居然也欢呼了一声："漂亮！"

王教练更是激动得原地踏步："就是这样，保持好你们的状态！"

姜维走到陆清辉身边，捏了捏陆清辉的肩膀："其实你刚才的那个发球非常漂亮，只不过对方的应对也非常规。"

陆清辉点头，坐在椅子上的时候用毛巾盖着脸，仰着头感叹："他们进步好快啊……"

快得有点可怕。

这种快速的进步对他们的打击很大，仿佛多年的努力都被否定了，他们永远赢不了天赋型选手。

有那么一瞬间，挫败感很强，自信心也被瓦解殆尽。

"别担心，我们毕竟练了这么多年了，实战经验比他们多，水平稳定。

真的要做专业的运动员,这点心理素质还是要有的。"

陆清辉瞬间振作起来,重新坐好后拿走毛巾丢在一边,顺势拿起水来喝了一口:"没错,我们稳。"

稳扎稳打,实力过硬。

第二盘比赛开始后,随侯钰便觉得对面铜墙铁壁一样的组合回来了。

他们的对手似乎总是那么冷静沉着,全程都没有破绽,甚至找不出什么突破口。

最可怕的是,姜维和陆清辉在稳定的同时,还在争取破发的机会。

第二盘比赛结束,姜维和陆清辉有一局破发成功。

比分再次成为平局。

决胜局即将开始。

短暂的休息后,随侯钰站在场地边重新系自己的发带,展示给侯陌看:"头发乱不乱?"

侯陌想要伸手帮他整理一下,又怕碰到他会让他犯困,于是抬手指了指:"这里有点乱。"

"哦。"随侯钰用手整理了一下,又问,"好了吗?"

侯陌只能伸手,用手指快速帮随侯钰捋一下头发,说:"这样好多了。"接着,他用球拍挡着嘴,对随侯钰说,"我猜他们要克制我们网前了。"

前面两盘,侯陌和随侯钰的网前都非常优秀,一个是超强的预判能力,一个是超强的反应能力。

其中随侯钰凭借身体反应灵敏,好几次球还没到,人已经到了合适的位置,身体灵敏到了一种诡异的程度。

对面注定要打破他们网前的强势。

随侯钰点了点头,看向侯陌,和侯陌对视后,两个人同时说出了一个战术。

接着,相视一笑,各自准备。

就像侯陌猜测的,姜维在准备的时候跟陆清辉说道:"尽可能把球挑高打到后场,彻底破解他们的网前攻势,削减他们的锐气。"

"好。"

开局之后，随侯钰和侯陌早就有了应对。

陆清辉尝试把弧线球撩起来，却没有达到预期的效果，反而被对面压制了。

如此往复几球后，他才发现侯陌和随侯钰回球带的旋都是克制他们上挑球的。

他们的计划，早就被侯陌看透了。

陆清辉这一次的挑高球同样不算漂亮，落点太浅了，被侯陌在后场削起，搓出一个旋来，让球飞了回来。

这球落地后再没弹起来，而是贴着地面滚远。

姜维熟悉这种球，带着下旋的落叶球，也算是以其人之道，还治其人之身了。他用球拍挑了一下球，把球送到球童的手里，才重新调整位置。

网球男子双打的节奏是网球里最快的。

节奏快，球的速度也相对较快，一旦球的速度慢了，这个球便不会构成任何威胁。

甚至于，双打中很多情况下无法预判这个球是否会出界，根本来不及，只能依靠实战经验摸索出感觉。

这种情况下的预判也只有侯陌这种脑子逆天且经验丰富型的选手才能做到，至少，此时的随侯钰还未能做到。

这一次的球往来的拍数很多，多到看台上一阵阵惊呼声，似乎也觉得这一轮的对决格外精彩。

随侯钰在网前就像是一只灵敏的猫，激光笔点到哪里，他便瞬间跃到哪里。

液体猫打法再次出现。

与此同时还能以小碎步配合侯陌走位，无声无息地往后退至底线位置。

然而，他的灵敏也会出现其他的问题，身体凭借本能去追球，听到侯陌提醒"界外"的时候，身体已经收不住了。

挥拍回去，再看前面，侯陌已经蹲下身给他让出了球路，让他的球无论是从哪个角度回过去的，都能过网。

侯陌已经预判到他停不下来了。

可惜，这球他回击得非常不漂亮，还是丢了分。

其实是对面先失误了,结果随侯钰身体停不住,反而成了他们的失误。

侯陌给予随侯钰鼓励:"别多想,继续加油。"

"嗯。"随侯钰努力让自己冷静下来。

他能够撑到现在,已经突破自己的意志力极限了。如果是早前的他,肯定会突然溜号,一声突然的欢呼都会吸引他的注意力。

这样努力集中注意力在球上,让他突然一阵目眩,做了一个深呼吸后才调整过来。

刚才的那个球,他的精神力高度集中,对于他来说真的很吃力,他要付出的是寻常人几倍的努力。

姜维发球局,他拿着球拍稳稳地发球。

姜维的发球一般都很低,低到再低一点就擦网或者下网了。这种很低的球,会给对手带来压迫感,水平稍微差一点,都会产生失误。

不过,姜维不会。

他的一发质量就已经很高了。

又是无懈可击的发球局,随侯钰和侯陌先后换了两种战术,依旧未能破发。

两个人调整位置的时候,侯陌看到随侯钰沉着脸,不由得笑道:"这副表情做什么?还记得我们上一次对阵他们吗?那才是真的束手无策,用完一招之后就没有下一招了。但是这次不一样,我们准备了这么长的时间,战术和默契度都准备充分了。他们并不是完美的,他们也会失误,用你聪明的小脑袋统计一下他们的失误。"

随侯钰指着腰点头,说道:"其实我都明白,但是真的遇到他们了,还是会觉得……那种扎实的技术根基,还是挺可怕的。"

"我天不怕地不怕的钰哥,也怕了?"

"不,我不怕。"随侯钰很快说道,"这样反而有意思,不到最后一秒,我都不会放弃。"

"我也是,我会一直陪着你战到最后一刻。"

"嗯。"

又到了侯陌的发球局。

侯陌的发球一向棘手，因为他的变化很多，每一次发球都不一样。

他没有固定的类型，可以大力击球，可以控制落点，也可以快速抢网。

最可怕的是侯陌还是一个战术流。

这种全能型的选手，配上了一个同样可怕的搭档，在网球双打领域注定会掀起不小的波澜。

姜维和陆清辉有幸成为见证他们成长的对手。

侯陌的发球局可以说是教科书级别，他的发球视频拿到各个学校，都可以当成发球例子来用。

他的线路处理极为刁钻，每一次的回球，都是冲着对手最不舒服的地方去的。

他还尤其喜欢遛对手。

只要到了侯陌的发球局，对手都得全场跑，好不狼狈。

两边依旧在僵持，直到抢七的局面，也没有任何一方成功破发。

很难对付的对手——双方都是这样的想法。

邓亦衡看着比赛忍不住嘟囔："上一次到这个时候，大师兄已经到了无计可施、束手无策的地步了，这次倒是游刃有余。"

王教练表示认可："其实在各大比赛中，男子双打到了总决赛阶段，都要角逐到抢七的地步，毕竟都是实力超群的选手。他们这一次比较倒霉，第二次抽签就碰上了，不然都是能进决赛圈的组合。"

吕彦歆那边比完了，运动服都没换，背着包，拎着球拍便来了这边，扶着栏杆扶手问邓亦衡："钰哥和大师兄比得怎么样了？"

"你比完了？"邓亦衡问。

"完事了，刚结束，老娘赢得可潇洒了。"

吕彦歆和随侯钰算是同时比赛，邓亦衡选择留在这边看随侯钰和侯陌的比赛，毕竟这边比较关键，对手太过强大了。

吕彦歆那边的对手则相对好对付一些，甚至不用多担心，毕竟吕彦歆有着侯陌都认可的网球水平。

这一场比赛吕彦歆也非常争气，两盘连胜。

"第三盘抢七。"邓亦衡回答。

"我来得正是时候。"吕彦歆左右看了看没有合适的位置,于是把包放在地面上,蹲在围栏前,双手扶着扶手看比赛。

抢七的时候,无疑是压力最大的。

只要出错一次,就会成为致命点,比赛也就输了。

两方互不相让,仿佛这场比赛会无限延续下去。

侯陌一直盯着对面,看到陆清辉发球,先是扫了一眼陆清辉的眼神,以及姜维的肢体动作,再去看球场。

在陆清辉发球过来的一瞬间,侯陌便动了,朝着两个人的绝对死角抽球。

网球仿佛一道金色闪电,划破了陆清辉和姜维之间的空隙,接着飞弹出去。

他预判了陆清辉发球的路线,还预判到了陆清辉发球后会移动的位置,以及姜维的移动位置。

预判过之后,瞬间将球打到他们中间的空隙位置,对面两个人还没反应过来,侯陌已经得分。

破发成功!

又到随侯钰发球,他拿着球,看到侯陌在他的身后比手势,手中拍着网球,做了一个深呼吸,接着发球。

陆清辉网前拦截,和侯陌短球较量。

随侯钰则留在了底线位置,看到一个挑高球朝着自己过来。

对面的姜维和陆清辉都在防范他的反拍位置,结果随侯钰身体纵向移动,接着一个超级正手回球。

球几乎是擦着姜维的衣袖过去的,压在了边线附近,飞了出去。

所有人都看向裁判,想要知道刚才那一球是在界内还是在界外。直到裁判宣布界内,侯陌和随侯钰才有了今天第一次真正意义上的身体接触。

随侯钰几乎是瞬间给了侯陌一个熊抱。

侯陌顺势转了一圈。

这是随侯钰习惯了的庆祝方式,他扯下自己的发带对着王教练以及自己的队友们挥手,脸上都是灿烂的笑。

曾经压抑的情绪与自己努力维持的形象全部卸下，恢复了少年该有的模样。

似乎，他本该就这样放肆大笑。

网球让他找回了自己本该有的样子。

王教练和队员们一齐跳起来欢呼，那种热烈的场面仿佛再次宣布"2008 北京"。

冉述激动得在场边手舞足蹈，引得桑献看着他一阵笑。

吕彦歆像一只愚蠢的土拨鼠，全程摇晃着苏安怡的肩膀尖叫，失去了语言能力。明明自己刚刚赢了一场，看到别人赢居然比自己赢更高兴，还忘记了自己和姜维、陆清辉才是同校的。

苏安怡原本是一个处变不惊的女孩子，此时也跟着傻笑起来，甚至有点想哭。

喜悦于随侯钰的喜悦，看到随侯钰这么开心的样子她也会跟着开心。

这场赢得有多艰难，她能判断出来。

陆清辉看着对面庆祝的两个人突然一阵恍惚，被姜维拍了拍后背才缓过神来。

这时侯陌和随侯钰已经走了过来，陆清辉走过去跟他们握手："你们是十分不错的对手，看到你们，我的斗志也被激起来了。下一次如果在更高级别的赛场上见到，我们再一决高下。"

侯陌微笑着握手，难得没有嘴贱："你们也是我们两个人努力的目标。"

姜维则是看向随侯钰，夸赞道："你，不错。"

随侯钰笑着回答："你们也没让我失望。"

这是对对手的认可。

尿检结束，随侯钰和侯陌去了王教练那里。王教练很关心他们的身体状况："第一天就比两场，还是这种超长时长的，你们能不能受得住？一会儿去队医的房间松松腿。"

侯陌想了想后回答："我去就行了，之后我给钰哥按。"

"也行，随侯钰明天休息，你明天还有一场单打。"

"嗯。"

两个人在体育场里冲了一个澡，一同进入更衣室。

侯陌换衣服的同时说道："我看到何氏璧和楚佑也来看我们比赛了。"

"其实他们也算是渔翁得利，我们两队都是他们的强敌，我们随便哪一队赢了，都是帮他们扫除了一个对手。"

"嗯，算是吧，不过他们也会通过这场比赛看出我们的一些路数。"侯陌套上衣服后，扭头看向随侯钰，注意到随侯钰的表情不太好，问，"你怎么嘴唇发白？"

随侯钰很意外，满更衣室找镜子，同时说道："我想集中注意力挺难的，刚才高度集中，现在还有点头疼。"

侯陌赶紧扯了扯衣服朝着他走过去，紧张地问："严重吗？要去医务室看看吗？"

"没什么事，现在好多了。"

"一会儿等你先睡着，我再去队医那里。你要是醒了我晚上给你按，要是没醒就明天帮你按。"

"嗯，好。"

两个人结伴往回走的途中，冉述他们突然迎了过来，说道："钰哥，比赛特、特别帅气，超神了。"

"嗯，我听到你的加油声了。"

"这个时候，必、必须录个视频，记录一下这个日子，来这边。"冉述拽着随侯钰往一边走。

随侯钰一直不喜欢录这些东西，不情不愿地甩开冉述的手："我不想录。"

"就、就录影子，行不行？"

冉述拽着随侯钰到酒店楼下，这里有一处环境很好的地方，且有足够亮的路灯，可以将影子拉得很长。

侯陌双手扶着栏杆，轻轻一跃，坐在了栏杆上，他身上背着两个人的包，加起来有三个包，还得拿着两个人的球拍。

他和桑献两个人拿着一堆东西在一边等着。

随侯钰和冉述两个人研究录短视频，冉述用手机播放音乐，两个人一起跳一样的舞蹈动作，视频里录的是他们的影子。

　　他们两个人从小一起练舞，默契度很高，还都是身材纤细型的，画面拍出来格外好看。

　　有路过的人看到他们，都会小声议论：

　　"是网红在拍短视频吗？"

　　"他们两个人一看就专门练过，和那些只会几个动作的博主不一样。"

　　"好像是参加网球比赛的选手。"

　　没一会儿，还有女孩子过去跟他们要微信号。

　　四个人回到酒店房间里，随侯钰一头倒在了床上。

　　侯陌则是在整理他们的包，把东西替换成他明天比赛的东西，收拾完再去看随侯钰，发现随侯钰居然自己睡着了，不由得有点诧异。

　　随后，他过去帮随侯钰盖好被子，关了灯走出房间去队医那里。

　　赛后按摩，加上王教练叫走他单独安排明天的比赛，告诉他战术，回到房间时已经接近晚上十一点了。

　　对于之后有比赛的他来说，这个时间得赶紧睡觉了。

第九章

双打黑马

翌日。

随侯钰打算陪侯陌去热身。

随侯钰走进食堂时,侯陌和桑献正好结伴往外走。

侯陌走过来低下头单独对他说道:"我先去热身,你吃完饭直接去观众席就行。"

"哦,你加油。"

随侯钰走进去自顾自地打饭,看到邓亦衡他们也在餐厅里。

他端着餐盘坐过去,刚吃了两口就听到吕彦歆安慰:"钰哥,你不用把那群人当回事,他们就是柠檬成精发射酸液,见不得你是一个新人就赢了。"

他抬头看向吕彦歆,一脸迷茫。

邓亦衡赶紧用手肘撞吕彦歆:"你不说,他都不知道有那东西。"

"啊?!"吕彦歆只是想安慰随侯钰而已,没想到反而撞枪口上了。

随侯钰扬眉问道:"什么东西?"

既然已经知道了,就别让他再装不知道了。

邓亦衡和沈君璟都是一脸为难。

最终,这些人还是说了。

他们体育生都知道一个APP,上面有各类新闻。其中有一个分类是体育新闻,这个分类的子分类,有一个青少年新闻的小板块。

出现在这里比较多的一般都是各个项目的前几名，侯陌几乎是常驻，毕竟长得帅比赛成绩还好，有些不关注网球的人，都会看侯陌两眼。

这次全国青少年比赛，每一场比赛都有可能被报道，他们体育生内部很关注。

昨天随侯钰和侯陌的比赛也被报道了，也不知道是不是因为长得帅被关注了，热度意外的高，昨天夜里莫名其妙地被顶到了体育总板块靠前的位置。

今天早上再看，这个APP首页滚动的图片新闻位置，居然出现了这场比赛的报道。

可惜……重点不是比赛成绩，而是"新一代的选手颜值逆天"。

不太受关注的体育项目+更不受关注的青少年比赛+更更不受关注的双打。

三项不受关注都没挡住颜值能打。

这篇报道以一种匪夷所思的姿态，逆袭了。

就连比赛举办方都没想到，他们比赛的售票量突然提升，居然是靠这种奇怪的方式。

随侯钰特意下载了APP，一边喝粥，一边点开看了看新闻。

其实最开始新闻是很正常的，只不过上了首页后，被小编改了标题，成了标题党。

文章里只是介绍了他们的队伍是这一次青少年比赛的黑马，打败了二号种子队伍。新闻里还搞了一个投票，看看大家更看好黑马，还是一号种子队伍何氏璧与楚佑。

评论却画风清奇。

里面有很多歪楼的——

黑樱之樱：哦哟哦哟，黑马队伍很帅，私以为黑马队能赢。

小王小王小月：看到大图我还当是新出了什么剧，仔细看了看新闻，才发现是体育新闻？

Gaosubaru：现在的小朋友都长这样吗？姐姐可以等你们十年。

Call 逸 by 芙 na：我又可了，比赛场地在我的城市，我突然想去看看了。

关你 p 事：点进来只是为了看大图的请举手。

翩跹：我不针对一号种子队，我只是觉得，黑马队如果赢了我会开心。

Hunhan：明明可以靠颜值，非得靠实力的典型。

里面很快就冲出了另外一批人——

他和影流都是劫：网球不是看脸的，单就实力和稳定性来说，还是南云附中的组合更优秀。

卷卷兔啾：我投南云附中队，在双打方面，他们才是真正的天赋型。而且他们的前一场比赛是碾压式胜利，倒是这队黑马每一场都赢得很艰难。

弟弟玩耍：一群根本不懂网球的瞎凑什么热闹，这投票水得厉害，北方那队根本不是一号种子队的对手。那个卷毛打得乱七八糟的，全靠抱搭档大腿。

倔强黄桃：体育圈不比颜值，凭实力说话，你们这样给他们提高热度，只会让他们最后更下不来台。

牛牛：枫屿队如果能赢南云队，我直播吞网球。

戴红帽的大灰狼：看我的口型，niangpao！就没个男人该有的样子。

……

随侯钰看了一会儿，便放下手机，随口说道："和他们计较没意思。"

邓亦衡提着的那口气终于放下了，赶紧说："对对，就是一群柠檬成精了，长得好看不证明网球打得不好啊，谁说你没实力了？你是实力与美……颜值并存。"

随侯钰又吃了几口粥，问道："我看起来很像抱大腿的吗？"

邓亦衡则是正经地说："钰哥，你真不弱，你要是弱了我和沈君璟都没脸见人了。只不过侯陌在这个青少年网球圈子里很出名，那绝对是带着光环的人物，才青少年比赛，就能建立粉丝群的也就他了。你是新人，直接和这种金字塔尖上的人配合，别人才会这么说你。你什么都不差，就差点名气和战绩。"

随侯钰说着不在意，最后还是非常在意。

没有侯陌看着，他连早饭都没吃多少，背着包问他们："你们今天有比赛吗？"

邓亦衡回答："我们俩上午第二场，她下午第一场。"

他接着问："何氏璧他们有比赛吗？"

邓亦衡摇头:"不知道……这个还是得问苏妹子。"

随侯钰背着包,打算去看侯陌比赛,走了一段后回头问:"能调查出来那个'戴红帽的大灰狼'是哪个人吗?是不是南云附中的?"

四个人一齐摇头。

他只能走了出去。

这样气不顺了整整一上午,在侯陌比完赛、冲完澡出来陪他看邓亦衡、沈君璟比赛的时候,他都闷闷不乐。

侯陌有点不解。

吕彦歆在一边把手机递给侯陌,侯陌用手挡着屏幕,努力去看上面的文字,看了一会儿就懂了。

侯陌笑了笑,跟他说:"不用理他们,等我们赢了就算是打脸了。"

"嗯。"

"道理你都懂,你就是不高兴?"

随侯钰叹了一口气,说道:"我把新闻的链接发给冉述了,冉述看到新闻,建了N个小号去和那群人对骂去了。我觉得以冉述和苏安怡两人的战斗力,应该能摆平他们全部。"

侯陌想到冉述和苏安怡组团去骂人的场面,就觉得惊心动魄的,听得他眼皮直跳,估计没一会儿就会是一场腥风血雨。

"那你为什么不高兴?"侯陌又问。

"可是按照我的方式,我喜欢当面骂!"

"哦……隔着屏幕不解气是不是?"

"嗯。"

"他们也只敢背后骂人,一群乌合之众。"

随侯钰继续看着场地,不再聊那个话题了,而是说道:"邓亦衡他们进步挺大的。"

侯陌见他不再提这件事情了,才跟着说道:"他们最近很努力。"

晚间回到酒店房间里,侯陌拿着手机眉头紧锁,好几次把手机放下,又重新拿起来。

刚才他看了一眼班级的群,得到了一个让他非常头疼的通知。

开学之后，正常参加高考的学生会去原青屿校区上课，在那里享受与世隔绝般的高三生活——没有运动会，没有双旦联欢会，每天三点一线。

由于原青屿校区场地不合适，且教练不能两头跑，所以体育生会留在原枫华校区。

也就是说，随侯钰如果正常参加高考，开学后就会回原校区去。

而他却要留在湘家巷。

当初学校明明说重新分班后不会再改了，结果到了高三还是面临和16班并班的情况。

这让侯陌很是难受。

高三的生活本来就辛苦，如果没有充足的睡眠，真不知道随侯钰能不能坚持得住。

随侯钰回来后看到他这副样子，问："你看到群里的通知了？"

"嗯，看到了。"

之后，两个人陷入沉默，连随侯钰拧开瓶盖、吞咽水的声音都格外清晰。

显然，两个人心情都不是很好。

比赛到了后半段，选手内部突然出了事。

这件事还牵扯到了随侯钰身上。

夜里，刘墨拎着水瓶来敲侯陌房间的门，侯陌擦着头发走出去问："干什么？"

刘墨拎着水问他："你们的水有问题吗？"

"水？"侯陌觉得非常奇怪。

"对，有人在水上动手脚，放在那里看不出什么来，但是使劲一捏……"说着，刘墨捏了一下水瓶给侯陌展示，水瓶居然有几个孔在往外喷水，像花洒似的。

"什么情况？"侯陌赶紧回房间试了试他们的水，挨个捏了捏，并没有被打小孔。

刘墨跟进来看了看，依旧骂骂咧咧："我们队里有两个整箱都有，外围的一圈水都被打了孔，这要不是有一瓶水拧着费劲使了点劲，都发现不了。打孔不可怕，可怕的是不知道里面有没有被兑什么。"

他们的水不是纸壳箱的,而是用塑料封着的,每件十二瓶。这种塑料还不如瓶身结实,想扎进一根针挺容易的。

如果是恶作剧还好,这要是兑了什么影响了比赛就不好了。

侯陌跟着问:"跟举办方举报了吗?"

"嗯,我们教练去了,我们正挨个队问呢,你去问问你们的队友,我去东体附中问问。"

"行,我也问问。"

送走了刘墨,侯陌收起慵懒,快速拿出手机在群里询问。

队里其他人也都陷入惊慌之中,还有人把之前的水瓶找出来再灌水测试,生怕自己也中招了。

没一会儿,冉述说话了。

冉述:我们应该没事。

侯陌:为什么?

冉述这笃定的语气让侯陌一慌——该不会有人骂随侯钰,冉述扎水瓶报复去了吧?

不过,他很快放心了。

冉述:你们让我去仓库搬水,我嫌沉,就自己花钱买了几箱同牌子的,快递小哥给我送上来了。

冉述:你们现在喝的水都不是仓库里的,是我买的。

邓亦衡:我去……刚才我被吓得心突突直跳,真怕被放了什么。

沈君璟:你是真锦鲤,带我们逢凶化吉。

随侯钰穿着浴袍走出来,看着手机问侯陌:"如果只有我们是自费买的水,一时半会儿还调查不出来是谁动的手脚,会不会怀疑是我们做的?我们能相信冉述,别人不能。"

前面有随侯钰被众多网友网络上炮轰的事情,后面有冉述非常规的自费订水,这联系起来真的有些蹊跷。

侯陌也有点担心,于是提前跟王教练说清楚,生怕他们被冤枉了。

随侯钰眉头紧锁,接着拿起手机来快速敲击屏幕。

还是预防一下比较好。

侯陌则是时刻关注着情况,还在跟刘墨那边打听。

两个小时后，网球微信群里逐渐出现了阴谋论，随侯钰担心的事情还是发生了。

××队A：我看到枫屿高中的人自己订的水，送货员送过去的。

××队B：这有点明显了吧？未卜先知了？

××队C：听说是他们队的卷毛被骂了，他们蓄意报复呗。

××队D：有毒吧？有这心机穿越去古代宫斗去，来比什么赛？长得恶心，心也脏。

中招的并不是只有一支队伍，渐渐地，成了群骂的状态。

枫屿高中这边则是一点动静都没有，骂的人觉得自己猜对了，骂得更凶了。

南云附中队肖琦：@枫屿高中队随侯钰 冤有头，债有主，网上骂你的是我，我是那个戴红帽的大灰狼。你就是打得菜，还各种小手段。你这样的早晚禁赛，滚出网球圈，靠脸吃饭去吧。

南云附中队刘响：@枫屿高中队随侯钰 别装没看见，没个男人样还做起缩头乌龟了？真不要脸，怕赛场上打不过，开始用小手段了？

这时一直在看群的邓亦衡终于忍不住了，发了一张聊天记录的截图。

枫屿高中队邓亦衡：我们刚知道的时候也在检查，根本不知情，而且订水是因为我们队友嫌重。

南云附中队肖琦：呵呵，这种聊天记录我三分钟就能做出来。怎么就那么巧，你们不愿意搬水，水就出事？

××队E：枫屿高中的，我现在就想你们告诉我们，水里到底加了什么，别让我们提心吊胆的。

××队G：用得着吗？我们都没看体育新闻，你们连我们一起算计？你这样打什么网球？滚吧！就应该禁赛。

群里又对骂了十几分钟，枫屿高中这边又一次不回复了。

刘墨那边不相信侯陌他们会做这种事情，急得下楼来侯陌的房间，问："怎么回事？怎么突然都针对你们了？你们有对策吗？我听说已经有队伍去举办方那边闹了，要让你们队禁赛。"

侯陌站在一边看着，说道："再等会儿，我们这边在处理。"

"怎么处理？"刘墨完全想不到应对方法。

侯陌指了指正在用笔记本电脑排查监控的随侯钰，说道："他在你来之后就猜到要出事，老早就让苏安怡去要了一份监控，发现仓库门口的监控只拍到了戴帽子穿一身黑的人，就让我们队友在附近的店铺买这段时间内的监控，现在正排查呢。"

"挺先进啊……"刘墨探头去看。

"嗯，就是有点累眼睛，我们几个轮换着来呢。"

"主要还是你们有钱，都是有钱的'锅'啊。"

这时苏安怡风风火火地走进来："我在停车场看到有车一直开着车载监控，打了车主留的挪车电话，买来了这段视频，你看看。"

"嗯。"随侯钰伸手接过U盘，插在电脑上。

又过了十分钟，网球群里一直在被单独@着骂的随侯钰终于说话了。

枫屿高中队随侯钰：抱歉，才查完监控，视频剪辑出来了，画面放大了，买通社会人士的是哪一队的，自己认领吧。

枫屿高中队随侯钰：[视频]×3

枫屿高中队随侯钰：人类进化这么多年长出来的脑子是用来思考的，不是用来喷粪的。

枫屿高中队随侯钰：@南云附中队肖琦 我初步认定你长得丑且网球打得菜，还没有脑子，只会按键盘，我建议你回炉重造。至于你们的这些聊天记录，我已经录屏了，我有钱也有时间，可以挨个告你们，等着吧。

群里安静了一分钟后才复活。

说话的人都在努力辨认监控里的人究竟是谁。

到最后，他们认出来监控里的人是另外一队的队员，且已经被比赛举办方带去调查了。

半个小时后调查结果便发进了群里。

这个选手在比赛的时候，觉得裁判不公平，明明是界内，却被判成了界外，让他输了比赛。他心里不爽之后，就联系了一个社会闲散人士，让对方进仓库里扎瓶子报复。

他也知道兴奋剂什么的太严重了，所以只加了点可能造成腹泻的东西。

不过做贼心虚,怕水混浊被发现,加的剂量很少,进入水里被稀释,效果还不如排毒养颜胶囊。

调查结果出来后,群里有零星跟随侯钰道歉的人,更多人都是装死,不再说话了。

不过随侯钰不是会善罢甘休的人,毕竟他受一点委屈,就会记在心里很久,必须当场报仇了才能痛快,以至于他又开始使用"钞能力",叫了一个律师团队过来,一起轰炸举办方。

没多久,在群里骂过随侯钰的队员全部被叫到一个办公室里。

这些人必须书面给随侯钰道歉,还要在公开平台道歉三天,不能设置部分可见。

如果拒不执行,之后的比赛恐怕都没办法参加了,会被处5日以下拘留,毕竟随侯钰是一个不要经济赔偿的人。

随侯钰坐在办公室里,跷着二郎腿坐着,能够亲眼看到那些骂他的人,还挺不错的。

之前在新闻评论底下悄悄地骂他,他抓不到人,但是在微信群里都带着队伍名字和人名呢,他一抓一个准。

在网上骂得那么凶,真见面了都不敢和他对视,这群人也是有趣。

有的人靠网球比赛一战成名。

有的人靠网络骂战逆风翻盘成名。

随侯钰居然是后者。

这一年参加网球比赛的选手中,很多人都对随侯钰印象深刻。

他恐怕是这些年里,唯一一个能凭借一己之力,让几十个人聚在一起写检讨书的人。

见到那个叫肖琦的人后,随侯钰拿过检讨书,把他从上打量到下,再从下打量到上,眼神里带着同情,一副"你长得这么丑,我不屑与你计较"的样子。

肖琦被打脸之后还要被这样示众,整个人都在控制脾气的过程中微微发抖。

"你、你最后也骂我了。"肖琦愤怒地说道,然而一点底气都没有,就像是小孩子吵架。

"哦，那你告我啊。"

肖琦瞬间气得脸上的肉都在抖。

并不是所有人都像随侯钰这样拥有"钞能力"，能请来这么一群律师，搞这么大的阵仗。

举办方遇上这种事情也是头疼，只能努力做和事佬，生怕事情闹大了传出去。

不过，最后一群人公开道歉的场面倒是挺壮观的。

微信群也是这样，刷屏的道歉言论出来后，再没有人聊天了。

听说，他们私底下又搞了小群，随侯钰也懒得管了。

处理完这些事情已经凌晨两点钟了，随侯钰回到房间里趴在床上。

侯陌很快捧着一碗面条过来："来吃夜宵。"

随侯钰快速起身，惊讶地问："你哪儿弄来的？"

"在你吵架的时候，我去酒店厨房亲手给你煮的，吃点热乎的再睡。"

随侯钰终于满足了，拿起筷子吃了几口面条。

侯陌坐在他身边看着他吃，眼神像慈祥的父亲，问："解气了？"

"还行，要不是怕他们说我也骂人，我真想当场骂回去。"

"你已经以一敌百了。"

"没有，才四十多个人……"

"嗯，之前在群里道过歉的人你都放过了，心软的钰哥。"

"……"随侯钰继续闷头吃面条。

侯陌拿着手机看，笑道："何氏璧和楚佑也被罚写检讨书了。"

随侯钰有点意外："我没看到他们俩骂我啊。"

"他们俩的确没参与，但是他们教练夜里叫他们所有队员集合，教训他们骂人的事情，这两人没过去。一打电话才知道这两人偷偷跑出去，去宽窄巷子玩去了，就他们两人……"

他们规定比赛期间不可以私自外出，一个是为了安全，一个是怕他们嘴馋乱吃东西。

"他们不是火锅省的吗？"

"但不是这个城市的啊。"

随侯钰和侯陌的双打组合,在众多非议中顺利走到了总决赛。

在姜维和陆清辉的组合后,他们似乎没有遇到更大的难题,用实力证明他们并不是两个花瓶。

渐渐地,那些人也就闭嘴了。

从他们的新闻上了头条后,比赛的票卖得也好了起来,有些人好多次想要去看他们比赛都找不到空座了。如果不是比赛场地设置了队友坐的位置,王教练怕是都只能站在外围看。

侯陌和随侯钰受到了很高的关注,甚至有赞助商特意联系了王教练,希望这两个人去帮他们拍一组宣传广告。给的价格还挺高的,快赶上刚出道的小明星了。

王教练帮他们接了这份工作。

转眼到了8月29日,总决赛当天。

这一天的比赛安排依旧是上午双打总决赛,侯陌和随侯钰对阵楚佑和何氏璧。

下午是单打总决赛,侯陌对阵莫西柯。

上午的比赛,第一场是角逐第三名的,随侯钰和侯陌他们是紧接着的第二场。

在热身的时候何氏璧和楚佑也到了,何氏璧主动和随侯钰说话:"之前的事情我不知道,抱歉,我的队友恶意中伤你。"

"哦,无所谓,我队友也会护着我,不过他们素质高一点,不会去诋毁别人。"

何氏璧听完,知道随侯钰说得豁达,言外之意还是损了他的队友。

楚佑站在他们身边看着,知道两边关系变得很尴尬,何氏璧嘴笨说不过随侯钰,便伸手拽着何氏璧走了:"之后比赛场上见吧。"

"嗯,好,拜拜。"随侯钰和他们道别。

其实这段日子,随侯钰和侯陌也时常会去看何氏璧和楚佑的比赛,研究这对组合的路数习惯,从而做出应对方案。

何氏璧是随侯钰熟悉的风格，很会给同伴制造机会。

楚佑则是机会主义者，很会抓住机会加以利用，从而得分。

两个人的打法风格完美搭配，展现出了"1＋1＞2"的实力，才有了上一届的全国第一的成绩。

这也是何氏璧只有和楚佑合作，才能取得更好成绩的原因。他们算是用实力证明了，强扭的瓜也挺甜的。

今年有所不同，何氏璧和楚佑不再吵架了，关系还挺和谐。

无形之中，增加了打败他们的难度，此时这对组合比去年姜维他们遇到的时候更加难以对付。

他们的对阵，就要看谁更稳了。

丢硬币前，随侯钰特意去队友席前和冉述拉手，沾点锦鲤之气。

冉述看着随侯钰拎着球拍走向球场，赶紧说："钰哥，拿、拿个第一玩玩。"

"行，我努努力，岛上的雕塑别忘了。"

"知道！"

桑献跷着二郎腿扫了他们两人一眼，问道："你们对什么暗号呢？"

冉述冷笑了一声："喊，早早淘汰的人就别说话了。"

桑献翻了一个白眼。

抽签不走运会怎么样呢？

比赛到了后半段，桑献和侯陌遇上了，这导致桑献这次的排名并不漂亮，都没进决赛圈。

丢硬币选择时，随侯钰首先选择，盲选，果然选对了。

他回头对冉述比了一个大拇指，很快看到冉述举起手臂在头顶对他比了一个心。

侯陌对冉述多了点尊敬："冉哥有点邪性啊。"

"还真有点。"

第一轮，随侯钰发球局。

侯陌在网前截击。

他们两个人选择的是非常规的雁式阵形，以此应对对面的双底线阵形。

按照他们现在网前的能力，接双底线打过来的球还是非常有底气的。

何氏璧的接发一般都是在铺路，他的球路很稳，在回球的时候就已经在为之后的绝杀铺路了。

这样接发的情况下，何氏璧会选择慢慢去改变球的旋转和力量，改成自己舒服的风格，找准机会后把球让给楚佑。

楚佑会找准机会，将球打在对手不舒服的方向和位置。

严格来说，楚佑算是落点控制类型的选手。

而何氏璧，算是一个纯辅助类型的。

不过，楚佑今天遇到的对手和他犯冲。

随侯钰正好是能克制他的类型。

楚佑这种机会主义者，一般都能瞬间找到机会，将球打在出其不意的位置，打法多变没有什么规律，都是瞬间做出的决定。

很多次他的对手看到那种角度和球路都直接放弃了，知道这种球没救了。

但是，随侯钰不会。

无论球多难追，随侯钰都不会放弃，且他的身体反应能力惊人，瞬间爆发的速度堪比短跑的冲刺。

楚佑一个高压球，球贴着球网落下，落点距离球网不足一拳的距离，接着斜飞出去。

随侯钰的注意力高度集中，眼中只有对方的球拍与球的移动位置，瞬间捕捉到了球路，脚尖一蹬，子弹出膛般地冲了过去，抡圆了球拍后狠狠地将球抽回去。

球擦着楚佑身体弹飞出去，楚佑还没回过神来，动都没动。

真正地成了对手，才能更真切地去感知那种速度和爆发力，这和在观众席看到的感觉完全不同。

在他看来，刚才那一球就应该是个死球了，就这样也能追上？

他听到了身后的脚步声，何氏璧还没有放弃，他立即半蹲让出球路来。

何氏璧双手握拍，低喝了一声才将这一球击回。

随侯钰早就等在网前封堵了，球还未到，身体已经到了。

楚佑到网前将随侯钰回过来的球挑起来，球还没彻底升起来，就再次被随侯钰封堵回来，速度又快，下手又狠。

球弹飞出去，再没救回来。

15∶0。

随侯钰转过身从球童手里接过球，拍了几下之后，把球往后丢了出去，被球童接住。

他又拿起第二个球拍了拍，总觉得这些球的气压有点不对，于是捧着球去找球童。

侯陌跟在他身边，挡着嘴说悄悄话，旁人看到这种举动一定以为这两个人在说战术。

就连随侯钰一开始都是认真去听的，结果听到的根本不是战术。

侯陌突然想起了一件事，跟随侯钰说："去年有一次报道桑献，拍了一张桑献发球的相片，底下有人评论，这个男生的档部好大啊。我们仔细一看，是桑献兜里揣着一个球。"

随侯钰还在等球过来，听到这个事情"扑哧"一声笑了。

笑点莫名其妙的。

球童拿来了一桶新的网球，递给随侯钰，他想往口袋里揣一个，突然觉得有点别扭，特意低头看了看。

抬头就看到侯陌回头朝他坏笑呢，他当即一阵不爽，这个节骨眼提这个干什么？搞得他都不自在了。

烦人！

侯陌重新蹲下身，继续比赛。

他是故意分散随侯钰注意力的。

因为他注意到，随侯钰如果强行集中注意力，会因为用脑过度，嘴唇发白，甚至会头疼。

姜维和陆清辉都是实力过硬的选手，和他们对阵的难点在于想破发非常难。

但是这一队风格不一样，楚佑这种风格的打法，需要注意力高度集中才可以破解。

他需要时不时分散随侯钰的注意力，让随侯钰歇一歇脑子。

第二次发球，楚佑似乎回过神来了，不再有任何松懈。

他之前自信于自己的突变球，没想到有人能反应过来。既然知道随侯钰能够破解，那么就只能拿出百倍的精神来，就算用了绝杀球，也要跟着去封堵，这样比较稳。

随侯钰可以挡住一次，那么多来几次呢？

如果一直左右调动，随侯钰的体力能坚持到最后吗？

没有谁能一直精力充沛。

随侯钰也很快发现了，楚佑的打法让他回得极为狼狈，每次都是刁钻的位置。

正手、反拍、正手如此轮换。

何氏璧的抢网、无球跑动以及在球场上的站位都是数一数二的。

这种人天生适合双打，擅长配合的同时，自己的功底也足够扎实，挑不出任何错来。

如果去单打的话，何氏璧就平庸了，什么都四平八稳，没什么拿得出手的地方。

队友是楚佑这种变动性很强的搭档，他也能帮忙应对，且在这半年的时间里也和楚佑培养出了一些默契。

在中间空当的时间，他们还站在一起小声说着战术，可见关系的进步。

看台上，陆清辉的手臂搭在前排的椅背上，懒洋洋地看着比赛场地，说道："楚佑和何氏璧要适应他们的球路和速度了，适应之后他们会变得很难对付，不知道小家伙和贱猴能不能赢。"

"看来你下意识站在贱猴这边了？"姜维手里拿着一瓶水，也在跟着看比赛。

"毕竟是一个省的，而且贱猴刚刚赢了我们，如果他们输给了楚佑他们，不就意味着我们也会输给他们？"

"我们上次就输了。"

"楚佑真的很棘手，根本不知道他脑子在想什么，下一球会打在哪里。楚佑这种变数大的人，也是侯陌最难应付的，因为侯陌预判不到楚佑的路子。"

"嗯，侯陌参加的比赛多，资料片也多，路子已经被扒得差不多了。这一局的制胜关键要看小家伙能不能克住楚佑了。"

楚佑克侯陌。

随侯钰克楚佑。

神奇的三角关系。

这也使得这场比赛几乎成了随侯钰和楚佑的较量，如果侯陌足够聪明，就应该做何氏璧那样的辅助，帮助随侯钰减轻一些负担。

需要适应球速和力量的人是何氏璧。

当他适应下来后，他的能力也就能够展现出来了，他能够在接发后瞬间改变球路和旋转，让楚佑得心应手。

他预判的还有队友的移动路线，瞬间让出位置，无声地到合适的位置继续配合。

这让随侯钰越发觉得难打。

楚佑的突发球越来越难防。

局分到了3∶3，依旧没有队伍破发成功。

又到了随侯钰的发球局，何氏璧接发后回过来的旋转球让随侯钰措手不及，将将回球后，他自己已经意识到这一球的落点太浅了，是一个不太成功的挑高球。

果不其然，楚佑很快抓住了这个失误，反手一拍，这一球落在随侯钰的身后弹飞出去。

随侯钰有转身，但是没能接到球。

到此时，压制的感觉已经来了，像是一阵惊涛巨浪，拍打着随侯钰的自信心。

侯陌赶紧走过来鼓励："没事，再来。"

"嗯。"随侯钰点头回应。

此时的侯陌已经意识到自己应该放弃自己的预判，改为凭借直觉去打球。

可是多年的习惯使然，加之男子双打的节奏很快，他还是会下意识地去预判，然而楚佑根本没有按照他的预判来打球。

聪明反被聪明误。

对面适应了他们，他们却没能适应对面的路子。

这一局被破发成功。

直到第一盘结束，随侯钰和侯陌都没能破发成功。

第一盘输了。

随侯钰和侯陌拎着拍回到椅子处休息，随侯钰喝了一口水。

侯陌安慰道："别急，我们能赢，我在调整了。"

"嗯。"

"你刚才表现得特别好。"

"嗯。"

他们两个人坐下，观众席就爆发了一阵尖叫声，声音洪亮得把何氏璧吓了一跳，探头朝他们这边看。

接着他扭头和楚佑说道："他们叫什么呢？"

"不知道，管他呢。"

"偶像派打网球……我们赢了会不会被骂？"

楚佑难得笑了起来："你管那些做什么，你连APP都没下。"

何止没下APP，何氏璧怕玩手机会影响他训练，手机用的还是黑白屏的，只能打电话、发短信，微信都用不了。

手机里最大型的游戏是贪吃蛇。

何氏璧是标准的笨鸟先飞型，人不算多聪明，全靠自身努力。

之前的骂战事件闹大了，队友们都去写检讨书了，他才知道网上掀起了骂战。

对此，他还是不理解为什么要在网上骂人，大家好好比赛不行吗？

休息的间隙，何氏璧再次掏出自己的小本本，看上面写着的笔记，他有几页是单独写侯陌和随侯钰的。

怕是这两个人自己都没何氏璧了解他们的打法。

楚佑凑过去跟着看了两眼："你这字写得……真不怎么样。"

"我能看懂就行了。"何氏璧拿着笔在上面继续勾着，同时说道，"我的发球到了侯陌手里，他能够预判到我所有的动作，而且能破解我做出的变化,下一盘侯陌应该就能想到克制我的方法了。"

"有我呢。"

"嗯。"

第二盘开始。

双方都渐渐适应了对方的打法,而且可以看出来,他们都在想办法破解对方的打法。

楚佑回球,又是一个角度刁钻的球。

随侯钰朝着后场奔跑着去追,球追上了,但是身体很难转过来。

于是他干脆背对着球网跳起来胯下击球,他根本看不到身后,只能是凭借感觉盲打。

这种杂耍一样的球竟然也能顺利过网!

楚佑身体斜侧一步,再次朝着随侯钰攻击过去,标准的"痛打落水狗"。

"转身四点钟挥拍!"侯陌看到随侯钰还没能回过身来,于是开口指挥道。

随侯钰对侯陌的判断无条件信任,人没看到球,旋转的瞬间便已经挥拍了,成功地将球打回去。

侯陌在网前身体后仰,让出了球路来。

球过来的路子正好在侯陌身体挡住的盲区,楚佑没能看到。

何氏璧匆忙去追球,却未能追到。

球飞出去后,被判了界外。

侯陌走到裁判面前,似乎是想看回放,从他的角度看,刚才那一球是界内。

等了一会儿,大屏幕并没有播放回放。

侯陌咬着牙,多少有点不甘。难怪之前会有人闹,这裁判确实比较向着本省的队伍。

这时何氏璧走过来:"球是在我眼前落下的,我看得清楚,是界内。"

裁判都没有想到,何氏璧居然会过来帮对手队伍说话。如果刚才那一球是界内,那么随侯钰和侯陌这一局便算是破发成功了,是非常重要的一球。

楚佑也跟着走过来:"他死心眼,不会说谎,刚才那一球应该是界内。"

裁判和其他工作人员示意后,终于播放了回放。

界内。

随侯钰和侯陌首次破发成功。

改判之后,随侯钰朝何氏璧看了一眼,说道:"谢谢。"

何氏璧倒是没有在乎,语气淡淡地回答:"本来就是界内。"说完扭头走了,和楚佑一起去休息。

第二盘比赛逐渐到了赛点。

被楚佑克制了这么长时间后,侯陌终于振作起来。

他并没有像其他人猜测的那样放弃预判,而是依旧沿用自己的风格。

所有人都不知道的是,侯陌改为了在一瞬间做出多种预判,再在这些预判中计算楚佑运用每种行动路线的概率,选择最危险的那种做出应对。

这一球如果是别人,都会用超级正手回击,楚佑却非常规地使用了反手,朝前跑的同时挥拍,打了一个极其刁钻的斜线球。

楚佑的球总会在距离球网很近的地方落地,加上奇怪的旋转,会让球反弹起来后撞在球网上,直接变为死球没办法回击。

侯陌却预判到了,跟着到了网前将球挑起来。

楚佑在网前封堵。

侯陌跳跃起来,以一记强劲的高压球回击。

对面的何氏璧跑过来回了一球,看到侯陌再次跃起,又是一记高压球。

当侯陌使用第四个高压球后,对面两个人终于追不到球,侯陌得分。

连续四个高压球破发,这种打法非常震撼,属于球场上非常经典的场面,观众席上比较懂球的人纷纷站起来鼓掌欢呼。

青少年比赛,就能看到这么漂亮的连续回击,实属难得。

观众席上,陆清辉忍不住鼓掌:"不容易啊,侯陌挣扎了快两盘了,终于爆发了。"

"本来是天之骄子,结果被压制了这么久,还看到自己的搭档满场跑得那么狼狈,肯定也有脾气。侯陌使用这种打法回击也算是泄愤了。"

"嗯,还挺爷们的。"

陆清辉又看了一会儿，场上侯陌和随侯钰绝地反击，拿下了第二盘。

他突然忍不住探头仔细看："小家伙似乎有点情况，精神不太好的样子。"

姜维是个粗线条，并没有看出来，反问："哪里不好？"

"就是……没那么活蹦乱跳了。"

"……"姜维完全不知道该说什么了。

此时，随侯钰站在底线位置揉眼睛，被侯陌带着到了场地边休息。

"我想洗眼睛……"随侯钰的眼睛有点睁不开，总觉得特别酸涩，甚至开始畏光。

"不是眼睛的问题。"侯陌快速喝了一口水，伸手拿来毛巾盖在随侯钰头顶，帮他擦汗，"靠我身上闭目养神，让脑子休息一会儿。"

"睡着了怎么办？"

"睡着我一个人上，总不能把你的小脑袋瓜用废了。"

仅仅是高度集中注意力而已，旁人怕是不会像随侯钰这样。但是随侯钰需要付出比常人多出几倍的努力，才能做到两盘比赛精力高度集中。

楚佑的突变球真的消耗了随侯钰不少精力。

侯陌在后半段看到了随侯钰嘴唇发白，这才急了，打出了四个高压球来，准备帮随侯钰分担一些。

随侯钰蒙着毛巾，靠着侯陌短暂地休息。

周围有尖叫声，还有王教练询问的声音，他都没有听到，只想安静下来。

120秒，是他们仅有的休息时间。

侯陌需要利用这段时间，让随侯钰稳定下来。

王教练站起来询问："怎么了？"

"注意力高度集中，头疼。"

"能坚持吗？"

侯陌替随侯钰回答："能。"

随侯钰绝对不可能因为头疼而放弃比赛，他们只剩下一盘了。

比赛再次开始，是侯陌将随侯钰叫醒的。

随侯钰起身后拍了拍脸颊，站在底线位置回神。

再次开打后，随侯钰渐渐跟不上楚佑的节奏了。

楚佑看似抡圆了球拍，最后却打出了一个过网急坠球。这种球过了网之后仿佛掉下来一样，距离球网较远的随侯钰注意到，鱼跃过来想要将球挑起来，然而并没有追上，球是擦着他球拍顶端落下的。

他站在网前停顿了片刻，转过身重新到自己的位置站好，准备迎接下一球。

楚佑的发球局。

随侯钰在网前截击后，何氏璧回了一个短球，速度一下子降了下来。

随侯钰挥拍抽球，却看到楚佑在网前跳起，打了一个高压球。

楚佑的高压球永远是这样，落点距离球网很近，接着贴着网似的横向飞出去，球弹起来的路线还有角度都不适合对手挥拍，想要挑起来，却根本拦不住球。

随侯钰咬着牙追了过去，快速回击，却将球打在了网上。

他有一瞬间的恍惚，看到侯陌朝着他走过来，捧起他的脸，用自己的额头抵着他的额头："别急，稳定下来。"

"嗯！"他瞬间回神，跟着点头。

重新站好后，抬头便看到侯陌在身后比手势，又是多种预判。

侯陌打算用自己的预判，给随侯钰指路，这样也能让随侯钰轻松一些。

侯陌的预判从看到楚佑和何氏璧看向他们这边场地后的眼神就已经开始了，一些微表情心理学也派上用场。

在确定楚佑发球方向后，侯陌和随侯钰同时动了，按照侯陌安排的位置移动，配合完美。

似乎是在复刻自己的成功，楚佑再次用了那种刁钻的角度，球从网前斜线横飞出去。

这一次随侯钰追上了，身体朝前挥出一拍，在球场一侧打到了球。球从球网的一侧画了一个半弧斜飞过去，过网，界内落地后，弹飞出去。

楚佑都没能来得及追到这一球。

随侯钰确实有些疲惫，但是他的疲惫一共只持续了不到十分钟的时间。

短暂休息后调整过来，恢复速度惊人。

人已经安静下来了，只是有点犯困而已。

侯陌又开始了，朝着他喊："啊啊啊！钰哥！"

"闭嘴。"他举起球拍朝侯陌警告。

侯陌瞬间收声闭嘴。

随侯钰却笑了起来，自己原地跳跃了几下，活动肩膀来恢复肌肉状态。

何氏璧的发球局，算是他们队伍的弱点。

何氏璧的发球不算优秀，都是奔着让楚佑便于回击去的。

侯陌的预判能力是他的克星，侯陌能够预判到他的发球方向以及他的跑动路线，如果楚佑不突然杀出来搅局，侯陌一个接发即可得分。

比赛到了第三盘，楚佑自然知道了这一点，所以每一次他都会出现在网前，突然横插一杠去回击侯陌的接发。

楚佑的网前截击能力很强，能瞬间做出判断，突然出手，甚至不按套路来。

旁人还会在意队形、站位，楚佑从来不在乎。这也是侯陌预料不到楚佑打球路子的原因，这人打得太没章法，不是双打的路子，个人主义很强。

偏偏搭档是何氏璧，这种个人主义反而成了优点。

侯陌和楚佑在网前短球较量，网球打出了乒乓球的效果来，速度极快，每一个动作仿佛在快进。

看台上的观众看得目不暇接，目光甚至追不上球，场地上的选手却能接住球并且准确回击。

拍数多了之后，观众席响起了一阵雷鸣般的掌声。

今天来观赛的观众尤其多，毕竟在报道上出现的选手今天总决赛，他们都想来看看最终结果。

果然不虚此行，大饱眼福。青少年的比赛，竟然打出了国际赛事的精彩程度来。

都是强队，他们比的是各自的稳定性，还有就是谁更能够克制住对方。

当然，在场也有单纯来凑热闹的观众，只是想看看选手本人帅不帅。

来了之后突然发现,他们真人居然比相片上还帅,来了就是赚到,光看着这四名选手就满足了。

比赛第三盘,双方都有一次破发成功,比赛再次进入了抢七的状态。

楚佑拿着球拍看着对面两个对手,总觉得自己和搭档似乎没怎么互相鼓励,于是回过头去想让何氏璧也鼓励鼓励自己。

结果一回头便看到何氏璧那张恨不得杀他灭口的臭脸,迟疑了一会儿,又干巴巴地转了回去,重新准备。

没承想何氏璧居然凑过来问:"你也想要顶脑壳吗?"

楚佑想象了一下被何氏璧贴头,近距离看那双凶神恶煞的眼睛的画面,还是摇头拒绝了:"算了,不用。"

"哦……"何氏璧又回了自己的位置。

楚佑这一次的回击依旧刁钻,侯陌小碎步往后依旧不够,最后干脆一屁股坐在了地面上,这才有挥拍的余地,接着将球打回。

这种时刻,楚佑肯定盯着侯陌打。

侯陌单手撑着地,还没起身又一球过来了,干脆在地面上挪了一个位置,继续坐着挥拍。

侯陌这样坐着回击了三拍才站起身来,场面一度非常艰难,引得观众一阵笑。

冉述原本因为紧张,全程都板着脸,看到这里突然笑了:"屁股都要磨出火星子来了。"

"幸好场地不是红色塑胶的,不然他现在就是猴屁股了。"

冉述想一想那画面就觉得有意思,大笑出声,好半天停不下来。

抢七,满6分后交换场地。

冉述看得有点急躁,跟坐在身边的苏安怡抱怨:"这太煎熬了,我看钰哥有点顶不住了呢!"

"嗯,维持这么长时间,真的挺难为他的。"苏安怡也跟着心疼。

随侯钰是那种上课会溜号,长时间做同一件事情会焦躁的性格,能够这样坚持打网球,已经让他们非常震惊了。

楚佑再次将球打到随侯钰和侯陌的空当处,两个人同时朝着球过去,身体比较靠前的随侯钰突然撤回，将球让给了侯陌，回了自己的位置。

侯陌挥拍回球，何氏璧下意识一接，恰巧将球打在了随侯钰最舒服的位置。

他在模仿何氏璧的辅助方式。

他在给随侯钰创造机会。

往复几拍之后，随侯钰在网前来了一个轻拍，球过网之后没有弹起来。

得分。

邓亦衡看到这里突然惊呼了一声："这个球！"

"怎么了？"冉述莫名其妙地问。

"当初大师兄和钰哥第一次单打，大师兄就用了这个球，害得钰哥劈了一个一字马，钰哥现在学会了。"

"不就是轻拍？"冉述如今已经懂得一些了，觉得这个球没什么特别的。

"旋转！没看球没弹起来吗？这是大师兄常用的小球。"

"哦……"

侯陌在随侯钰身边蹦蹦跳跳的，说道："钰哥，你是不是深刻地记着我的英姿……"

"我记仇方面出奇优秀。"

侯陌瞬间不再跳了："我们继续比赛吧。"

"好。"

到了这个节骨眼，两边打得都很凶。

往来的拍数也都很多，这在快节奏的男子双打里并不常见。

就算到了最后，球的速度和力量依旧没有减弱。

在随侯钰和侯陌都在网前封堵的时候，楚佑看准时机打了一个挑高球，奔着两个人身后过去了。

随侯钰朝后追着跳起来，背对着球网扬起球拍将球打回去，跳跃间衣角翻起，落地的瞬间依稀可见纤细且白皙的腰。

他落地的动作非常轻盈，仿佛一个舞蹈动作，轻盈地纵身一跃，手中还牢牢地握着球拍。

站稳的瞬间便看到侯陌朝着他这边跑了过来，似乎是在追球，却对他比了一个剪刀手。

他很快会意，在侯陌跑过去的瞬间抬拍，打了一个挑高球。

侯陌是在掩护，看似是侯陌要打这个球，实则由随侯钰来控制，如果不够聪明，或者战术运用不精、混乱，往往会会错意。

随侯钰却瞬间懂了。

这个挑高球打得很深，直奔底线位置，最终压线飞出场外。

所有人都屏息凝神，看向大屏幕等待回放。

等看到是界内后随侯钰才惊呼出声："啊啊啊！"

这一瞬间，似乎再没有其他语言了。

这一次他主动朝着侯陌跑过去，和侯陌一起庆祝，激动得忘乎所以，干脆双腿一抬跳在侯陌身上，捧着侯陌的头在其额头上亲了一下。

侯陌刚才还在看大屏幕，整颗心都澎湃不已，他下意识地接住扑过来的随侯钰，跟着一起开心地大笑。

两个并肩作战的队友，激动地拥抱着庆祝这来之不易的胜利。

赢了。

何氏壁和楚佑能做到的，他们也能做到。

他们还比对面多出全能型的战术来。

欢呼声响彻场馆，像是要将整个体育场的天棚掀开。

队友和教练的尖叫，观众的欢呼，甚至是来自曾经对手们的叫好声，所有的声音混成一片。

随侯钰开心得像是雀跃的鸟，整颗心都飞了起来。

侯陌较为理智，领着随侯钰朝球网走过去，和何氏壁、楚佑握手。

何氏壁说得很有诚意："你们打得不错。"

"你们也非常厉害。"这是来自随侯钰的认可。

握手完毕，他们朝着队友走过去。

一向淡定的苏安怡哭得像个泪人似的，用手背快速擦了擦眼泪，接着走过来给他们递毛巾，还给了他们柠檬水。

侯陌推了回去："我们先去尿检。"

"嗯！"

随侯钰看了看苏安怡，问："你哭什么？"

"不知道，忍不住……"苏安怡回答完仰起头来，可眼泪还是忍不住，她只能用手徒劳地扇了扇。

冉述则是走到随侯钰身边，跳了有点土味的舞，是最近短视频流行的那种，随侯钰一向有点嫌弃，不过这次却和冉述配合着，两个人一起跳了几下，才和侯陌结伴去尿检。

走进甬道，随侯钰扶着侯陌的手臂问："我嘴唇白吗？"

随侯钰天生唇色粉红，如果嘴唇发白会看得格外分明。

侯陌点了点头："白。"

"头有点疼，不过没有什么大碍。"

"要是很累下午就不用去看我比赛了，那个对手我遇到过几次，挺弱的。"

"得去！"随侯钰依旧在笑，走路的时候脚步都特别轻盈。

侯陌的男子单打总决赛就在当天下午，他需要一天比两场，好在轮到他上场的时候，已经傍晚了，他有充足的时间休息。

也就是他这种体力不错的年轻选手，不然一般人一定吃不消。

随侯钰也坐在队友席的黑色沙发上观看比赛，中午睡了一觉，如今已经好多了，不再头疼。

随侯钰看着侯陌入场，修长的身材，走在比赛场地的灯光下皮肤白得耀目，眼角微微向下，天生的笑眼，看人的时候总是含着笑似的。

他的身上背着自己的包，手里拎着球拍，走路的时候气场全开，像是球场里最璀璨的那颗星。

全国比赛全部结束后，颁奖典礼在当晚便举行了。

侯陌这个双冠少年无疑是这一天的重点采访对象，随侯钰作为他的搭档，加上高颜值，还得了男子双打的冠军，也被媒体记者关注上了。

两个人被一群记者围堵询问了半天，最后还是王教练过来解围的，带着他们两个人离开比赛场地。

"往年也不见有这么多记者，你们上一次头条倒是影响不小。"王教练说着,又去他们的更衣室里叫了桑献和冉述过来,询问,"你们四个先回去?"

侯陌收拾东西的同时回答:"嗯,机票都订好了。"

他们几个下午已经把行李收拾好退房了,等侯陌比赛结束后,直接往机场赶。

王教练也不拦着,而是说道:"到家之后给我发个消息。"

"好。"

第十章

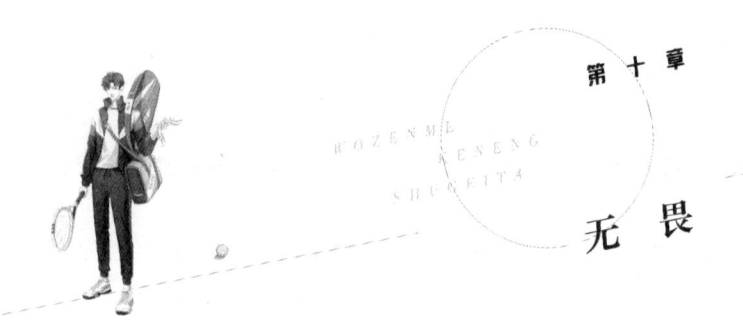

无畏

他们订的是最晚的一班航班，回到他们城市的时候已经凌晨。

这个时间侯陌和随侯钰并没有回湘家巷，而是一起去了桑献家里。

侯陌还是第一次来桑献家，进门后便嘟囔："原来你还有自己的楼？我还当你和你父母都住在那个地方呢。"说着，他对桑献父母的别墅方向一指。

桑献应了一声："嗯，我从记事起就一个人住了。"

桑献从小就没有感受过什么回家的温馨感。

家太多了，遍地房产，指的是哪个家？

"我们睡哪里？"侯陌指着自己和随侯钰问。

桑献带着他们进入电梯，到了三楼，让管家带他们去了客房

桑家的房子就算是客房，也有专属的小客厅、书房、卫生间，小客厅外还有一个露台，像是一个小型的空中花园。

这种房间常年空着，着实有些浪费。

侯陌和随侯钰都很疲惫，进屋之后匆匆冲了个澡后便躺下了。

其实下飞机的时候时间已经到了8月30日，侯陌父亲的忌日。

好在侯陌看起来没有什么不妥。

一切如常。

按照队里的安排，队伍会在8月30日上午集合，下午乘坐飞机回来，回到本市的时候都已经晚上七点多了。

侯陌他们几个还想去给侯爸爸扫墓,所以干脆提前回来。

清晨。

随侯钰醒来后发现侯陌已经起床了,在卫生间里洗漱,他还能听到水声。

他坐起身来,拿来手机看到侯妈妈发来的消息:我给陌陌发消息他没回我,你帮我告诉他一声,我已经开车出发了,晚上我带你们回来。

他很快打字回复:好的。

这么多年过去了,侯陌应该好多了吧?

一起吃早饭时桑献说道:"我订了花,你不用再买了。"

"嗯。"侯陌吃了一口粥。

到达墓地时是上午九点多,侯妈妈已经在了。

侯陌走过去,往墓碑前放了一束花。

桑献也跟着恭恭敬敬地放了一束花,看着墓碑上的相片许久。

侯妈妈快速擦了擦眼角,站在一边等候着他们。

侯陌一直站在墓碑前,双手放在口袋里,只是这么沉默地看着墓碑而已,一言不发。

侯妈妈在这时说道:"你和爸爸说会儿话吧,我们先走了。"说完,带着随侯钰他们离开。

侯陌依旧是那副不在意的样子,对他们挥了挥手。

随侯钰一步三回头地看他,欲言又止了片刻,最后还是跟着侯妈妈走了。

等这群人都离开了,侯陌在墓碑前盘腿而坐,看着墓碑说道:"去年因为比赛耽误了,没过来看您,今年补上了。"

他给侯爸爸倒了一杯酒,给自己也满了一杯,接着端起来喝了一口,很快狼狈地捂着嘴,想吐不能吐,最后还是吞了进去。

"辣,咝——辣舌头,眼泪都出来了,咳咳!"这一口白酒给侯陌喝得一阵难受。

他捂着喉咙缓了一会儿才继续说:"对了,您媳妇儿最近不太老实,让她好好休息，还偷偷搞一大堆策划方案，我都看到了，不愿意说她。她要是想再创业，就自己搞去吧，反正压力也没那么大了，这次比赛的奖金下来，债就全还上了，还能剩下一万多，我厉害不厉害？

"唉……您说您也算一个人生赢家了，媳妇儿漂亮，儿子也不错，这要是别人绝对不舍得没得这么早。"

他看着墓碑上的相片，相貌端正的男人，严肃的面孔，拍相片的时候眉间还有一个"川"字。

他突然笑了，却笑得很勉强。

"不用担心我，我找到一起并肩努力的人了，我再也不会排斥和人亲近了，我不会再寂寞了。

"我长大了，妈妈老了，您却还是这个样子。"

侯陌抬手碰了碰相片，上面一点灰尘都没有，估计刚才侯妈妈擦过。

他站起身来，简单地整理了一下，转身出了墓园。

一阵风起，鸢尾摇晃，在草坪上灿烂地绽放。

侯陌额前的碎发被风带得狂舞，他在风中却是一阵释然。

父亲的离世，像是在他的心口捅了一个窟窿。

旁人看不到，都觉得他很好，他坚不可摧，可那种难过一直埋在心底，不想与人诉说。

他从未想过有一个人到自己身边，会让他变得无畏。

像是在猎猎风中，他站于城墙之上，独自迎战，突然有人为他披上了盔甲。

他回过头，看到了一道霞光，灭了一城烽火，化了漫天烟云。

这人为他而来，成了他的支撑，终换来旌旗高悬，红霞满天。

侯陌走出去时，那边几个人正聚在一起聊天。

"你还想去哪里吗？"随侯钰迎过来问。

"不想，只想赶紧回家休息，累得我头昏脑涨的。"侯陌回答完跟桑献打招呼，"我们先回去了，你们也回去吧。"

"好。"桑献目送他们离开。

随侯钰第一次坐侯妈妈开的车，总觉得坐得有点来气。

侯妈妈开车太佛系，稳是稳，但是太慢了，眼看着"老年车"都超过了他们，让他一阵阵不爽。

加上这辆车的后排真不适合他和侯陌这种身高的男生坐，两个人只能靠在一起。

靠在一起的后果就是……他睡着了。

随侯钰再次醒来的时候，人已经在民宿的床上了。

他快速起身，拿来手机看了一眼时间，突然觉得自己真是一头死猪，居然能一觉睡到夜里。

他走进厨房打开冰箱，看着里面的几样东西。

在回来之前他就跟侯妈妈打过招呼，让她准备，侯妈妈准备了，不过……量是不是有点少？

他拿出面条看了看，又拿出鸡蛋来，开始发愁。

煮面条应该加水，放面就可以了吧？不能煮废了吧？

只准备了一份，似乎不够他练手的。

他忘记跟侯妈妈说自己没下过厨了。

他把所有的工具摆成一排，接着去拧煤气开关，结果拧几次都拧不开。开煤气他还百度了一下，才知道需要往下按一下，火苗稳定了再松开。

于是他反复尝试，依旧没有成功。

再去查询，发现自己忘记了关键的一步，他没开煤气总开关。

他还当这次没问题了，打开后依旧点不着火，气得他想把煤气灶砸了。

自我疏导了半天，他才重新尝试，低着头认认真真去看，煤气灶冒出火来时那突兀的一下给他吓了一跳，赶紧起身拍了拍刘海，但还是摸到烧焦了一缕。

不过此时没时间顾及这个，他赶紧调整火候，放上锅，把水加进去。

在煮面的时候，他又遇到了问题。

他想煮一个荷包蛋，但是第一次煮的时候，蛋放进去后他用铲子碰了两下，蛋碎得四分五裂的，被沸腾的水拱成了蛋花汤。

他把水倒出去，加了一个新的蛋，这次坚持不碰，结果蛋煳得没法看，还粘锅了。

幸好两次都没放面,不然面也没了。

理想很丰满,现实很骨感。

随侯钰关了火,站在厨房里拿出手机继续查询教程,认真学习怎么煮荷包蛋。

这时侯陌晃晃悠悠地过来了,站在门口看了他一会儿问:"用我帮忙吗?"

随侯钰现在正在气头上,也不管侯陌是不是什么寿星,不爽地一摆手:"你,出去。"

"我可以告诉你该怎么煮。"

"让你出去。"

"好的。"

侯陌来了之后听到了厨房里的动静,猜到随侯钰应该是在给自己做长寿面呢。

他还很矜持地等了一会儿。

结果一会儿一阵暴躁的乒乒乓乓的声音,一会儿传来煳了的味道,他坐不住了。

因为被赶了出来,侯陌只能坐在餐厅等,还打了两个哈欠。

他刚才看了一眼时间,凌晨1点37分,他过完生日已经一个多小时了。

又等了半个小时,随侯钰终于把面煮出来了。

侯陌早就决定了,这是随侯钰第一次下厨,无论做成什么样子,他都要全部吃进去。

然而看到面前半份都不到的长寿面,他还是有点为难。

主要是这面夹不起来,筷子一碰就断了。

他只能抬起头来问:"能……给我一个勺子吗?"

随侯钰有点难堪,走过来端起面就要走:"算了,明天我给你订一份。"

"别别!"侯陌赶紧抢回来,端着碗,把一碗"面"给喝了。

真好,都不用咀嚼,直接就能咽。

随侯钰坐在侯陌身边,生自己的闷气。

侯陌放下碗看向他,伸手碰了碰他烧焦的刘海,突然温柔地笑了:"谢谢你,钰哥。"

"我给你准备了生日礼物。"随侯钰突然提起了这件事情。

侯陌有点无奈:"嗯,我看到了。"

"哎?!"

"那么一个大家伙出现在我家里,就算我妈特意盖上了,看轮廓也能知道是一架钢琴吧?"

"哦……"原来侯陌已经回过家了。

"我还真好奇,那大家伙是怎么搬进去的?这楼道这么窄,不会磕了?"

随侯钰懒洋洋地回答:"把你们家阳台的窗户给卸掉了,用吊车吊上来,又重新安的窗户。"

侯陌听完脑仁直疼,他还真没去阳台看,只能嘟囔:"搬走的时候也是个问题。"

"再卸一次。"

"为什么送钢琴?你觉得我还是当年的文艺小清新?"

"只是想看你再弹钢琴而已。"

侯陌根本不敢问这架钢琴的价格,生怕自己听完之后倒吸一口凉气,想一想就心惊。

侯陌"嗯"了一声后笑了:"好,等我翻翻乐谱,找找感觉,不一定会弹了。"

"我可以教你。"

侯陌的目光一瞬间柔和下来,点头:"好。"

第二天一早。

侯陌掀开遮布看随侯钰送他的钢琴。

这是一架三角钢琴,通体黑色,云杉木材质,踏板等部件是实心铜制作,精致又大气。

手指抚过琴盖上他的名字,才知道居然还是特意为他定制的。

他掀开琴盖,轻轻抚摸琴键,触感舒服的键皮,黑檀木的黑键顶。

试了试钢琴的音,接着他凭借印象,弹了最简单的调子——《两只老虎》。

许久没有碰过钢琴,手指按着琴键的时候感觉很奇妙,让他万分怀念。

侯妈妈在这个时候走过来,感叹道:"弹得还不错呢!"

侯陌被夸得不好意思:"这您也夸得出来?"

"多少年没弹了,还能找准音,真挺不错的了。"

随侯钰端着水杯走过来,跟着试了试音,随手放下水杯,推了推侯陌的肩膀让他坐过去一点,接着坐在他的身边。

这些年里钢琴一直都算是随侯钰的固定功课,虽然最近都在练网球,几个月没碰钢琴,依旧弹得娴熟,试音用的曲子都比侯陌高级很多——《献给爱丽丝》。

侯陌听了一会儿后,打了一个响指:"重新开始。"

随侯钰瞥了侯陌一眼,手指放在琴键上重新准备,侯陌也将手放在了琴键上。

四手联弹,还是随侯钰试音的曲子。

听过一遍盯着随侯钰的手指回忆一下,侯陌也能跟着弹出来。

他们小时候曾一起练琴,趣味练习的时候也练习过四手联弹。

原本就有钢琴底子的两个人,重逢后第一次尝试合作就弹得非常默契。

舒缓的调子,温柔的演绎,没有半点违和。

这可能就是双打培养出来的默契。

阳光洒进屋里,在屋中铺满了金色的光辉。

大哥体态轻盈地跳跃到钢琴边的小架子上,盘着身体,懒洋洋地用尾巴一下一下地拍打架子,眼睛盯着在弹琴的两个人。

这种氛围总会让人不自觉地慵懒,和煦里还带着些许温馨。

侯妈妈看着两个人弹钢琴的样子突然有点伤感,微微扭过头去。

曾经,侯陌也是练琴的孩子,后来为了生存选择了网球。

不能说侯陌不喜欢网球,但是网球总给他们一种生活所迫的感觉。

如果家里没有出意外,侯陌会是什么样子呢?

侯妈妈在厨房里打开水龙头洗水果,依旧能听到客厅里的音乐声。

片刻后,她恢复了平静。

现在也挺好的,侯陌和随侯钰相处得很开心,她也就放心了。

原本，参加完比赛，体育生会有一两天的假期。

结果这次比赛结束碰上了 9 月 1 日补开学典礼，体育生们只能赶回学校参加。

这一次侯陌依旧是一等奖学金，不过高三只有他们这群体育生在，也没给他安排演讲。

开学典礼上，给留在这个校区的获奖的几个人发完奖，就算是结束了。

优秀学生讲话只有高一入学分数第一的新生和高二的徐柚壹。

高一新生坐在台下看到侯陌、随侯钰、桑献等人上台，还一阵雀跃，学长们真帅。

领了奖学金下台后，侯陌坐在椅子上嘟囔："我的存款一下子多了一位数，厉害不厉害？"

"嗯，厉害。"

"整个高三就剩两个班级了，有点寂寞。"侯陌看周围坐着的都是学弟学妹，他们已经是高三的学生了，不由得感叹起来。

冉述跷着二郎腿，大大咧咧地说："等赛季结束，我和钰哥、苏安怡也撤了。"

这回侯陌他们全部沉默下来。

冉述扭头看向侯陌，说道："你应该开心啊，每天呸你的人都去了另外一个校区。距离产生美，你一下子就没那么招人烦了。"

"你看看……"侯陌指着冉述对随侯钰说，"这话说得多利索，我为了练习他的说话能力，做出了巨大的贡献。"

随侯钰没搭理他俩。

结束了本赛季的最后一次比赛，归校后几个人分开在两个校区。

侯陌本想送随侯钰去另外一个校区的，但是王教练开车载着三个人以及他们的行李去原青屿校区，根本没有再坐下一个侯陌的位置。

侯陌只能看着随侯钰办完转校区的手续，拖着行李箱走出学校。

回到教室里，侯陌一个人坐在教室的最后一排，前排空着，他的同桌也空着。

他的心里空落落的。

他无精打采地趴在桌面上，蔫了的喇叭花似的一下午都没和任何人说话。

下午自习课，欧阳格进入教室调整座位，侯陌只能搬着他的桌子回了邓亦衡身边，接着继续趴着。

晚上吃饭的时候，邓亦衡叫侯陌一起去食堂。

侯陌无精打采地跟着他们几个一起朝食堂走，路上看了看，发现他们去食堂的阵形似乎和并校前没什么两样。

还是邓亦衡、沈君璟、桑献陪着他。

"唉，到最后还是你们陪我。"侯陌幽怨地说道。

"大师兄，你戏太多。" 邓亦衡特别嫌弃地说。

吃饭的时候，侯陌的戏又来了，看着餐盘哀怨道："没有我在身边，也不知道钰哥有没有好好吃饭。"

另外三个人都懒得看他。

侯陌吃饭的工夫收到了王教练的消息，让他午休期间去办公室一趟。

他和桑献一起去了。

进入办公室，王教练把一个表格丢给侯陌和桑献："填资料吧。"

侯陌打眼一看全是英文，还当是国际班的表格弄混了给他了，再仔细一看，乐了："全球青少年赛？"

"嗯，参加去吧，这次你们要是能拿到好名次，回来后我买高铁票带你们去华大参加校选拔，搞个保送名额。"

侯陌翻看着表格，问："钰哥能参加吗？双打。"

"你问问他，他要是怕耽误学习就算了，要是不怕的话，就二十天的比赛周期，也是个荣誉，他先回这边练一阵子就行了。邓亦衡和沈君璟我都懒得问，他们必须得去，表格还得找英语老师给他们填。"王教练笑着回答。

随侯钰的积分不够，想靠这个保送很难，现在还取消了体育的加分，所以随侯钰如果来参加比赛，为的就是一个荣誉和情怀。

侯陌却很兴奋，拿着表格说道："我晚上问问钰哥，明天再填。"

"行。"

桑献拿着表格看了看，拿上就走。

王教练看着他们两个离开还美滋滋的，跟欧阳格吹嘘："上次侯陌去参加的时候才十六岁，和一群十七八岁的打，就算没进决赛圈，成绩也算是拿得出手了。现在正好是青少年的巅峰年龄，说不定能拿个不错的世界名次，那我们学校就风光了，侯陌也能红。"

欧阳格正在冰箱里找东西吃呢，自从冉述、苏安怡离开这个校区后，他的零食水准也下降了。

他回头看了看王教练说道："侯陌要是毕业了你也挺舍不得吧？"

"我巴不得他飞黄腾达，到时候我能出去吹，这小子是我教出来的。"

晚上侯陌和随侯钰视频，随侯钰听到这个比赛后还挺感兴趣的。

"比赛在哪里啊？"

"具体没定呢，布里斯班、悉尼和墨尔本都有可能，你要是来参加，我们俩也算是公费旅游了。"侯陌在视频那边晃着报名表格。

随侯钰看看自己的笔记，再看看视频里的侯陌，最后还是决定去参加："好，我和你一起去。"

"那我帮你填表格了。"侯陌兴奋地拿着表格，开始工工整整地填写信息，把随侯钰那份也给填了。

随侯钰在侯陌填表格的时候，心里开始掂量，他多熬几个夜去学习，这二十几天的进度也能赶上。

如果他不参加，侯陌会非常失望吧？

就在他思考的时候，有人敲他寝室的门，门敲得很急。

他起身去开门，门外的人对他急切地说道："钰哥，冉述他爸来学校了，正往外拽人呢。"

随侯钰当即一慌，没来得及和侯陌打招呼，便朝着冉述的寝室跑过去。冉述的寝室和他的在一栋楼，却不在同一楼层。

他快步上了楼，看到冉爸爸拽着冉述往外走，嘴里还骂骂咧咧的。冉述非常不愿意，一个劲儿地挣扎，看到随侯钰之后赶紧叫道："钰哥！钰哥！"

随侯钰赶紧拦住冉爸爸："叔叔，您有话好好说，他怎么了？"

冉爸爸看到随侯钰就不爽，冷着声音回答："他怎么了？！他离家出走这么长时间，还好意思问怎么了？"

"离家出走？"随侯钰并不知道这件事情，诧异地看向冉述。

冉述现在不知道该怎么解释，模样有点难堪。

冉爸爸本来就讨厌随侯钰，现在在气头上，看到随侯钰更加来气，说道："你少在我眼前晃，我看到你就来气，你和你妈都不是什么好东西，冉述走上歪门邪道少不了你的功劳。"

随侯钰被人指着鼻子骂，多少有点难受。

好在他理智还在，只是想要拦住冉爸爸，最起码不能让其带走冉述："您先松开他，有什么事情找个地方好好说行吗？"

"你给我滚蛋！"冉爸爸干脆一脚踢向随侯钰，想要将他踢开，省得他挡路。

随侯钰被踹得一个踉跄，疼得他蹙眉，发狠似的看向冉爸爸。

对方是冉述的父亲，他还算是谦让，完全是看在冉述的面子上。但是他骨子里是带着烈性的，真的被触犯了，不管对谁都会发怒。

冉述看到随侯钰紧握拳头，似乎要跟自己父亲动手，纠结了一会儿甩开冉爸爸走过去劝随侯钰："钰哥，算了，他、他要带我去做亲子鉴定，做就做吧，早晚得有这么一遭。"

随侯钰看着冉述半晌，想说什么却说不出，整个人气得发抖。

他只是执拗地握着冉述的手腕不松开。

他可以不打冉述的父亲，被踹了也可以强行忍着，但是他不能接受冉述被带走。

冉爸爸似乎被随侯钰的目光激怒了，一边骂一边又踹了他几脚："你松开！拽着他干什么？像个神经病一样，还天天和他在一块。你眼神怎么回事？还想跟长辈动手是不是？你就应该被关进疯人院！"

冉述拦着他爸："有什么冲着我来，打他干什么？！"

冉爸爸很快把矛头转向冉述："你还推我，反了你了！"

冉爸爸刚抬起手就被随侯钰握住了，随侯钰甚至像拎小鸡一样地将他给拎了起来。

踢他他可以忍，动冉述不行。

冉爸爸当即慌了,他仗着是长辈,随侯钰不敢碰他,但是如果随侯钰发起疯来他也害怕。

冉述看了看随侯钰的样子,再看看周围围观的学生,生怕自己爸爸口无遮拦把狂躁症的事情说出来,只能挡住随侯钰,小声道:"钰哥,你别动手,没事的,这次我留个心眼,他要是想把我送走,我就找机会跑,大不了砸了机场,让他们给我关起来,赶不上航班我就走不了了。"

随侯钰十分不甘,看到冉述要哭了才罢休:"有事记得联系我。"

"嗯。"冉述跟着冉爸爸走的时候,看到熟悉的人交代道,"找苏安怡来,让她看着钰哥。"

冉述最后还是跟着冉爸爸走了。

坐上车后,冉爸爸还在骂:"杨湘语那娘们帮着你妈妈出轨,她儿子能是什么好东西?她儿子是个神经病就是她的报应!你还天天和他混在一起,真不知道你脑子是怎么想的。"

冉述靠着车子座椅,有些颓然地看着车窗外,不愿意听他爸爸说话。

他不傻,这世界上谁对他是真的好,谁对他不好他分得清楚。

他的父母都没有随侯钰对他一半好。他和随侯钰关系好,也是真心换真心,互相陪伴走过那段最黑暗的日子。

酒肉朋友随时可以丢,但是共患难过的,就算许久未见再次重逢,都是最珍贵的存在。

他的结巴也要"归功于"他的爸爸。

如果没有家里那些破事,他也不至于变成现在这副样子。

冉述偷偷拿出手机来,正好聊天界面就是和随侯钰的。

刚才他爸过来,他就想给随侯钰发消息来着,只不过情况不允许,消息没发出去。

冉爸爸扭头看向冉述,看到冉述居然还在用手机聊天,当即伸手抢来冉述的手机,快速看了一眼手机界面,接着打开车窗,直接把冉述的手机丢了出去。

冉述探头去看,眼睁睁地看着手机摔在了路上,又被行驶过来的车辆碾得稀碎。

他的心彻底凉了。

冉爸爸看着冉述失魂落魄的样子冷笑:"我把你当儿子才管着你,要不然你爱怎样就怎样,我还懒得管呢!"

"我离家出走快一年了您不管我,想做亲子鉴定了才想起来我这个儿子?"

冉爸爸听到冉述不卡壳的反驳,气得额头青筋暴起,抬手就是一巴掌扇过去。

冉述被打得一歪,吞咽了一口唾沫,尝了一嘴咸腻的血腥味。

侯陌在填写表格的中途,便注意到随侯钰起身去开门,开门后说了什么,他根本听不清。

他看到随侯钰出了寝室,甚至连寝室的门都没关上。

他迟疑了一会儿,没在意,只是继续填写表格。

过了一会儿,随侯钰终于回来了,回来后坐在床铺上呆坐着也不说话。

侯陌从视频里只能看到随侯钰一个肩膀,不由得担心地问:"钰哥,怎么了?"

随侯钰没回答。

他不死心地又叫了几声:"钰哥,钰哥!"

就在他非常迷茫的时候,苏安怡居然出现在了随侯钰的寝室里。

"哪儿受伤了?我看看。"苏安怡关上寝室的房门后说道。

侯陌这次听到声音了,赶紧问:"受伤了?怎么了?"

苏安怡听到侯陌的声音有点意外,看了看才注意到在手机支架上的手机,解释道:"冉述爸爸来了,钰哥和冉述爸爸起了冲突,好像受伤了,你别着急,我先看看。"

"嗯!"其实侯陌很想问问发生了什么,但此时还是先看看伤比较好。

苏安怡走过来,看着随侯钰阴沉着脸不理人,只能安慰:"钰哥,你别担心,冉述很机灵,应该没什么事。"

"但是他父母不是人!"

"再怎么说也是他父母。"

"是不是亲生的都不知道……"

"……"苏安怡也不知道该说什么好了。

侯陌在视频那边急得团团转，一个劲儿地问："怎么了？"

随侯钰依旧是冷淡的态度，低声回答："没事。"

"算了，我直接去你们那儿一趟。"

"你过来也没用，冉述已经被他爸带走了。我这边也不会再有什么事了。"

"你受伤了？"侯陌问的时候喉咙都在发紧，"你今天心情不好，情绪不稳定肯定睡不着。"

侯陌最担心的就是这些。

一个是随侯钰睡不着的问题，一个是他的臭脾气，如果惹事了会非常麻烦，自己还不能第一时间过去帮忙。

随侯钰这才起身，扯起衣服看了看。

胯被踹了几脚，现在已经青了，其他的地方没有什么问题。

侯陌凑到屏幕前去看，最终还是坐不住了，拿着手机开始收拾东西。

这时随侯钰刚巧看到了冉述发来的消息。

侯陌拿着手机回到寝室，在寝室里看书的桑献听到了手机里的声音，奇怪地看侯陌动作特别快地收拾包。

手机里继续传出随侯钰的声音：

"我给他回消息了，他不回了。"

"现在和他爸爸在一起吧，能打电话吗？"

"如果他还安全会立即挂掉。"

"我试试看。"苏安怡似乎是在试图给冉述打电话，结果听到了关机的提示音，"冉述关机了，怎么办？"

"如果他的手机被抢走了，一时半会儿联系不上我们，我们根本不知道他那边什么情况。"

桑献站起身来问侯陌："怎么回事？"

"我去一趟那边的校区，冉述似乎出事了，你去不去？"

桑献很快点头："去，我让家里的车过来。"

侯陌已经拿完了东西，回答道："你家里的车过来还得一个小时，我直接打电话给附近的熟人，让他们过来接。"

侯陌和桑献两个大个子，挤在一辆紧凑型的小破车里艰难地进城，全程都不太舒服。

这边随侯钰涂好了药，开始束手无策。

知道这两个人要过来，随侯钰只能让苏安怡先回去休息，他一个人去接。

侯陌和桑献到了原青屿校区，绕着学校走了一圈后到了后墙，看到随侯钰披着衣服跑过来说道："从这里跳进来吧，踩这个地方。"

两个大个子男生跳墙还是很利索的，进来之后，桑献便问："冉述怎么样了？"

"目前联系不上。"

桑献蹙眉："到底怎么回事？"

"先和我回寝室。"

随侯钰带着这两个人回了自己的寝室，桑献一个人坐椅子，随侯钰和侯陌坐在床上。

不算大的单人寝室，因为三个大男生而变得拥挤起来。

回到寝室后随侯钰又给冉述打了一个电话，依旧在关机的状态，这才回答："冉述被他爸带回家了，看样子是家里的事情闹起来了。"

桑献一直非常迷茫，不知道冉述家里到底是什么情况，不由得着急地问："他家里到底怎么回事？"

随侯钰斟酌了一下，知道这件事情瞒不住了，才回答："他从小就知道自己妈妈出轨，出轨的对象是我舅舅。我妈妈和他妈妈是多年好友，每次他妈妈都说是和我妈妈一起出去，其实是去见我舅舅。

"哦，值得一提的是，我舅舅也有自己的家庭。"

侯陌听得目瞪口呆，只能在心里感叹一句：贵圈真乱。

桑献倒是不觉得惊讶，似乎他们这个豪门圈子里，八卦多的是，他早就见怪不怪，只是事情发生在自己朋友、搭档身上，让他一阵难受。

随侯钰继续说："冉述早熟，从小就知道自己妈妈和我舅舅是什么关系，但是不敢和他爸爸说。主要是他长得像他妈妈，没一点像他爸爸的地方,他甚至怀疑自己不是爸爸亲生的。

"我舅舅……渣男一个,全靠我妈妈扶持,这么多年都没什么正经工作,在我妈妈公司挂个职,从我妈妈那里要钱花。

"冉述特烦我舅舅,所以不想去我舅舅那里。再加上小时候下意识地不想父母离婚,觉得那是天塌了的事儿,就帮着隐瞒。但是他见到他爸爸,一撒谎就会结巴,后来怕露馅,干脆平时说话也结巴。最开始只是为了隐瞒,结果装着装着改不过来了。"

桑献算是知道冉述是怎么结巴的了,想想还有点心疼。

爹不疼娘不爱的,家里能给的只有金钱,让冉述有了有钱至上的扭曲三观。

听说,是六岁以后才变成结巴的。

看来是六岁的时候知道的这件事情,那个年龄做出的决定也真的会是这样简单。

"所以是他爸爸发现他妈妈出轨了?"桑献问。

随侯钰点头:"嗯,冉述说他爸爸要带他去做亲子鉴定,估计是闹起来了。他爸爸一向不喜欢我,现在知道妻子出轨我舅舅,我妈妈是帮忙打掩护的,会更厌恶我。"

一直沉默的侯陌突然开口:"那也不能动手打人啊!"

他到现在都憋着一口气呢,甚至想去给冉爸爸套麻袋。

桑献在路上就给冉述留了言,却一直没有得到回复,一时间有些无所适从,问道:"那现在呢,该怎么办?"

随侯钰也很着急,但是没办法:"我不知道。我打听了,冉述他们没回冉家,不知道去哪里了。他妈妈现在和我妈妈在一起,冉述他爸妈似乎是在闹离婚。"

寝室里三个男生陷入了沉默。

让所有人没想到的是,再次见到冉述已经是三天后了,并且是在原枫华校区。

有人看到冉述来了学校,特意去通知了侯陌他们,他们队里的好几个人都匆匆赶来,聚集在欧阳格办公室门口。

他们透过窗户往里看,冉述匆匆回头看了他们一眼后便转过头去,不敢再看他们了。

眼圈似乎有些红,眼睛肿得都没平时的眼睛大了。

邓亦衡指着自己的嘴角小声说:"冉述这里肿了吧?被打了?"

桑献听完打算直接推门进去。

欧阳格注意到了他们,沉着脸走出来,对他们说道:"滚回教室去。"

桑献不肯走,说:"他怎么了?"

"他没事。"欧阳格说完心情也不太好,似乎也憋着气呢,却不能和这群臭小子说,"你们回去,侯陌你看着他们,让他们都别惹事。"

侯陌也有点担心,跟在欧阳格身边问:"不是,格格,什么情况啊?为什么……为什么在和王教练说话?而且旁边那位是给我发过奖的领导吧?来这儿干什么?"

欧阳格被侯陌问得一阵无奈。

侯陌太聪明了,看一眼就发现了不对劲。

见欧阳格不说话,侯陌的脸瞬间沉下来,问道:"扯钰哥身上来了?"

之前担心的事情来了。

冉爸爸这边不开心,惹他不开心的人都别想好,随侯钰算是首当其冲。杨湘语那边商场上见,她儿子也得收拾了。

欧阳格只能推人走:"你先回去。"

"我不!"侯陌难得不听话,倔得像头驴。

"那你先让他们回去。"

其他人你看看我,我看看你,最后都走了,只留下了桑献和侯陌。

欧阳格看着这两个学生也是头疼,他也正好不想进去了,进去旁听还来气,于是说:"那一起等随侯钰过来吧。"

"钰哥过来?"侯陌知道自己是猜对了,心里一阵难受,声音微微发颤地问,"会怎么处理?"

欧阳格沉声回答:"其实文件已经下来了……隐瞒病情,禁赛三年。"

在随侯钰看来,网球可以当成是业余爱好,的确没有那么重要。

但是自己为了高考暂时搁置网球,和被禁赛是两种完全不同的概念。

侯陌和随侯钰还打算到了大学之后继续参加网球双打比赛呢,现在禁赛了,黄金期也就那么过去了。

人这一生有几个三年?

而且,以后这个圈子里提起随侯钰,会想到的也是狂躁症。

加之随侯钰上一次骂战树敌很多,说不定那些人也会借题发挥。

这些暂且不提,光随侯钰自己能不能承受都是一个问题。

他是一个受不得任何委屈的人,如果遇到这些事情,会不会复发?

狂躁症是复发率很高的病症。

最可怕的是它没有什么有效的预防方法。

侯陌随便想想便觉得难受,声音都在发颤:"没办法了吗?"

欧阳格也很难受:"刚才我旁听了一会儿,王教练也在努力争取。但是那边态度强硬,如果这边不严惩,冉述他爸还会闹大,想改变估计有点难。"

"可是之前王教练去问过,也报备过啊!"

"确实跟他们提过,但是他们非得说没有写过书面文件,不作数,还是隐瞒既往病史。"

侯陌从口袋里摸出手机来想联系随侯钰,想了想后又问:"钰哥已经知道了?"

"只是让他先过来,他还不知道具体的情况。"

侯陌红着眼圈在走廊里独自踱步,最后扶着走廊里的栏杆让自己冷静下来。

桑献看了看侯陌,再次朝办公室里看,低声问:"冉述很内疚吧?"

欧阳格语气沉重地回答:"嗯,和王教练谈的时候也在努力帮忙劝说,不过……他爸爸不讲理。"

桑献也看到了,冉述眼睛哭得都要睁不开了。

冉述原本的眼睛明明那么大。

平日里冉述护随侯钰护得厉害,现在却因为自己害了随侯钰,不难受就怪了。

其实这件事到最后最难受的不一定是随侯钰,更有可能是冉述。

因为自己,伤害了自己最在意的人,这种愧疚感会一直折磨着冉述。

这个时候，领导开门出来，看了走廊里的几个人一眼，继续朝外走出去。

王教练还想挽回，追着他继续说道："他真的是一个好苗子，这可能会断送了一个人才的未来啊……您再考虑一下，队员还没到呢，您看看就知道了，是个聪明的孩子。"

王教练说着，也跟着看了看侯陌他们，眼神示意侯陌他们不要捣乱，独自跟着领导走了。

这时，办公室里传来了冉爸爸的骂声："什么叫我满意了？那小畜生本来就是有病的，参加比赛对其他人来说不公平，他都不会觉得累！和吃了兴奋剂有什么两样？呵，我要不是去问了小宗，都不知道你们在学校这么风光呢！"

小宗是冉家亲戚家的孩子，和冉述是同校的。不过冉述看不上那小子，两个人平日里也没什么来往。

这次那小子跟冉爸爸说了不少他们在学校里的事情，冉爸爸很快想到了法子，跑去有关单位举报了随侯钰。

冉述气得一边哭一边吼着问："关他什么事啊？！他什么都没做！他自己也不想得病，他和他妈妈都不说话，你把他扯进来干什么？"

"呵，你趁机和那小子彻底绝交了，你是我儿子，就得彻底和那边断了，我也算是帮你绝了后患。你再和那小畜生做朋友，我就天天去搅和去，反正我已经没脸了，谁也别想好！"

亲子鉴定结果已经出来了，冉述是冉爸爸的亲生儿子，但是这并不代表冉爸爸会消停下来。

冉述气得连自己亲爹都骂："你就是有病，你被出轨都不可怜！"

"怎么和你老子说话呢？"

冉爸爸抬脚便踹了冉述一脚，踹得冉述撞到了架子。

王教练没有自己的办公桌，只有一个小架子，于是架子上堆了一堆东西，连一些器械也被放了上去。装筋膜枪的是一个木头的盒子，十分结实，边角分明锋利，被撞得掉下来后刚巧砸在了冉述的头顶，瞬间砸得他头破血流。

冉爸爸看到冉述受伤愣了一下，想要走过去看看，还没走过去，突然被人拽着衣襟拎着转了一个身，接着是抡圆了的拳头砸在脸上。

这一拳便让他眼前一黑,人也跟跄着跌倒,那人却没放过他,跟过来一脚一脚地继续踹他。

"你……你是谁啊?住手……啊啊,学生?你有没有点礼貌?对长辈动手?"冉爸爸眯起眼睛只能看到运动服和运动鞋,大声质问起来。

回答他的是低沉的男声,标准的低音炮:"老子是你爷爷!老子揍你是教训晚辈!"

冉爸爸似乎认出来了,问道:"桑献?"

回答他的是又一脚。

欧阳格作为老师需要跟进来拉架,如果是他,一群学生打群架他都拉得开。

这次看到桑献揍冉爸爸,他只是伸手拽了几下桑献的衣角:"别打架,住手,你住手。"

桑献当然不肯停下。

侯陌其实也想跟着去踹几脚,但是桑献已经气疯了,他只能过来看看冉述的情况。

也好在他理智尚存,冉述的情况确实不太好。

"流这么多血?伤口在哪儿我看看,是不是得缝针了?这里离医院远,叫救护车等太久,我找车带你去医院。"

侯陌说着拿出手机想要联系人,却看到又有人进入办公室,站在门口看着他们。

随侯钰突然被叫到原枫华校区来,路上就想到了很多种可能,每一种都不太美好。

刚才他在楼下遇到了王教练和另外一位领导,跟着说了几句。

似乎见他也不会说话,王教练没留他,让他先去办公室等。他只能一个人上楼来,刚刚到场就看到这么一幕。

桑献已经被欧阳格拉开了。

侯陌扶着冉述,正在快速联系车。

冉述恐怕是在场最惨烈的,他用手捂着伤口,血还是从指缝里流出来,流了一手,还在往袖子里漫延,场面看起来触目惊心。

偏偏他们看到随侯钰之后居然更慌。

冉述只能睁开一只眼睛，对侯陌说道："你联系你的。"接着朝随侯钰走过去，"钰哥，你……"

"我陪你去医院。"随侯钰只说了这样一句话。

"嗯。"

随侯钰又看了一眼冉爸爸，拳头握得紧紧的，努力控制自己的脾气，却还是气得发抖。

这种暴力狂父亲，对自己儿子下手都这么狠！

随侯钰最见不得冉述受到任何伤害。

冉述又要哭了："钰哥，走吧，我求你了……"

他怕随侯钰继续生气下去会犯病。

随侯钰发现自己喉咙发紧，声音都有些不自然："你的头……"

冉述忍着眼泪回答："我没事。"

其实都要疼疯了……

桑献被拉开，想看看冉述也被欧阳格拦住了："你先别碰他，等车过来。"

冉爸爸眼睛充血，完全是被桑献揍的，却还在狰狞地笑："你们都别想好，都别想！小畜生我告诉你，你好不了了，你继续跟他当朋友一天，我就搞得你不得安宁一天！"

侯陌已经联系好车，把手机放进口袋里，朝着冉爸爸的面门踹过去："闭嘴吧你。"

这一脚很重，冉爸爸的身体重重倒地。

侯陌见欧阳格要过来拦他，赶紧说道："老师，你拦住桑献，这小子下手太狠了。"说完走到冉爸爸身边，朝着他的胯踹过去，都是他踹过随侯钰的地方。

踹完了，侯陌没事人似的走到了桑献身边："都说让你下手别那么重。"

桑献看着侯陌说道："行，我顶着，我一个人打的。"

"嗯。"侯陌点头。

这样，侯陌的奖学金还能保住。

欧阳格看着这个场面，愁得直揉脸，说道："我送冉述去医院，你联系的人送他爸去医院，两拨人分开，省得再有矛盾。"

侯陌看着所有人都跟着冉述走了，就留他一个人和冉爸爸，不由得有点气。

到头来还得他来送这货去医院？

在医院的时候，侯陌一直在想办法，希望能找人去求个情。

就算不能取消处罚，也别大张旗鼓地发公告出来，大不了就说随侯钰自己不想继续打网球了。

高考是一道分水岭，青少年组在毕业后还坚持打网球的只有二分之一。

一部分人只是为了上一个好大学，到了大学里也不一定有高中的时候拼了。

侯陌联系了集训营的黄教练，黄教练门道比较多，和很多人都交好，之前看中侯陌，直接推荐给国家队了。

要知道，他可是连省队都没进呢。

黄教练知情之后也气得不行："这么好一个苗子，这么就给扼杀了？你别着急，我打电话去问问。"

冉爸爸悠悠转醒，看到侯陌之后一愣，又去看周围，开口便骂："浑蛋东西！动手打人？！我现在就报警，让你们全都毕不了业。"

侯陌看了他一眼，有点无奈："冉述平时也爱骂人，现在我突然觉得他骂人也挺可爱的了。你看看你，标准的无能狂怒。"

"说什么呢你？"

"你自己回忆回忆，你被揍，你儿子都没拦一下，你现在躺在这里，你儿子就在同一家医院，也没来看你一眼。你已经众叛亲离了，不好好和你儿子处好关系，搞得你儿子也烦你，你图什么呢？你知不知道你做了让你儿子最难受的事情？你们父子之间就别想重归于好了。"

冉爸爸听了侯陌说的话有一瞬间的诧异，却还是恶狠狠地骂："我的事情轮不到你来教训。"

"你就作吧，作到最后你看看你能讨到什么好。"侯陌也懒得说，整理了东西起身离开，"你要报警就报吧，桑家的律师团很快就到了，你们处理，我回去上课了。"

侯陌说完就走，也不想多待。

冉爸爸咬牙切齿地看着侯陌离开，躺在床上气得直喘粗气。

他拿起手机来，要在杨湘语的伤口上撒盐。

侯陌走进冉述的病房，朗声说道："他爸要报警了。"

桑献坐在床边回答："没事，我爸的秘书可以摆平。"

"他好像不缺钱，你家能拿钱摆平？"侯陌环视了一眼，病房里没有多余的椅子了，只能站在随侯钰身边，伸手捏了捏随侯钰的肩膀。

冉述的头顶缝了针，正哭呢。

缝针的地方在长头发的位置，以后就算有疤，在头发的遮挡下旁人也看不到。

但冉述还是哭，头顶被剃秃了，他觉得天都要塌了。

年仅十八岁的地中海。

听到侯陌问的问题，冉述也跟着说："我爸特别能胡搅蛮缠，人品不怎么样。"

冉述他爸，标准的坑爹纨绔富二代，当初就因为为人浑蛋搞过不少事情，好几次差点进去。

桑献瞥了冉述一眼，轻轻咳了一声，说了自己都觉得尴尬的话："天凉了，让冉氏破产吧。"

非常霸总。

冉述本来愁眉苦脸的，听完这句话又哭又笑的，麻药劲过了头皮还疼，颇为纠结。

桑献也是拼了。

随侯钰看了冉述一眼，看他状态还不错，也放心了一些。

不过他还是有些沉默，一直没说话。

侯陌对随侯钰说道："我求了集训营的黄教练，他会打电话过去，希望有点效果。"

"无所谓，其实也没那么重要。"随侯钰低声回答。

侯陌马上跟着说："嗯，对，没多大事，你就别管了，我去处理就行。"

这时，随侯钰的手机突然振动起来。

他看到来电显示有点意外，居然是他那个常年失联的亲爸。

他接听之后听到了随凛特别"阳光"的声音："你妈给你找的继父，是骗婚？"

"呃……您怎么知道的？"

"哦……真是啊？嘿嘿……呃……"随凛强行忍住笑，接着继续说，"闹得可厉害了，我都听到消息了。冉述他爸闹的，真丢人，互咬。"

随侯钰还不知道这些事情呢，有些诧异，不过还是很快平静下来："哦……"

"嘿嘿……"随凛没忍住，又一次笑出声来。

随侯钰也是服了自己的亲爹，也不是什么好人。

随凛场面话还是会说的："你不用担心，你不是要成年了嘛，到时候爸给你买套房子，你出来住，啊！别担心，你还有一个亲爹呢，就算你妈破产了，我一个人也养得了你。"

"爸，我成年半年多了。"

"啊？是吗？哦……"随凛轻咳了两声，"没事，作为补偿，爸给你买两套。"

"哦，好，最近有朋友照顾我，我们住得近，生活上您不用担心。"

"谁啊？冉述？"

"是安叔叔的儿子，安南淅。"

"谁？安……安哥的儿子？你见到安哥了？他最近挺好的？"随凛的态度瞬间变了。

"他前几年救人牺牲了。"

电话那边沉默了好一会儿，突然传来了随凛的哭声。

这情绪转变很突然，前几分钟还会忍不住笑出声来，现在改为了哭。

随侯钰自己也很烦，还要安慰他爸爸别哭了，头越来越疼。

"安南淅在你身边吗？"随凛问。

"嗯，在呢。"

"你把电话给他。"

侯陌奇怪地伸手拿过电话，小声问："随叔叔？"

"嗯。"

侯陌赶紧接过来说："喂，随叔叔。"

"南淅啊，安哥他怎么没的，跟叔叔说说。"

"是前几年在游轮上玩，救人的时候……"侯陌拿着手机走到角落，耐心地跟随凛通话。

两个人聊了一阵，随凛哭爹喊娘的，号哭的声音都从话筒里传出来了。

侯陌也有点尴尬，只能耐心安慰。

"我缓缓心情，以后见面聊吧。"随凛说完便挂断了电话。

侯陌把手机还了回去，和随侯钰说："叔叔哭得挺厉害的。"

"嗯，安叔叔以前救过他的命，他一直记着呢。他虽然渣，但兄弟义气方面还不错。"这是随侯钰唯一认可随凛的一点。

随侯钰把手机放在一边，对冉述说道："你爸爸把我妈妈和继父的事情到处散播，事情闹大了。"

冉述扯着嘴角冷哼："他倒是没闲着。"

侯陌站在一边说道："早就提醒过她，结果还是通过这么难堪的方式知道了真相。"

随侯钰的表情有点麻木："我妈妈不会善罢甘休的。"

冉述跟着点头："嗯，最好他们之间多战几个回合，别来我们这里搅和。"

随侯钰抬头看向他："结巴好了？"

冉述这会儿才回过神来，随后笑了："我心里有事，一直帮忙瞒着，觉得自己不地道，所以一直结巴。现在事情已经曝光了，我也莫名其妙地就好了。"

"那也挺好的，艺考能正常进行了。"

"哪有那么好考？我耽误了……真想考说不定得复读……"冉述有点沮丧。

"那就复读。"随侯钰的回答言简意赅。

冉述一怔，随后点了点头。

这时，手机振动起来。侯陌拿出来看到是王教练打来的，赶紧接通："喂。"

"随侯钰的手机怎么一直占线啊？"

"他爸爸刚才打来电话了。"

"你和他在一起吧?让随侯钰来一趟省体。"

"为什么去那儿?"

"我和你找的黄教练争取到机会了,如果他表现得好,可以改结果,不过不是比双打,是比单打。当然,这也是有前提的,这些我们以后再说,反正先赢了这一场。"

侯陌激动得眼泪都要下来了:"好,知道了,对手是谁?"

"刘墨。"

挂断电话,侯陌很快拿起自己的东西,对随侯钰说:"我们先回去取拍,接着去省体,如果你比过刘墨,说不定能改变处罚结果,我陪你去,走。"

这个结果随侯钰也觉得很意外,不过还是很快起身跟着走了。

冉述听到之后眼睛都亮了,急急地跟随侯钰加油:"钰哥,加油!"

等这两个人走了,冉述才问桑献:"刘墨好打吗?"

"别看他一直被侯陌压制,但是他的实力不弱,如果没有侯陌,他也是有实力角逐全国第一名的选手,省体的队长不是白当的。"

"他……他会不会让一让钰哥?"

"如果他的学校给他施压,或者赢了就送国家队,你觉得刘墨会让吗?就算刘墨真的让了,你当看球的都是傻子?"

随侯钰和侯陌这一路都很狼狈,全程都在赶时间,但是路途远又无可奈何。

随侯钰的球拍带到了原青屿校区,但是合适的运动鞋都在原枫华校区侯陌的床底下。他搬走的时候,侯陌把他的球鞋都留下了,打算抽空全刷了,当时根本没想过会发生这样的事情。

新鞋磨脚,这场比赛还很重要,两个人最后又跑了一趟原枫华校区。

两个人到了省体后,侯陌也不敢休息,一个劲儿地帮随侯钰热身,毕竟随侯钰已经落下训练有一阵子了,肌肉唤醒需要时间,还要适当。

这个度要把握好,王教练不在他们身边,只能侯陌帮忙拿捏。

刘墨拎着球拍晃晃悠悠地走过来问侯陌:"贱猴,什么情况啊?突然就把我叫来比赛,我整个人都是蒙的。"

侯陌也不能说出这事,毕竟刘墨是个大嘴巴,只能回答:"就是想挑战你了。"

"嘿，你们这么看重我吗？"刘墨当即乐了，"选我就对了。"

"你们这室内场地也不暖和啊。"侯陌看着训练场有点发愁。

比赛的时候只能穿短袖上衣和短裤，在这么冷的地方比赛挺遭罪的。

刘墨一阵不爽："还没到供暖的时候呢，这场地也用了十来年了，到处漏风。哪像你们枫华，哎，不对，枫屿啊，有钱，有舒舒服服的中央空调。"

"酸不酸呢你，你们平时怎么训练的？"

"穿裤子啊，上身半截袖，练着练着就热了。和集训营似的，全靠自身储备的能量。"

随侯钰在场地边蹦了蹦，简单地活动关节。

他准备的期间一直沉默，倒是回到了最初冷漠少年的模样。

侯陌看着他，暗暗担心。

刘墨本来笑着要和随侯钰聊几句，见随侯钰不搭理自己，于是小声问侯陌："他一向这样吗？"

"对，冷着脸要微信号的人能少点。"

刘墨当即露出"慈祥"的微笑："呵呵。"

刘墨走在路上，最多的是二三十岁的男人过来跟他搭讪："哥们，肌肉怎么练的？"

省体还有其他项目的学生，不知道是听说了什么，纷纷来体育馆里围观，可惜看的都不是刘墨，而是他的对手。

"太帅了。"

"比相片上好看！"

"我不想练排球了，我想打网球！"

传说中的网球男神侯陌，还有那个因为帅而上头条的随侯钰都来他们省体了，他们肯定得尽尽地主之谊，送上他们贪恋的目光。

帅哥，就要用来观赏……

以至于刘墨都没有主场优势，这些人都在等着给随侯钰加油呢。

又在场地边等了一会儿，刘墨问他们："一会儿在我们这儿吃饭不？我请你们。"

侯陌乐了:"这么大方。"

"真的,我们食堂的菜你们全点了,我们三个人一顿饭也超不过150元。"

"行,一会儿试试,但你要是让我们家孩子不开心了……"

"肯定不开心啊,打不过他我还怎么混?这是我地盘,我不是丢人了吗?"

"你可以……"

"不行!"刘墨乐得不行,仿佛这么多年憋的气,今天都能还回去了,直截了当地拒绝了。

侯陌也不能明说,只能认命地点了点头。

本来应该是他遭的报应,却报复在随侯钰这里了。

"不用让。"一直沉默的随侯钰突然出声,目光扫过刘墨,再次开口,"你可以拼尽全力,我也不会手下留情,这是对对手的尊重。"

刘墨当即点头:"这脾气我喜欢。"

第十一章

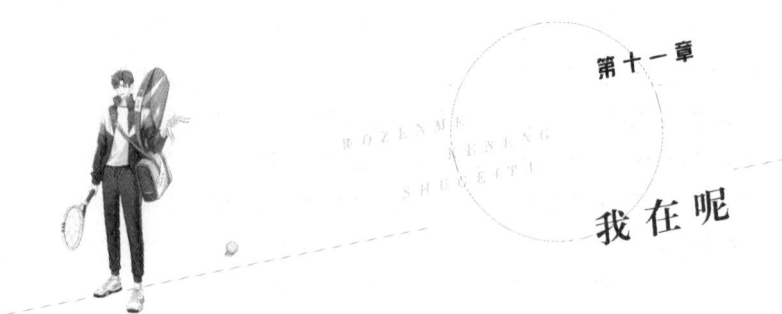

我在呢

比赛开始，随侯钰一开场就打得很冲。

刘墨是力量型选手，力量方面能和他打得旗鼓相当的人很少。侯陌那个逆天全能型算一个，桑献也算一个，全国青少年组满打满算，有这种力量和爆发力的不超过十个。

今天刘墨算是长见识了，第一次见识到这么纤细的身体能打出这么充满力量感的球来。

之前都是看随侯钰和侯陌搭档着打双打，没真的和随侯钰对阵过。

在刘墨的印象里，对随侯钰的定位顶多算是网前截击型和速度敏捷型。

今天真的对阵单打，才发现随侯钰的力量是真的不错，有几次发球是直奔 220 公里 / 小时去的，打得刘墨的斗志也上来了。

和刘墨对阵，随侯钰倒不至于吃不消，毕竟之前也和桑献对阵过。平日里练习时，他的对手通常都是侯陌。

侯陌平日里做陪练比较多，被揍得狠了，也会和随侯钰认认真真地对阵两局。

所以他现在比得也算是有模有样。

一个接发后，球奔着刘墨打了一个追身。

刘墨狼狈地躲开，这球结束后他也不和随侯钰说话，满场地找侯陌继续絮絮叨叨："你这搭档下手可真狠。"

"你可闭嘴吧，话那么多呢？"侯陌听完都无奈了。

"又不是正式比赛,切磋嘛,搞得那么正经。"刘墨说完拎着球拍又回去了。

回去后他重新站好,一抬头,看到二楼栏杆旁边突然多了几个人。

体育局领导,还有他们校长和教练,他突然一慌。

这就跟班主任突然出现在教室窗户边往里看似的,弄得刘墨一阵心虚。

这是咋的了?

再看看侯陌,也是沉着脸,时不时还会指点随侯钰两句。

看随侯钰的架势,绝对是熟悉了他的习惯打法,所以才一直在针对性地克制他。

这群人都太认真了,只有他一个人嬉皮笑脸的,反倒显得格格不入了。

刘墨趁交换场地的间隙,找侯陌说话:"我不知道你们到底怎么了,但是我不能瞎打了,我校长都来了!"

"嗯,你打你的,毕竟你也不一定能赢。"

"嘿,我就来气了……"刘墨晃晃悠悠地回去,走回去才反应过来换场地了,赶紧小跑着过来。

侯陌看着刘墨都气笑了。

随侯钰错愕地看着刘墨跑到对面,顺势看向侯陌。

侯陌对他用口型说:别紧张。

他点了点头。

其实省体的校长也不知道究竟发生了什么事情,只是看到体育局领导来了,过来陪同的,甚至没问出来这些人突然过来是为什么。

体育局领导并不愿意蹚浑水。

他们最怕的就是出事,尤其是随侯钰这样的定时炸弹。如果真闹大了,就是一则负面新闻,他们都需要担责任,一个停职查办就够他们受的。

禁赛三年的后果是什么,他们也清楚,几乎是荒废了一个年轻的选手。

斟酌之后,他们还是想保险起见,牺牲一个孩子,保全大局。

但是王教练一直不肯罢休,显然非常看重这名选手。

就连黄教练都打电话过来,说他们要废了一个好苗子,毁掉国内网球希望,扣了好大一顶帽子。

在他们看来，只会网球双打的球员价值不高，放弃也就放弃了，没什么大不了的，不明白这群人为什么这么在乎。

尤其是见过随侯钰一面后更觉得，这长相就不是一个正经打网球的，闹着玩呢？

随侯钰不过是靠自己的队友带起来的，没有侯陌他什么都不是。

可是这两位一再坚持，他们也动摇了，准备再给随侯钰一次机会。

如果随侯钰能打过刘墨，且之后检查各项指标正常，可以更改处罚。

找刘墨作为对手，这个决定可以说是真的狠，刘墨可不是轻易就能打赢的。让专门训练双打的选手去和单打领域排名前几的球员对阵，简直就是强人所难。

结果，随侯钰和刘墨对阵的第一局，便进入了抢七局的状态。

随侯钰不但没有被碾压，还能和刘墨打得不分高下。

当然，刘墨最开始确实轻敌了，给了随侯钰可乘之机。

加上侯陌和刘墨是老对手，把刘墨的路子摸得清清楚楚的。随侯钰本身也是学霸，加以利用也能对阵一二。

但是，没有绝对的实力，也没有办法坚持到抢七局。

刘墨没打算放水，打得颇为卖力，尤其是校长、教练都来了之后，更是进入了正式比赛的状态当中。

随侯钰握住球拍，做了一个深呼吸。

他是肉眼可见的紧张，之前比赛时的心理压力都没有此刻大。

他知道，他要为自己争取一次，还有就是，让侯陌他们放心。

最重要的是，他如果能够改变处罚，冉述的心理负担能减轻一些。

为自己，也为在意他的人而战，意义非比寻常。

重新睁开眼睛后，他按照侯陌之前教过自己的方法，将整个球场想象成一个立体空间，这个空间内每一个位置，都可以加以利用。

而刘墨，就是这个空间中他需要去应对的人。

对刘墨每一次挥拍，无球跑动时的方向和行动轨迹，加以分析，接着预判。

当预判到达一种程度之后，刘墨所有的动作都仿佛是慢动作，他能够分析出刘墨即将要去的地方，从而将球打在刘墨移动的相反方向，或者是能在动作中找到空当，打向那里。

角度毒辣，下手狠绝。

双打打惯了之后，单打时就会觉得球场的场地很空。

双打时对面有两个人，场地似乎被占满了，等双打打到一定水平后，他再次尝试单打，就发现场地上很多地方都存在着破绽，刘墨一个人根本无法应付他的高强度左右调动，从而丢分。

用脑子打球。

这是随侯钰和侯陌相处久了之后形成的风格，不再是单纯地凭借直觉。

用时2分钟，随侯钰在第二盘自己的发球局成功保发了，并且发出了一次ACE球。

随侯钰赢了一局后，全场爆发出了雷鸣般的掌声和尖叫声。

刘墨听得那个气，明明第一盘是他赢了，却只有他的几个兄弟给他叫好。但是随侯钰只要得了分，其他人都跟踩了电闸似的，兴奋得不行。

又到了刘墨的发球局。

刘墨有时会用左手发球，采取近身压迫的战术。

众所周知，在比赛中遇到左撇子，有的时候会陷入迷茫当中，不知道用正手接还是用反手接，以至于产生失误。

随侯钰渐渐适应下来后，小碎步调动自己的身体，正拍回击。

这一球，震得他拍把都在发颤，握着拍把的手指都有点麻了，打了一盘而已，就被这种力量搞得有些狼狈。

不愧是和侯陌势均力敌的老对手。

侯陌正认认真真地看比赛，突然接到了桑献的电话。

他知道随侯钰容易分心，特意躲到了人群后，眼睛一直盯着比赛场地，同时接通了电话："喂，怎么了？"

"冉述被他爸带走了。"

侯陌有些意外："怎么回事？你不是一直在医院里看着吗？"

"他说他饿了，想吃点粥，我下楼去给他买东西，他一个人在病房里休息。回去之后他不见了，我去问护士，护士说是被他爸爸带走了，消炎药都没打完直接拔了针。"

侯陌当即一阵难受。

冉爸爸是一个睚眦必报的性格,他们算是发现了。

他和桑献动手打了冉爸爸,冉爸爸心里记着仇呢。

冉爸爸每一次出击,都会攻击在他们最痛的地方。

侯陌在这种情况下只能先稳住桑献:"你别着急,冉述那边有没有通信设备?"

"我给他买了新手机,但是我回去后看到手机他没拿走,还在充电呢。我现在不知道应该去哪里找他,我派人去机场盯着了,火车站也去了,可是……可是他们如果是开车走的,怎么办?"

"你们家不是有一段高速公路吗?"

"不在本市。"

"……"

侯陌这边还要看随侯钰的比赛,这场比赛实在是太重要了,关乎着随侯钰的未来。

但是那边冉述失踪了,他也跟着着急,如果随侯钰知道了肯定也会急得不行。

侯陌再次开口:"现在通信很发达,冉述也不傻,他肯定会找机会联系我们的。他爸到底是亲爸,不会亏待他,顶多是把他关起来。"

"亲爸……"桑献冷笑,"他亲手造成的伤,刚刚缝完针药都没打完,就为了发泄自己的情绪把儿子带走了,这还算是亲爸?"

侯陌突然哑口无言。

"随侯钰还在比赛?"

"嗯。"

"你们先继续,我联系苏安怡。"

"好。"

挂断电话,侯陌再次站到最前面去看随侯钰的比赛,手心里都是汗。

他从未这么难受过。

这都是什么事啊!这个渣爹没完了?!

这一次随侯钰打得很认真，全神贯注。

第二盘拿下得很艰难，但是这对随侯钰来说就是希望，按他自己的信念，他也不想被判禁赛。

二楼栏杆旁，省体的教练忍不住说道："这个小子单打也不错啊，你怎么不让他参加单打比赛？"

省体教练同样不知情，还当是要定什么保送名额了，来他们学校探探底，明里暗里地帮随侯钰说话。

这句话看似是在问，其实是在夸随侯钰，故意夸给其他几人听的，也算是间接帮忙了。

王教练顺势回答："他最开始练的就是双打，练习的时间短，双打刚有点样子，单打看他以后自己的想法吧。"

"练习这么短的时间，能打成这样已经十分不错了，悟性好，底子也好，这小子和侯陌一样聪明，以后前途不可限量。"

王教练跟着点头："对，是个好苗子。"

"啧啧，怎么好苗子都跑你那里去了呢？"

"我积德换来的。"

省体教练一听不由得来气："我不积德呗？"

"你天天惦记着我这几个队员，我就这么几个拿得出手的，结果你三天两头地给他们打电话，你是不是不积德？"

省体教练一听，王教练这是知道了，"嘿嘿"笑了半天。

领导看了看这两位教练，又看了看场地上在认真比赛的两个人，突然和王教练单独说话："如果各项指标不合格，我不会改决定。"

王教练听当即眼睛亮了，连连点头："肯定的。"

领导最后看了一眼比赛场地，最后扭头离开了，并未等到比赛结束。

随侯钰在场地上努力的样子，还有那种肉眼可见的实力，最终还是让他动摇了。

等领导走了，省体教练才去问："怎么回事？"

"甭管了，就是孩子历了个劫，但是他用实力渡劫成功了。"

王教练回答完，走到楼下到了侯陌身边，说："那边改主意了，不过有个前提。"

侯陌一阵狂喜："什么前提？"

"需要他各项指标都恢复到正常范围内。"

侯陌的喜悦马上消散："这个……有点难吧？"

其实正常人，都很难达到"正常"水平。

平日里是一个状态，但如果检查的时候出现紧张，或者最近经历了什么不开心的事情，都有可能导致指标"不正常"，但人是正常的。

随侯钰最近经历的事情太多，想要恢复"正常"非常困难。

"这怎么做？"侯陌一时之间竟然不知道该高兴，还是该难受。

"总之有机会就是好的，我们再想想办法。"

"如果他知道冉述被他爸爸带走了，只要冉述一天不回来，指标就一天正常不了。"

"冉述又怎么了？"王教练都有点崩溃。

侯陌将之前的事情和王教练说了，王教练听完捂着胃一阵难受。

胃病又犯了。

侯陌只能扶着王教练到一边坐下。

王教练低着头，又问："能找到人吗？"

"桑献在努力，肯定是什么法子都用了。"

王教练叹气，接着说："我记了上次检查的医生的电话，你们去取球拍的时候我打电话问了，如果想短时间内恢复到正常水平，最有效的方法是电休克治疗。"

"从脑袋注入电流？"侯陌光听名字，便已经声音发颤，眼眶都红了。

"对，会打麻药，没有太大的痛苦，两天一次，一般八到十二次算是一疗程。这要看他治疗后恢复的情况，好的话，五次就能好了。效果不好的话，他自己调整不过来，说不定得十二次。"

侯陌看着比赛场上依旧在认真比赛的随侯钰。

比赛即将结束，已经是第三盘的赛点了，随侯钰渐渐不敌，咬着牙坚持。

不打断比赛是对随侯钰努力的尊重，也是对刘墨这个对手的尊重。

他再次问："会有什么副作用吗？"

"嗯，会，术后可能会出现恶心、呕吐之类的症状，还会影响记忆力，一般一个星期到一个月就可以恢复。但是……他在高三阶段，治疗这么一段时间，加上恢复的时间，恐怕会影响学习。而且，世界青少年联赛他注定不能参加了。"

"我也不参加了。"侯陌突然开口，说了这样一句话。

"你疯了？等你比赛结束，保送的事就算是定了！你知道国内多重视这场比赛吗？"

"我得陪着他……教练，道理我都懂，但是我真的得陪着他。我小时候丢下过他一次了，我不能再丢下第二次，他难受的时候没我不行。"

王教练捂着胃，难受得厉害。

侯陌想给他要一杯热水，只能去托省体的学生去做。

最终，王教练只说了一句："听随侯钰自己的决定。"

随侯钰输了。

第三盘时刘墨已经能够适应他的打法，在刘墨看来，他就是低配版的侯陌，比侯陌多了点灵活，却少了太多的实战经验。

没有进行过专业的单打训练，到底还是不如刘墨这种从小训练的人。

随侯钰最终还是不敌。

他拿着球拍停下来时一阵难受，不过努力过了，也算是无憾。

刘墨走过来跟他说："你很牛了，打得我心肝颤，还以为要输了，我压力很大！"

"嗯，你很厉害。"随侯钰努力振作起来，开口说道。

"别一副沮丧的表情，我们队里那群新人要是有你这水平，他们都能笑出鼻涕泡来。"

侯陌快步走过来："他们那边改决定了，有回旋的余地，别怕，一会儿跟你仔细说。"

随侯钰十分诧异，回头看向二楼，发现人已经离开了，找了一圈后，才找到一边捧着热水喝的王教练。

"真的？"情绪扭转得突然，随侯钰的表情都不自然了。

"嗯，没骗你。"

侯陌对刘墨说道："刘哥，下次再来找你吃饭，我请你，这次先走了啊！"

侯陌难得跟自己客气，还叫了哥，又很大方地说要请吃饭，刘墨笑得不行，连连点头："行！等你啊！"

"嗯！"

侯陌拉着随侯钰朝着王教练那边走，两个人一起把王教练扶了出去。

王教练开车来的，可惜胃病犯了没办法开车，只能坐在车里先缓一缓。

侯陌上车后，将两件事都告诉了随侯钰。

侯陌先问的是："你有没有能找到冉述的方向？"

随侯钰的目光有些呆滞。

他直勾勾地看着一个地方，表情许久没有任何变化，只是呆呆的，看着反而更让人担心。

半晌，他才回答："上次……我就束手无策，这次还是一样。这么久过去了，我一点进步都没有。"

侯陌只能安慰："我们都是普通人，遇到这种事情都会束手无策，你先别着急，我们想想办法。桑献路子挺野的，挖地三尺也会找出来。"

随侯钰拿出手机，看了看未读消息，再去翻找通信录，终究还是放下了。

他什么都做不了，和当年一样。

无助，彷徨，骂自己无能。

无力感尤其强烈。

他不能发怒，他不能哭，他不能再给其他人添麻烦了。

他只能努力冷静下来，思考自己能做什么。

现在他最需要做的是什么。

许久后，随侯钰才问："只要能提供指标正常的检验报告就行吗？"

王教练应了一声："嗯。"

"那就治疗吧，我有狂躁症的事情早晚都是问题，没什么的，别担心。"

"你高考的事情……"王教练欲言又止，总觉得为了网球，耽误了随侯钰高三的复习时间，有点自私了。

随侯钰靠着车子的椅背闭上眼睛，语气平静地说："没事，我经历过一次，上一次是如果我不能考到平均分以上，就会让我留级一年，我也迅速赶上了。再说，该学的都学过了，高三一整年都是在复习，耽误几天也没什么。"

"我会陪你。"侯陌突然握住了随侯钰的手。

"你不是要参加比赛吗?"

"我不去了。"

随侯钰再次睁开眼睛,扭头看向侯陌,满眼的不可思议。

侯陌知道他肯定不会同意,赶紧说:"我绝对不会丢下你第二次。"

随侯钰拿起手机来看日历,接着在心里估算,说道:"如果我明天就住院的话,五次治疗后正好是你出国的时间,之后你去比赛,我自己……"

"我陪着你!"侯陌执拗地补充。

王教练也觉得难受,却只是坐在驾驶座上不说话。

随侯钰盯着侯陌看了半晌,终于还是控制不住自己的脾气了:"你有病吧?信不信我把你腿打折?"

"那我就坐轮椅陪你。"

随侯钰想打人,却忍住没动手,只能独自一个人打开车门,走下车去踢路肩石。

"烦死了!"他暴躁地一下接一下地踢那块无辜的石头,动作间头顶的发丝、身上穿着的外套都在跟着震颤。

紧握的拳头、暴起的青筋,都在表达着他难受的情绪。

侯陌只能跟着下车,说道:"钰哥,我想过了,我不会被耽误什么,你这样的状态我不可能走!"

随侯钰只能垂着头,强忍着即将爆发的情绪。

冉述再一次被他的父亲带离了他的身边。

他为了网球,需要再次接受治疗。

其实住院是他心理阴影的来源,他从未对任何人说过,现在要再次面对,他却没有犹豫。

为什么……

为什么要在这个节骨眼发生这样的事情?

似乎每一件事都是在难为他。

每一件事都能把他压垮。

"五次。"随侯钰突然说,"五次治疗内恢复正常指标,我陪你出国比赛。如果没有恢复正常，比赛后我们再进行治疗，两个同时进行……"

"可是你术后会有后遗症，出国坐飞机那么久你会受不了的。"

"我们提前一天出发，中间多休息，找有中转的航班。我还可以带着书，你没有比赛的时间我都会复习，高考也不会落下，行吗？"

侯陌沉默了一会儿，推着他重新上车，帮他关上车门，跟着上车后对王教练说道："教练你好点没？我们直接去医院，钰哥住院需要的东西我一会儿送到医院去。"

"好。"王教练回答完，直接启动了车子。

随侯钰这一天很忙。

早晨被叫去原枫华校区，中午在医院，下午忙着比赛。

晚上，他在医院里办理了住院，各种检测后他挂了急诊，当天晚上便会进行第一次电休克治疗。

在进手术室之前，他手里还拿着手机，和苏安怡发消息了解情况。

苏安怡和桑献他们一直在努力，可惜依旧没有找到冉述。

苏安怡劝他好好治疗，事情交给他们就可以了，他现在要做的就是准备好检查，这样冉述回来后的愧疚感会少一些。

随侯钰看着手机屏幕，该死的，每次打开屏保都是他和冉述的合影。

每次看到都很难受。

他最终还是把手机交给了侯陌，跟着护士去了手术室。

侯陌一直跟着他到手术室门口，看着他纤细的身体穿着医院的病号服，竟然多了几分凄凉感。

看着手术室的门关上，侯陌的心也跟着揪紧了，甚至有些喘不上来气。

他靠着墙壁缓了一会儿心情，才走回到随侯钰的病房。

他们来得匆忙，很多东西需要整理，房间的床铺有护士帮他们整理好了，侯陌一个人在病房里准备好拖鞋、毛巾等东西。

病房收拾妥当了，又跑去护士站询问注意事项。

他事无巨细地问了许多，护士也都耐心回答了，护士长看着他问："病人家属没过来吗？"

"我就是家属。"

"哥哥啊？"

"呃……弟弟。"

"你长得像哥哥。"

"他长得嫩。"

侯陌仗着自己的记忆力好，把注意事项全部记住了，之后病房里只有他一个人陪护，都得他照顾，术后又是深夜，他只能提前准备得妥妥当当的。

计算着手术时间快结束了，他走到手术室门外去等待，却迟迟没等到人。

这让他有些紧张，看到有医护人员走出来赶紧询问。

"哦，他在恢复区接受检测呢，得醒过来恢复意识，麻醉剂退了才会推出来。"

"好的，谢谢您。"

他只能一个人靠着走廊墙壁等待。

手术室的门上有时钟，他看着时间到了凌晨三点钟，竟然一点睡意都没有。

每一次呼吸，都带着一丝丝疼。

上一次随侯钰住院时是一个人，还只是一个十二岁的少年，他会不会害怕？他会不会觉得孤单？

就算会打麻药，身体也不好受吧？

正想着，手术室的门被打开，随侯钰被推了出来。

侯陌赶紧迎过去，询问："我能做什么吗？"

"病人家属一会儿帮忙把病人移到病床上去。"

"好。"

随侯钰很轻，侯陌一个人就能搬动，不过为了移随侯钰能够稳当一些，还是用了护士说的方法。

等随侯钰躺好了后，他抬头看了看输液器，再看看随侯钰的状态。

随侯钰似乎还有些迷糊，他只能坐在床边帮随侯钰揉腿，说道："消息我看了，苏安怡没再说什么了，桑献也没再给我发消息。一会儿你先睡觉吧，我看着呢。"

他知道随侯钰想知道什么。

随侯钰合上眼睛，也不知道是在闭目养神还是在尝试入睡。

或许是因为有侯陌一直在他身边，帮他缓解身上的麻木感，让他渐渐有了睡意，躺在病床上没多久便睡着了。

侯陌则是一直没睡，盯着输液器，等药打完按了呼叫铃，有护士过来帮忙拔了针。

他伸手扶着随侯钰侧过身，帮随侯钰揉了揉后背，让随侯钰不至于躺久了后背难受。

做完了这些，天已经亮了，他依旧没有睡意。

电休克治疗会影响短时间内的记忆力，患者在被治疗的过程中有可能会迷迷糊糊的，前脚要做什么，后脚就忘记了。

就算这样，随侯钰还在惦记着冉述的事情，第二天醒来后时不时看看手机，或者询问侯陌。

这期间王教练在白天会过来，和侯陌轮班照顾随侯钰，让侯陌有机会补个觉。

晚上苏安怡、邓亦衡、沈君璟都来过医院看了随侯钰一次。之后两天是周末，不过他们都只有一天的假期而已，只能趁晚自习的时间过来看看。

到深夜只有侯陌一个人看护。

邓亦衡和沈君璟表示周日那天会过来帮忙，侯陌犹豫了一会儿还是同意了，他确实不是铁打的，需要量力而行。

这些人在医院关门前离开了，侯陌送走了人，回到病房站在门口看着随侯钰，依旧是躺在床上闭着眼睛并不说话。

他走过去坐在床边，伸手想要将随侯钰的手放进被子里，却感受到随侯钰手指一颤，似乎被吓了一跳，睁开眼睛看到是他才重新安静下来。

他终于意识到，随侯钰不喜欢医院。

住院后，随侯钰整个人都变得压抑起来。

"钰哥，我在呢，我陪着你呢。"他拉着随侯钰的手，尽可能地安抚。

"嗯。"随侯钰应了一声。

第二次治疗前，侯陌照例陪着随侯钰到了手术室门口。

随侯钰快要进手术室了，突然转过头来找侯陌，他赶紧走过去。

结果他走过去了，随侯钰却看着他一阵迷茫，似乎忘记自己要说什么事情了，想了一会儿没想起来，最后也只是说道："算了。"

侯陌看着手术室门关上，左右看了看，找到楼梯间走进去，蹲在缓步台的位置终于不受控制地哭了起来。

他本来就是一个爱哭鬼，前几天一直在忍耐，今天看到随侯钰忘记事情的样子终于忍不住。

是他拐着随侯钰打网球的。

随侯钰其实可以放弃网球的。

随侯钰完全可以不经历这些的……

侯陌快速擦了擦眼泪，想要努力振作起来，他还得去照顾随侯钰呢。

结果刚刚起身就又哭了起来，只能单手撑着墙壁继续掉眼泪。

坚强久了，也想有片刻的脆弱，用哭泣去发泄。

他开始庆幸，自己年幼时的错误，还能有回转的余地。

他珍惜这份失而复得的情谊。

如果可以……

他多想将所有的病痛都揽到自己身上来，不让随侯钰一个人承受这些。

面对墙壁缓了一会儿心情，他擦干眼泪重新走出去，等待随侯钰出来。

随侯钰回到病房里，回过神来后做的第一件事是环顾四周，最后看向侯陌。

侯陌张了张嘴，终究没说出话来，只是握住了随侯钰的手。

随侯钰缓了一会儿神，喉咙终于好多了，开口说了第一句话："我想冉述了。"

他忘了很多东西，脑子都是糊涂的。

但是……他想冉述了。

冉述被带走的这几天，冉爸爸的日子过得也不安宁。

妻子这边闹离婚，杨湘语那边疯狂报复都在他的意料之中。

他从未想过桑家会发狠到这种地步，挪动巨额资金，跨领域来攻击他的公司,那股狠劲儿,真的是奔着让他破产去的。

桑家和冉家已经有几十年没有联系了,两边的产业也分布在两个不同的领域。

一向是各不干扰。

桑家突然跨领域,用砸钱的方式抢他的客户源、供应商,孤立他的公司。想要继续经营下去,只能和桑家合作,并且同意交出冉述。

之前妻子还拖着不肯离婚,这次倒是很痛快地同意了。

因为现在如果还不离,说不定过阵子要跟着他一起负债了。

那女人可不傻。

冉爸爸干脆给桑爸爸打过去电话,骂道:"你疯了?!你们这样砸钱根本回不了本,你除了搅局什么目的都不能达成!你们能跟我耗多久?"

"哦……"桑爸爸接电话的时候懒洋洋的,似乎不愿意搭理他,"老子愿意,就看谁先耗干呗。"

"啊,顾得那边我联系了,他可真是你兄弟,我聊了半天,不同意,最终还是被我三倍价说动了。你要是不同意放人,我这边钱就过去了。"

冉爸爸说不出话来了。

顾得如果也倒戈,对他来说就是致命一击。

桑爸爸笑呵呵地直接挂断了电话,把手机往办公桌上一扔。

桑献赶紧问:"加码了吗?"

"再等等,三倍价也挺贵的,冉述他爸已经动摇了,看看他怎么选择吧。"

"我很着急!"

"坐下,年轻人就是急躁。"

两个小时后,桑献放在包里的手机突然响了。

他将新手机拿出来看到是陌生号码,很快接通,听到了熟悉的声音:"喂?"

"冉述?"

"哟!你怎么做到的?我就是试试,没想到还真打通了。"

"我猜到了,你现在在哪儿?"

桑献觉得冉述那个小傻子肯定背不下来他的手机号码，估计连随侯钰和苏安怡的号码也背不下来，干脆想办法补办了冉述的电话卡，放在了新手机里。

如果冉述要联系他们，实在想不起来号码了，可以打自己的。

现在看来，他还真猜对了。

"我在一个高速路的服务中心，旁边有警察叔叔，暂时安全。我问问具体地址。"

冉述说得还挺淡定的，听着语气也没什么大碍，让桑献松了一口气。

"好，你的伤口怎么样了？"

"可痒了，估计是正长肉呢。"

"有没有消炎？"

"我爸安排人给我打针了，药也在吃，没什么事，就是太闷了，你记好地址……我去，这字念什么啊？"

冉述跑去问了警察叔叔，才知道了名字，告诉了桑献。

桑献立即叫来了自己的专属司机，乘车往那个收费站赶，顺便告诉自己父亲三倍的钱不用出了。

在路上，他给苏安怡、侯陌都发了消息，让他们先放心。

地方还挺远，开车都用了四个小时，荒郊野岭，前不着村后不着店的。

冉述被他爸爸带到这附近一个别墅里，像是烂尾楼，整个小区都没人，跟个鬼屋似的。

别墅里装修很老气，还安排了几个人看着他，定时有医护人员过来给他打消炎针。

他在房子里跑不了，那几个人连他上厕所都盯着，烦得他对着那几个人练骂人，那几个人还不敢揍他，他连续骂了几天，骂得嗓子都要哑了。

今天也不知道怎么的，看着他的人突然买来啤酒，还酒品都特别好，全部喝完就睡，那效果就跟喝了迷药似的。

冉述觉得这要是不跑，都对不起那几瓶酒，就赶紧跑出来了。

出来后他也不知道能去哪里，附近荒凉得要命，走了好久才看到了高速公路。他用了一个很极端的法子,上了高速后找监控摄像头,在摄像头下蹦跶,然后去护栏外蹲着。

过了不到半个小时,就来警车把他接到服务中心。

他到服务中心后借来了警员的电话陷入了迷茫,一个号码都记不住,最后只能给自己的手机号打电话,没承想还真打通了。

其实警员也可以送冉述回去,不过由于路途很远,警员需要交班后才能顺便送他回去。

毕竟他不想闹大,撒谎说自己遇到了黑车,被丢在了半路上。

他等不及。

两个人聊完之后,猜测应该是冉爸爸那边颜面上挂不住,只能安排冉述自己跑出来。用这样的方式也能停止桑家对他的攻击。

几天不见天日,冉述进肯德基点了一堆东西,甜筒是最先取出来的。

他吃了两口后问:"我钰哥已经确定能改处罚了?"

桑献点了点头:"嗯,他还在努力。"

冉述只能借用一会儿手机,两边都只说了比较重要的事情便挂了电话,他还不知道具体情况。

冉述听完蹙眉:"还在努力是什么意思?"

"他……住院治疗了,恢复得挺好的。"

"住院治疗什么?"

"狂躁症。"

冉述吃甜筒的动作一顿,接着找到垃圾桶把甜筒扔了,说道:"我们回去。"

钱已经付过了,桑献把现在能拿走的东西全拿走了,其他需要等的食物都不要了。

坐在车上后,冉述拿来新手机,登录自己的社交软件,同时问道:"电休克治疗?"

"嗯。"

"一定要这样吗?"

"他们需要随侯钰的检查结果恢复正常。"

电休克治疗一般会被排在最后，很多情况下是病情控制不住的程度，才会使用电休克治疗。

随侯钰的情况早就得到控制了，许久没有发作过了，根本不需要这样治疗。

然而，为了短时间内恢复正常数值，只能再次使用这种治疗方法。

如果没有这次举报，随侯钰完全不用再经历一次。

"第几次了？"冉述又问。

"今天会进行第三次治疗。"

"他情况怎么样？"

"我一直在找你，没去过医院，邓亦衡他们说他情况还好，一直躺在床上，除了没什么精神，其他都还好。"

"不爱睁眼睛？"

"呃……是吧。"桑献也没见到随侯钰本人，并不知道具体情况。旁人就算看到了，估计也觉得随侯钰是犯困。

"钰哥害怕的时候才会这样。"

"……"

"他害怕，从来不说而已。"

冉述和随侯钰毕竟是从小一起长大的。

因为了解，所以才真的心疼。

冉述给随侯钰发消息。

冉述：钰哥，我在桑献车上了，你能视频通话吗？

钰哥：他在手术室，我是侯陌。

钰哥：他知道消息了，进手术室前很开心。

冉述便放下了手机。

冉述戴着鸭舌帽，跟着桑献进入医院。

两个人走到住院部的直升梯门口，那里聚集着一群等电梯的人，他们绕了一圈去走滚梯。

冉述上楼梯时很急，明明是滚梯，还要往上跑。

桑献只能快步跟在他的身后。

这是一家综合性医院，条件要比随侯钰上次治疗的医院好很多。

至少不是封闭性的，不会关着随侯钰不让他出去。

冉述快步走到随侯钰病房门口，刚进门便听到了一阵呕吐的声音。

随侯钰已经回病房一段时间了，然而以他的状态完全没办法理冉述，恢复意识后便开始呕吐。

他这段时间吃的东西很少，在卫生间里只是干呕。

呕得难受了会流眼泪，完全是生理性的。流泪连带着流鼻涕，模样多少有点狼狈。

随侯钰终于缓过来一些，扶着卫生间的洗手池，一直扶着他的侯陌赶紧给他递过去一杯水，让他漱口。

整理好了，他才转过头看向刚进来的两个人。

冉述看着他，非常勉强地笑了起来："钰哥，我又回来了。"

上一次冉述被冉爸爸送出国后突然回国，随侯钰便觉得不可思议，完全不知道这小子是怎么回来的。

他原本以为，他再也见不到冉述了。

这一次，他始终坚信冉述会回来找他，只是时间问题而已。所以他要做的是处理好此刻的事情，等冉述回来。

再次看到冉述，随侯钰终于松了一口气，目光在冉述身上打了一个转，从上打量到下。

接着，笑着笑着就哭了。

冉述赶紧捧着随侯钰的脸帮他擦眼泪："别哭啊……我这不是回来了吗？"

随侯钰挺想问问冉述情况的，可还没开口，冉述直接推着他往病床走，一边走一边说："不用你问，我自己说。"

接着就跟唱独角戏似的，绘声绘色地跟随侯钰说这些天的经历。

冉述不结巴之后说话还真挺利索的，滔滔不绝，感情丰富。

桑献已经听过一遍了，便只是盯着手机，把微博里转发锦鲤的内容给删了。

他之前找冉述的时候真的是什么招儿都用了。

侯陌则是扶着随侯钰靠着被子坐好，坐在旁边一边削苹果，一边跟着听。

桑献听了一半突然问:"你不是说你趁他们喝酒跑出来的吗?怎么成你一个人打倒了五个?"

"你能不能不说话?!"冉述不爽地白了桑献一眼,"希望你说话的时候你不说,不希望你说的时候你非得插一句,可把你能耐坏了。你继续做你的哑巴吧,还显得乖巧可爱。"

桑献不说话了。

冉述说完之后,停顿了片刻,突然闹情绪:"我都不想说了。"

侯陌暂时放下苹果,走到冰箱前,从里面拿出一罐可乐,说:"说吧,我听得挺乐和的。来,大哥,喝冰可乐。"

冉述的愤怒持续了整整十五秒的时间,便继续说了下去,之后就是他急中生智打了自己的号码,然后云淡风轻地等待桑献来接他。

随侯钰在床上抱着膝盖听完,并没有问其他的,而是问:"想吃什么?"

"路上吃了点肯德基。"

随侯钰拿着手机翻找菜单,接着说:"我随便给你点些东西吃吧。"

冉述连连点头:"好!"

等随侯钰订的晚餐送过来,便发现其中一家店订了两份,这两份东西大致相同,只不过有一份的是蔬菜沙拉,另外一份的是黑椒牛肉沙拉。

随侯钰看着送来的东西迟疑了一会儿,没说话。

他最近常犯这种错误。

侯陌很自然地去化解尴尬,伸手拿过来说:"哎呀,正好想吃。"

随侯钰伸手拦住了,只推给侯陌和桑献一份清淡的粥和其他的小菜:"你们之后要比赛呢。"

两个大个子聚在一边,闷头吃着他们的东西,接着眼巴巴看着那两个瘦子面前放了一堆东西,还特别过分地一样只吃一口。

这事儿没法说。

桑献问冉述:"你要和我们一起出国吗?费用我出。"

"去。"冉述都没犹豫,"我得陪着钰哥。"

桑献点头:"护照给王教练,他统一给办,应该挺快的,机票我给你和随侯钰订。"

"行。"冉述很快答应了。

冉述吃完东西,撑得坐不下只能站一会儿,于是看向侯陌:"你先回去训练吧,我照顾钰哥就行。"

侯陌和桑献同时拒绝:"不行!"

冉述特别不爽:"我很会照顾人!"

侯陌连连摇头:"不是担心你不会照顾,你一个人在这里,你爸爸再把你带走了,我们再折腾一次?"

冉述反驳:"有钰哥在呢!"

"他时不时得去检查,还要去手术室。"

冉述想了想,打了一个响指:"我再把苏安怡叫过来。"

侯陌再次摇头:"苏安怡还得准备高考呢!"

"复习资料拿到这里一样看,美女自学听说过没?"

侯陌还是不同意。

冉述烦得不行,只能坐在一边的椅子上,气鼓鼓地看着手机翻找着什么。

随侯钰则是一直看着他们,有些沉默。

他其实也能说话,就是说话有点像《疯狂动物城》里的闪电,跟不上他们的节奏。

见冉述停下来了,他才说道:"你回去好好休息吧,你也是病号。"

"哦……"冉述继续拿着手机翻看。

"你看什么呢?"

"看淘宝,买头套,我现在是地中海。"

随侯钰想起这个,突兀地没忍住笑。

侯陌欠欠儿地笑着问:"不是有假发片吗?你买一个那个不行吗?"

冉述一听就来气了,把帽子一摘给他们看:"假发片得夹在原有的头发上,你看我这头顶有头发吗?!啊?!我这还有伤口呢,难不成粘上?!你说话缺不缺德啊你!这要是风一吹,我头发不得跟一块云彩似的在我头顶飘着?"

整个病房里爆发出一阵笑声,许久不停。

冉述气得直拍胸口。

等侯陌拎着垃圾袋去丢垃圾的时候,冉述才放下手机坐在了随侯钰的身边,抱着他不松手:"钰哥……都是因为我你才要住院的……"

随侯钰拍着冉述的后背安慰:"没事,你回来了就好。"

"我决定了!我就考我想考的大学,考不上就复读,不能和你同校也得在一个城市里!我终于有奋斗目标了。"

桑献对这个话题感兴趣,问道:"你非得考表演吗?"

"哦,其实也不是,表演、音乐、舞蹈,这里面只要有一样能考上,我就去上!能和你们一个城市就行。"

桑献之后的问题特别欠揍:"如果我们毕业了你还没考上呢?"

"你们努力读个研不行吗?"

"行。"桑献无语。

随侯钰听完点头,慢悠悠地问了一句:"如果你练舞蹈的时候翻跟头,头套掉了怎么办?"

冉述听完沉默了一会儿,整个人陷入死寂之中。

那画面,他是真的不敢想。

桑献也跟着陷入沉默,这个时候他如果开口说话或者笑了,冉述喷他绝对能喷出花来。

桑献见侯陌回来了,走出去和侯陌单独聊比赛的事情。

桑献怕侯陌的身体受不了,想帮忙给随侯钰请一个护工,侯陌回学校继续训练。

侯陌还是拒绝了。

冉述回来后,随侯钰恢复的情况好了很多,之前一直提着的心终于放下了。

在第四次电休克治疗后,他进行了检查,各项指标恢复了正常。

拿到检查结果后,侯陌差点喜极而泣,王教练赶紧把结果放进档案袋里,当天便开车去提交资料了。

这次别再说什么没书面说明了,他必须搞一堆备份!复印件就搞了十份。

提前结束治疗，随侯钰能够回民宿休息几天再出国。

这些天侯陌都在走读，白天侯妈妈帮忙照顾着，晚上侯陌会从学校回来陪着他。

侯妈妈本来就是一个温柔的女性，很会照顾人，随侯钰被照顾得不好意思。

最近这阵子，侯妈妈一直都在为开公司做准备，这几天也暂且放下了。

在随侯钰休息的时候，她拿着随侯钰的教科书认认真真地看，看了一会儿后开始总结笔记，把知识点归类总结，写得整整齐齐。

侯妈妈不愧是学霸，短短几天就准备得有模有样了："你别担心，等你出国回来了，看着我的笔记能比别人学得快一点，遇到不会的来问我，我都可以教你。"

"好。"

侯妈妈认认真真地看了随侯钰一会儿，接着问："我刚才说什么你能记住吗？要不我帮你写纸上？"

"能！"随侯钰赶紧拦住，"没那么夸张，真的。"

"好，那我就放心了。"说完她继续帮随侯钰整理笔记。

晚上侯陌回来，拿起侯妈妈整理的笔记看了看，接着拿着笔划掉好几行："这些不用看，我妈就是啰唆，非得给你解释明白了，其实没必要，多看几眼还累。"

"你别划掉啊！辛苦写的！"

"这不是帮你精简嘛。"

"不用你！"随侯钰直接将笔记抽了回去，认真地去看被划掉的字还能不能看清。

侯陌走过来说道："这次桑叔叔下血本了，伤了冉述他爸八百，自损一万。不过我看着还挺解气的，现在冉述他爸的公司遭受重创，不至于倒闭，但也只能艰难维持，没有以前风光了，他无暇顾及冉述这边了。"

"他爸爸缓过来以后会不会报复？"

"他正自顾不暇呢！我刚才上楼，我妈跟桑叔叔打电话，她东山再起的计划都改了。等我们俩出国后,我妈会空降桑家的公司,接手烂摊子。"

"怎么个接手法?"

"就是把这次砸出去的投资加以利用,不至于赔得太多,说不定还能赚一笔。"

随侯钰听完忍不住担心:"阿姨会不会累啊?"

"她闲不住,让她玩去吧。之前我家里如果没出事,公司正常经营,我妈妈的工作能力绝对不比你妈妈差。"

"这点我相信。"

"而且我妈妈憋着一股劲呢,听说了之前的事,心疼得心脏搭桥都要断了!冉述他爸还欺负你了,她如果真的能扭转乾坤,说不定以后会是冉述爸爸的商业竞争对手。"

"阿姨能行吗?她那么善良一个人。"

侯陌听完笑了,接着说:"永远也不要小瞧一个女人的护短能力,她们会爆发出强大的力量。"

随侯钰点了点头:"哦……"

毕竟和他关系好的女生不多,比较熟悉的就是苏安怡,一个他都不敢惹的女生。

随侯钰和冉述戴着同款墨镜,穿着松松垮垮的衣服,并肩走出机场,头发和衣服便被风吹得飞扬起来。

他们两个人不是来参加比赛的,只是跟着来看比赛的观众,不需要穿着统一的队服,看起来就像是普通的旅客。

侯陌一手一个行李箱,身后背着一个双肩包,左肩和右肩分别背着一个斜挎包,狼狈地跟在他们身后。

他身边不远处跟着桑献,情况比他还糟糕,原本推着三个行李箱,背着两个包跟着走。或许是因为他这个样子实在是太狼狈了,邓亦衡估计这位大少爷也没吃过这种苦,帮忙推了一个行李箱。

冉述,一个来看比赛的人,带了两个行李箱一个包,自己还不拿,非说自己是病号。

"冉哥……"邓亦衡指着行李箱示意。

冉述摇头："好累的,让桑献拿就行。"

桑献咬牙切齿地问："是你的头套太沉了压得你走不动道了?"

"你不是有劲儿吗?"

第十二章

一样的梦想，一样的追求

世界级青少年比赛的难度非常高。

不得不承认，在国内，网球的训练体系还不够成熟，虽然在飞速成长，但是短时间内还是不及网球强国的。

侯陌在国内算是拔尖的水平，但是出了国，媒体完全不理会，全部都在关注重点选手。

比如某位三届大满贯得主的儿子，比如之前在某某世界级比赛崭露头角的头号种子。

侯陌他们也落得清静，有时间独自练习，侯陌也能抽时间出来陪随侯钰到处转转。

他们都是国际学校的学生，校内是双语教学环境，英语口语都不错，而且好多地方都有会国语的，交流还挺方便。

他们两个人都不太爱照相，难得站在一起合了影，笑得特别灿烂，接着把相片发给侯妈妈交作业，不然侯妈妈天天问。

等侯陌有比赛了，随侯钰则会去观众席观看。

前面的比赛比较残酷，几个场地挨着，同时进行比赛，观众只能站在场外看，观众也比较少。

经过一番厮杀后，入围选手才会进入主要的比赛场地，主场地才会有真正的观众席。

冉述站在随侯钰身边评价道："以前在国内看比赛的时候，看到侯陌总觉得他的形象和其他选手格格不入。出国后，他倒是成功打入敌军内部了，一点违和感都没有。"

每次抽签结果出来后，王教练都能很快得到对手的资料，接着单独叫自家球员去他的房间，给他们分析他们下一场的对手，告诉他们怎么打。

一般这个时候随侯钰也会跟过去，和侯陌一起看比赛，听王教练讲解，时不时还能说一些自己的看法，给侯陌一些建议。

侯陌全部都吸收了，在之后的比赛中实践，成绩还不错。

渐渐地，也有媒体开始关注他了。

对完战术，两个人结伴往房间走时，路上还遇到了熟人。

何氏璧和楚佑似乎刚比赛回来，说着话朝房间走，遇到他们之后，何氏璧主动问道："你们两个人怎么没参加双打比赛？"

随侯钰被处罚的事情被瞒了下来，其他队伍的人都不知情，这几天他们已经不是第一次被问了。

侯陌贱兮兮地回答："给你们留机会呢。"

楚佑叹气："别和他们说话了，每次说话都会被气到。"

"拜拜喽！"侯陌和他们道别。

目送这两个人离开，随侯钰说道："我抽空去看了一场他们的比赛，他们好像又进步了。我们俩有一段时间没一起训练了，到了大学不一定能追得上。"

侯陌忍不住说："哎，怎么身体好了，人却不自信了呢？这不是我钰哥啊，你必须觉得他们努力也没用，我们再次合作之后，还是爸爸！"

"嗯，我只是随口说说！"

比赛越到后面越残酷，时间过去十天，国内来参加比赛的选手已经回国了大半。

比赛到第十二天的时候，邓亦衡和沈君璟的组合也被淘汰了。

王教练特意和学校申请，让他们留到最后，大家一起走比较安全。

吕彦歆倒是入围了，一路杀出重围，目前还在坚持，让刚刚被淘汰的邓亦衡压力很大，抱着膝盖在房间里装蘑菇。

"我最近压力好大……"邓亦衡嘟囔。

冉述倒是派上用场了，说道："你看我和桑献一起比赛，我那么拖后腿我都自我感觉良好。我和钰哥这么多年朋友，他全校第一，我全校倒数第一，我也没悲观。这是什么？这是心态！"

"你是怎么做到的？"邓亦衡认真请教。

"我也不知道，但是我觉得挺好的啊。你看，这么厉害的人是我哥们儿！这说明什么？说明我牛啊！"

"是啊，能和吕彦歆做朋友也证明我牛啊！"

"可不就是？"

随侯钰见邓亦衡恢复了，便开始了他的小课堂："你的比赛我认真看了，小问题很多，你的失误率比对方高……"

他揽了王教练的活儿，帮沈君璟和邓亦衡做赛后总结，指出了小问题。

随侯钰最近没有比赛，也没闲着，比较有实力的双打球员的比赛他都去看了，以看比赛的方式总结这些人的战术，从他们的身上吸取经验，总结教训。

这样，也算是给自己安排了一个工作。

邓亦衡和沈君璟不会因为他们比随侯钰打得久，就轻视随侯钰的建议，认认真真地听。

王教练听了一会儿后，对侯陌笑道："你看吧，我就知道是全能型的好苗子，你看看这战术总结的能力。"

"你运气很好，真被你碰到宝儿了。"侯陌看着随侯钰讲解的样子笑了起来，"不过我挺感谢你的，要不是你，我也找不到这么好的搭档。"

随侯钰比较熟悉的选手里，刘墨比较倒霉，比赛开始没几天就遇到了头号种子选手，很早就回国了。

何氏璧和楚佑的组合成绩还挺不错的，最终成绩排在第十七名，这已经是非常难得了，这到底是世界级的比赛。

随侯钰和侯陌与何氏璧、楚佑的组合打，赢得非常吃力，可以说和他们的水平相当。

如果他们参加，估计也是这样的成绩，十几名左右，甚至可能二十名开外。

他们还需要继续努力，网球这条路很长，他们的水平还没有达到顶点。之后的几年，甚至是十几年，他们有的是时间去学习、成长。

到时候，国际比赛的决赛圈见。

桑献的排名也算可以，第十九名。有这样的成绩，王教练已经非常满意了。

吕彦歆更是小宇宙爆发，冲到了十三名，天赋突显。

只有侯陌厮杀到了最后，不过无缘总冠军，只能角逐第三名。

就算是这样，侯陌也受到了国内媒体的关注。

这一天终于有国内的记者来采访了，播报记者用兴奋的语气报道着国内的网球少年奋战到了最后，今天会进行最后一场比赛。

侯陌就站在她身边，看着她激动的样子，还当自己已经得第一了呢。

记者问他的问题都很笼统，比如紧张不紧张、有没有信心，等等。

记者问完问题后，侯陌小声问："你们是哪个台？我告诉我妈妈看电视。"

女记者看了侯陌两眼，小声回答："总台体育频道。"

"哦……几点播？"

"现在是直播……"

侯陌表情一僵，接着对着镜头微笑，标准的假笑男孩："再见。"说完逃也似的跑了。

他朝着随侯钰跑过去，哭唧唧地说自己刚才有多丢人，没想到镜头居然跟过来了，似乎是想拍他热身的画面。

随侯钰拿着球拍陪侯陌热身，等镜头移开了侯陌才松了一口气，随侯钰看着他崩溃的样子笑了半天。

第三名、第四名的角逐是当天下午第一场。

随侯钰坐在观众席上，周围是他的队友和教练，还有零星没有回国的选手，大家都在等待侯陌上场。

侯陌背着包上场后，还吃了一根香蕉，这是他的个人习惯。

王教练看着侯陌的样子忍俊不禁，说道："确实是个猴子。"

随侯钰紧张得不行，旁边的人都在聊天，只有他一个人认认真真地看着侯陌，提着一口气。

冉述不解，问随侯钰："刚开场，都没选择场地呢，你紧张成这样？"

随侯钰立即回答："我怕他紧张。"

"没看出来他紧张，跟没事人似的，刚才还在找总台的摄像头呢，我看他挺爱露脸的。"

"他想多上镜，搞点赞助商投资他，说不定还能拉个广告。"

"他想赚钱的想法始终如一。"

侯陌的对手是和他同岁的男生，一头深棕色的头发，两侧脸颊有些许胡须，看起来像年纪很大了似的，偏偏一双碧色的眼眸格外好看。

这两个人聚在一起，侯陌的发色居然比对手的发色还浅一点。

比赛开始后，随侯钰看到侯陌系上了他熟悉的发带，拿着球拍，认认真真地看向对面。

侯陌的预判能力很好，个人能力也很强，就算对面也是一位高手，依旧表现得游刃有余。

当最后一球落地又飞出，随侯钰身边的人都开始欢呼了，他才回过神来。

他看到侯陌笑着转过身来，对着他的方向挥舞了一下拳头，这才跟着笑了起来。

他赶紧跟着队友到了场地边。

侯陌走过来和大家一一击掌。

"真棒！"随侯钰难得夸奖他。

侯陌笑得格外灿烂："那是！"

侯陌说完，朝着选手通道走过去，他之后还要接受采访。

两次征战青少年比赛，第一次成绩平平，第二次取得了世界排名第三的成绩。

侯陌因此一战成名，像是国内网球的一阵风，突然掀起了波澜来，让大家对他充满了希望。

王教练在侯陌接受采访的时候便在发消息，发完消息后对其他的队员说道："比赛结束后回到国内，我带着桑献、侯陌转机去首都，你们几个先自己回去。"

随侯钰知道这意味着什么，重重地点头。

在机场候机的时候，王教练依旧乐得闲不住，笑呵呵地在队员周围晃悠，来回踱步，嘴都没合上过。

那模样，完全就是一个瓜农，看着自己收成很好的瓜，满意得不行。

队员们已经过了兴奋劲儿，反而显得王教练沉不住气了。

侯陌更是一脸不爽，手机里还能收到刘墨嘲讽他的消息：看看你在总台那傻样，我输给过你，说出去都丢人！

侯陌指着手机跟随侯钰告状："你看啊，他欺负我！"

"回去我帮你揍他！"

"我帮你，他块头大，不好打。"

"嗯，好。"

侯陌气势汹汹地回复消息：我钰哥说了，要和我一起去揍你。

刘墨：你自己来得了，他揍我，我都怕他胳膊腿折了。

侯陌再次告状："钰哥，你看！他瞧不起你！"

随侯钰迷迷糊糊都要睡着了，随便瞥了一眼侯陌的手机，说道："给他改备注报复他。"

"改什么？"

"黑咕隆咚大棕熊。"

"好的。"

这时王教练过来跟他们说起面试的事情。

桑献突然问了一句："我的资料是提交到哪里？"

"华大啊！"王教练很快回答。

桑献微微蹙眉，接着指了指侯陌说道："我不跟他一个学校，现在提交初审资料，能一起去面试吗？"

桑献的这句话，让在场所有人都很意外。

桑献已经跟在侯陌身边好多年了，侯陌好多次尝试甩开都没用，根本甩不掉。这是桑献的偏执，让侯陌苦恼了多年。

这次竟然突然想通了，不愿和侯陌同一所学校了。

侯陌诧异地看向桑献，和桑献对视一眼后，看到桑献无所谓的模样，不由得笑了。

好似一瞬间卸下了千斤重担,突然轻松了。

王教练诧异了一会儿,赶紧拿起手机来联系:"我问问京大行不行,之前都没联系过,你还有哪所想去的学校吗?"

桑献回答:"北体也可以试试,还有航空航天,实在不行我正常参加高考过去也可以。"

"我打听打听啊,别着急。"王教练赶紧去打国际长途了。

邓亦衡开始念叨:"我也跟着紧张了,我和沈君璟的资料早就提交东体了,到现在还没后续消息呢,我天天都睡不好。"

沈君璟难得开口:"我看你睡得挺好啊……"

"呃……也就还行。"

回国后,随侯钰再次回到了原青屿校区,独自住校。

每天的生活就是睡觉、复习、吃饭、睡觉,如此往复。

随侯钰回到教室里,坐在教室的最后排。

桌面堆着一堆练习册和卷子,这是他常用的,放在桌面上随手能拿过来。

脚边还放着一个整理箱,里面放着教科书。书桌里随手能拿出来的东西,都是为缓解他注意力分散玩的小东西。

不过这些东西好久没拿出来过了,他最近真的好了很多,容易溜号的毛病几乎戒掉了。

他拿出侯妈妈给他整理的笔记认真看了起来,努力在脑子里寻找之前忘记的公式的影子。

经过四次电休克治疗,他恢复了快一个月的时间了,依旧没有恢复到最开始的记忆力,这恐怕也跟他最近到处奔波,一直没有安静休养有关。

他回来后不久参加了一场期中考试,考试成绩非常不理想。

按照之前的成绩,他可以考到学年组第一名,但这一次的成绩是学年组第57名。他是真的忘记了很多,想要恢复到最开始的成绩,还需要努力。

苏安怡坐在随侯钰的前排,往后翘着椅子说道:"冉述到舞蹈室了。"

"哦。"

"你也别太着急了，还有时间呢。"

"嗯。"

"侯陌面试怎么样？"

"也没怎么样，人家收的退役运动员比较多，都是进过国家队、拿过世界冠军的水平。所以他还是得两手准备，说不定也得参加高考考上去。"

"哦……一起努力吧，肯定行的。"

"嗯。"

晚自习，随侯钰自己刷了一套题。

答完之后看着卷子陷入了沉默，从旁边拿出笔记来翻开看。明明在答题前才看过的公式，答卷子时却忘记了。

他放下笔记，有点颓然地趴在桌面上，绝望了好半天。

大概沮丧了十几分钟，又重新坐好拿起笔记看，既然想不起来自己着重记的是哪一个，那就全部重新看一遍。

在这之后，他只要遇到记不住的，就会拿起笔写在自己手臂上，手臂写满了就跷起二郎腿，挽起裤腿写在小腿上便于记忆。

侯陌从首都回来之后，依旧是留在原枫华校区继续训练。

这天，侯陌坐在教室里，晃着椅子看书，欧阳格突然走进教室，站在讲台上盯着他们。

侯陌拿下书看了他一眼："哟，难得啊，晚自习你还在学校。"

最近没有比赛，训练不紧，他们可以回教室上自习了。

欧阳格顶着教导主任的名头，但是下班的速度一向是第一名。如果不是轮班轮到他了，他是不会留在学校看着晚自习的。

"看看你们。"欧阳格回答。

侯陌没再说话，继续看书。

欧阳格突然走到侯陌身边，看侯陌横竖不顺眼似的，突然问道："看书都没有正行，就不能好好看吗？"

侯陌只能干咳了一声，调整好椅子重新坐好。

欧阳格盯着他又看了一会儿，又骂道："看了半天一个字没写，你就一点总结都没有？"

"我……我记忆力好啊！真不用。"

"呵，我看你一般，真去参加模拟考你都赶不上青屿校区的了！"

"……"侯陌真不知道自己是怎么招惹欧阳格了，突然来教室骂他一顿。

他顿时蔫了，满书桌找笔，半天也没摸到一支。

欧阳格突然说道："行了，我不愿意看你，收拾收拾东西滚蛋吧。"

"啊？"侯陌迟疑着站起身来，问，"罚站？还是回寝室？"

"回家。"欧阳格回答完，把手里的档案袋往他面前一放，"华大保送的文件在里面呢，去青屿校区的申请书也批了。"

侯陌这才笑了起来，拿起档案袋看了看，笑得像个傻子。

教室里其他的学生本来就在围观欧阳格骂他，突然听到这个消息，互相询问："保送的事儿定了？"

"看来是定了！"

接着一群人欢呼着扑过来，吓得侯陌赶紧把档案袋收起来放进了书桌里。

一群人闹闹哄哄了半天，欧阳格都笑着看着，也不骂他们太闹。

侯陌被一群人围着，都往他身上骑，他被压得只能扶着桌子，好半天才把这群人赶走。

欧阳格再次说道："王教练让我提醒你记得自主训练，7月份的比赛还是得参加。"

"嗯，好！"

欧阳格拍了拍侯陌的肩膀："唉，赶紧走吧，以后骂不了你了，我还挺遗憾的。"

"没事，我时不时给您发消息找骂！"侯陌说完，快速收拾自己的东西放进包里，教室里的东西他一个包就装下了。

他装完东西往外跑，跑了一半退回来跟桑献说："给我安排一辆车，我去青屿校区。"

这是真的一刻都不多待。

桑献一脸不爽地点头。

邓亦衡他们下了晚自习回到寝室，便发现侯陌真的是连夜跑原青屿校区了。

邓亦衡摇头感叹:"爹大不中留啊……"

春节的时候,随侯钰还是和杨湘语见了一面。

两个人约在一家咖啡馆,杨湘语来的时候他还在看书,手里拿着一支笔正在转笔,注意到她来了,也没多给一个眼神。

杨湘语坐下时左右看了看,接着说道:"这是你喜欢的店吗?我还想着我们一起吃顿饭呢,毕竟也过年了。"

随侯钰依旧在看书,随口回答:"喝东西比较方便,而且,您不知道我喜欢吃什么,我也不知道您喜欢吃什么,点菜的时候徒增尴尬,还不如喝点东西。"

听到这句话,杨湘语的表情逐渐有些不自然。

确实,她作为母亲,从未真正地了解过他。

他们两个人之间连亲情的纽带都没有,他也不了解她的喜好。

年纪小的时候,他还曾经试着去讨好她,希望她能对自己好一点。得到冰冷的回复之后,他也就不再尝试了。

感情都是相互的,他不想再单方面傻傻地付出,最后被冷冷地打回了。

经历过的伤痛多了,才会变得麻木。

现在这样,他做得坦然且从容,根本不会有任何情绪波动。

淡然得让人心疼。

杨湘语注意到他的面前已经有他自己的饮品了,于是给自己点了一杯冰美式。

咖啡送过来后,她依旧有点不知道该怎么挑起话题,于是只能先问:"高考准备得怎样了?"

随侯钰应付工作一样地回答:"嗯,还在努力复习。"

"之前冉述他爸闹的事情我听说了,影响到你学习了吗?"

"影响到了,挺严重的。"

杨湘语抿了一口咖啡,其实并没有喝进去多少,接着说道:"抱歉,因为妈妈你受到了连累。"

"也还好,习惯了。"

习惯了。

因为他们，才有的狂躁症。

因为他们，才有了如今的性格。

他们确实给他带来了很多麻烦，每一件都让他痛不欲生，他却习惯了，也就无所谓了。

这种谈话氛围真的让人很难坚持下去，杨湘语努力想要让自己镇定下来，却无法做到没有情绪波动。

现如今，她已经和第二任丈夫离婚了。

又因为前阵子的事情闹得太厉害，她和弟弟、闺蜜也决裂了。

因为闹得太难看，她辞退了弟弟，不再让弟弟在自己的公司挂闲职了。父母一向让她扶持弟弟，怪罪她处理不够妥当，还非要她再给弟弟买一套房子、一辆车来补偿弟弟。

回过神来，她才突然发现……身边已经没有人能安慰她了。

爱情、友情、亲情，她统统没有了。

夜深人静的时候她总会想起以前，似乎真的是自己的过错，才导致了如今的结果。

随侯钰小的时候，虽然闹了一点，但是开朗天真，总是跟在她的身后缠着她说："妈妈，和我一起玩吧！"

她总是忙于工作，嫌弃孩子太烦，不予理会，将他丢到补习班。

不知从何时起，她的儿子懂事了，真的不再缠着她了，甚至开始远离她……

就连和补习班老师的关系都比跟她的好。

她一生要强，总是希望自己的孩子也是最好的。

自己不太想花精力管，又想让自己的孩子在掌控之中，就给孩子报了很多补习班，随侯钰的人生，要按照她的规划走。

然而这个时候，她已经管束不住自己的孩子了。

突然有一天，随侯钰逃走了，无论她怎么歇斯底里，他都不再回来。

现在再次面对面坐在一起，他们已经没什么可以聊的了。

她亲手将随侯钰推走，又在不合适的时间想将他拽回来，控制住。

每一步都是错的。

想要挽回时,她的儿子已经成年了,十八岁了。

"对不起……"杨湘语再次说道,语气沉重。

随侯钰终于放下书,看向她说:"其实没必要,您始终是我的母亲。"

听到这句话,她瞬间睁大了眼睛,心中有些激动,想着他们可能还有缓和的余地,却听到随侯钰接着说下去:"等您年纪大了,需要我赡养的时候,我会尽义务的。毕竟您对我也付出了很多,我会报答您的。"

"你和我之间……只能谈钱了吗?"

"还能谈什么?"随侯钰似乎很疑惑。

杨湘语的心口遭到重击。

她难过的不是随侯钰想和她划清界限,难过的是……他问得十分真诚,仿佛他们之间真的没有其他可以谈的了。

一整个胸腔的悲凉,像是午夜惊雷,久旱后的一场暴雨,突兀又分明地将她击中。

杨湘语只能勉强地说:"妈妈想和你和好,还有可能吗?"

"还是不要了吧,我和您生活在一起会不舒服。而且我高三了,没时间,高考结束后也会去外地上大学,不在这里。"

"不用非得生活在一起,偶尔打打电话,聊聊天也是可以的。"

"哦,好的,我尽量。"

"安南淅……还在照顾你吗?"她又问。

"嗯。"提起侯陌,随侯钰的眼神终于有了些许松动,"他已经确定保送华大了,我需要努力赶上他才行。"

随侯钰朝咖啡馆的窗外看过去,接着说:"他来了。"

她跟着抬头看,看到侯陌拎着东西走了过来,直奔他们的座位。

来了之后侯陌笑呵呵地跟杨湘语拜年,接着坐在了随侯钰的身边。

随侯钰问他:"东西都买完了?"

"嗯,我还买了不少松子。"

随侯钰看了看侯陌拎来的购物袋,问道:"阿姨喜欢开心果,你没多买点?"

"一袋够了,我妈食量小。"

"抠抠搜搜的。"

"啧,这叫过得有计划,你是败家!"

随侯钰没回答他,而是对杨湘语说:"那我们先走了。"

侯陌诧异地问:"聊完了?"

"嗯。"

随侯钰和侯陌两个人一起起身整理了东西。

随侯钰和杨湘语道别后,和侯陌并肩走了出去,似乎在聊今天晚上做什么菜吃。

她只是看着他们离开,心里突然有点羡慕。

随侯钰似乎对侯陌的妈妈很好……

而她和随侯钰……

眼泪又要来了。

晚上,随侯钰坐在客厅里,抱着大哥看韩剧。

侯陌特意从厨房里走出来,往他面前放了一包新的纸巾。

他很不爽——今天看的这个不会哭的!是爆笑类型。

侯陌和侯妈妈在准备晚餐,陆陆续续地端上了一桌子的菜。

等开饭了,侯妈妈招呼随侯钰过来,在他坐下的同时把一碟饺子推给他:"看看,我包的小兔子饺子,专门给你的。"

随侯钰低头看了看,夸道:"挺可爱的。"

其实挺一般的,随侯钰都能包得比这个兔子可爱,毕竟他可是毛毡大佬,搞这些东西很在行。

侯陌和侯妈妈明明都那么聪明,怎么在画画和手工方面都……这么差呢?

不过看到侯陌吃的都是正常的饺子,他瞬间开心起来,他吃的饺子比侯陌吃的可爱。

三个人坐在餐桌前吃晚餐,全程说说笑笑。

大哥在他们周围徘徊,似乎想伸爪子去抓鱼,最后被随侯钰无情地抱走。

侯妈妈在饭后神神秘秘地拿出两个红包给了他们:"今年我有钱了,红包厚了。"

两个人同时摆手。

随侯钰说:"我不差钱。"

侯陌的回答更可气了:"我年收入比你多。"

上一次侯陌得了世界第三名,奖金是 10 万美元,加上这一年里参加的其他比赛,还因为名气接了几个广告,今年的收入已经一百多万了。

侯妈妈现在是企业高管,不过由于这个烂摊子真的太烂了,目前还没有多少盈利,她只有固定收入和桑叔叔给的额外奖励,算算年收入也就五十多万。

不过,明年侯陌就赶不上侯妈妈了,毕竟他妈妈在工作能力方面非常出色。

赎回自己家市中心大平层的房子指日可待。

侯妈妈当即不高兴了:"那也得收!"

两个人只能乖乖地伸手接了过来。

侯妈妈又拿出一个袋子来:"我给你们两个人一人买了一身新衣服。"

侯陌瞬间绝望了:"大可不必!"

随侯钰则是低着头,一句话都说不出来。

侯妈妈最后还是把衣服给了他们:"买都买了,试试看。"

随侯钰拿出衣服穿上试了试,站在镜子前。

衣服的领子和袖子都是毛茸茸的,其他位置是牛仔质地,里面有一层棉的里衬。外套大体上看着没什么问题,就是胸口口袋的位置绣着一朵小花,让这个外套看起来有点……

侯陌的是同款,只是领子是杂色的,而随侯钰的是白色的毛领。

侯陌穿上以后照着镜子说道:"好看!我穿上就像一个暴发户!"

随侯钰硬着头皮说:"好看。"

侯妈妈特别开心:"我看出来你喜欢蓝色了!我选的时候一眼就看中了,是不是好看?"

"嗯嗯。"

两个人同时点头。

侯妈妈非常满意,还拿着手机对他们拍了相片,扭头就发了朋友圈。

夜里,随侯钰躺在床上看着那张相片,陷入了惆怅。

他和侯陌看起来就像回村干农活的精神小伙……

侯陌陪读的时候并没有捣乱，反而兢兢业业的。

他知道随侯钰学习有多辛苦，也不想让周围其他的学生感觉到他已经保送了，每天无所事事。

这段时间，他也跟着认真学习。

随侯钰刷题，他也刷题，接着对两个人的答案。

他还会把自己的解题思路讲给随侯钰听，遇到随侯钰的思路比他灵活的时候，他也会虚心请教。

背古文和单词的时候，他也会考随侯钰。

他每天的任务还有监督随侯钰吃饭，顾及营养均衡，还得看着随侯钰睡觉的时间，不能熬到太晚。

侯陌能够接受的极限是凌晨一点半，再晚真的不行了，长此以往身体受不了。

经过两次治疗，再加上侯陌在身边会让随侯钰安静下来，睡眠也充足了，随侯钰的情绪越来越平和，生气的次数日渐减少，偏偏好胜心一点也没减弱。

每次好胜心都在奇奇怪怪的地方展现，让侯陌措手不及。

比如，侯陌刷题比他快了，他会突然不爽："你很嚣张啊！"

侯陌还要为自己做题太快而跟他道歉，以后做题的时候都会故意等一等随侯钰。

再比如，侯陌偶尔给桑献讲题，桑献很快就懂了，侯陌说了一句："聪明，一点就透。"

回到座位后，随侯钰突然不理侯陌了，侯陌还莫名其妙的，结果听到他问自己："怎么，我点不透呗？我学得就慢呗？我笨呗？"

"祖宗啊……"侯陌真的无奈，他真没别的意思，"你最聪明！真的！"

"喊。"随侯钰自己做题了，一晚上没怎么和侯陌说话。

第一次模拟考，随侯钰的成绩已经回升了很多，考到了全学年组第24名。

第二次模拟考，是全学年组第13名。

等到三模的时候，已经到了全学年组第2名。

第一名是跟着参加了考试的侯陌。

两个人把三次模拟考试的卷子拿来反复研究，之后又继续刷题，似乎已经轻松了很多。

至少随侯钰现在的成绩和状态已经十分稳定了，真的去参加高考也没什么问题。

丢失的那部分记忆渐渐被找回，记忆力也恢复了正常。

于是两个人开始练习其他的，侯陌给随侯钰买了一个字帖，让随侯钰练习写字。

"写横折钩的时候，这么用劲儿，看着没？这样……"

教了不到五分钟，随侯钰的身体突然一倒，头磕到桌面后瞬间醒了，错愕地睁开眼睛。

侯陌赶紧帮他揉头："这次怎么睡得这么快？写字你就这么犯困？"

随侯钰看看自己写的字，有点绝望地问："我的字还有救吗？"

"有救！你看看你最开始的字，再看看现在的，是不是好多了？这就叫耳濡目染，我们的字越来越像了。"

随侯钰拿来自己之前的字，和现在的对比，又拿来了侯陌的笔记本看了看，他现在的字确实越来越像侯陌的字了。

这种感觉很奇妙。

突然出现了一个人，让他能够真心地为他好，和他同喜同悲。

他们有着一样的梦想，一样的追求。

他们一样地努力。

第十三章

为未来而战

随侯钰高考，侯陌也跟着去了。

侯陌不需要进考场。侯妈妈公司很忙，没办法抽空过来。

随侯钰的父母来了，他反而心情不好，侯陌便充当了家人的角色，陪着他在考场附近的酒店住下。

在随侯钰进入考场后，侯陌和众多网友一样，最关心的是高考的作文题目。

他知道随侯钰的弱点在哪里，他和随侯钰的作文都是软肋，两个人的文采都不怎么样。

作文稍微需要有点感情的，随侯钰都可能当场翻车。

一个从小就没什么感情的人，想写出感情充沛的作文，稍微有点难。

侯陌看到作文题目后，便陷入了迷茫。

作文主题：回头看。

这神奇的主题，这深刻的义理，一不小心就能跑题到千里之外……

侯陌绝望得直揉脸。

等随侯钰考完，侯陌恨不得随侯钰再把作文写一遍给他看看，他品品这作文能有多少分。

不过他看到随侯钰还在认认真真地看之后的科目，也就不提这些事了，生怕打扰到随侯钰。

算了，考完了就过去吧，不提了。

6月8日。

随侯钰吃着早饭，盯着侯陌看，笑着问："你嘴角怎么起疱了？"

"上火了，昨天看到作文题目后急火攻心冒出来的，嘴里还有，一会儿我买点维生素B2吃吃。"

"嗯，不用上火，我觉得我写得还行。"

"真的？"

"就……反正……跑了我也意识不到……我写得挺开心的。"

侯陌的火又起来了。

出高考成绩的那天中午，随侯钰被学校的老师一通电话叫到了原青屿校区。

侯陌自然也跟着来了，结果校门都没进去。

侯陌站在校门外，随侯钰站在校门内，两个人都非常迷茫。

老师拽着随侯钰往楼里走，同时回头对侯陌说："高考的事儿，你没参加就先别进来了，去附近转转，下午再回来。"

"我怎么就不能参与了？"侯陌站在门外，扶着栏杆问。

"哎呀，问那么多干什么？"老师不愿意回答。

随侯钰被带到一间办公室，接着来了一位老师，笑呵呵地跟他聊天。

对方的意思是听说随侯钰模拟考的成绩不错，打算和随侯钰签一份入学协议，这样随侯钰高考分数下来了，就算分数不够，也可以去京大。

聊了一会儿，随侯钰才知道这位是京大的老师。

他有点奇怪，迟疑了一会儿说："我想先看看分数。"

这位老师也不在意，特别好说话似的，一直劝他，还问他吃不吃饭，可以帮他订午餐。

随侯钰赶紧拒绝了："我之后要参加全国性质的网球比赛，不能吃外食了。"

"哦……我听说了，你文体成绩都不错，所以才想提前和你签了。"

"谢谢您的好意，我还是想和我的朋友同校……"

"哎呀，还是自己的前途重要！我们还会有一笔丰厚的奖学金，教育资源也肯定会给你最好的。"

这位热情的老师和他聊了两个小时,全程都在劝他签约,弄得他有些慌。

他想要离开,人家也不让他走,一直留着他,他渐渐发觉了不对劲。

"我去趟洗手间。"随侯钰回答完匆忙起身,终于逃离了对方的视线范围。

等了一会儿想逃跑,发现这位老师在走廊里徘徊等着他呢。

随侯钰只能退回去给侯陌打电话询问:"什么情况啊?!像我犯了事似的。"

"嘿嘿……"侯陌听完就笑了,"我妈当年也经历过,他也不是看着你,就是怕你上厕所的工夫华大的老师来了把你抢走了。"

"什么意思?"

"华大和京大每年的抢学生大战,可有意思了。全省前几名都会接到电话,能派人来抢的……你考得肯定不错。"

"分不是还没出吗?"

"他们能提前知道消息吧?"

"那我现在该怎么办?"

"我去救你,跳围栏这事儿我有经验。"

随侯钰在洗手间里等了一会儿,打开厕所里单扇的窗户,看到侯陌站在楼下,用口型说:我接着你。

这是三楼!

随侯钰想了想,还是爬出了窗户,一点一点地往下爬。侯陌接住他,扶着他站稳,接着拉着他朝学校外面跑。

楼上等待的老师看到跑出去的随侯钰和侯陌,快速打开窗户喊道:"考虑一下嘛!哎哟!"

"谢谢老师。"随侯钰赶紧恭恭敬敬地回答,接着继续朝外跑。

两个人跑出学校后,找个安静的地方停下,随侯钰还是好奇自己的分数,拿着手机一个劲儿地看时间。

其实知道有老师挖随侯钰后,侯陌就放心了,坐在栏杆上晃着脚,悠闲地看着。

随侯钰嘟囔着:"也不知道苏安怡考得怎么样……"

邓亦衡和沈君璟确定了保送东体。

桑献比较波折,由于他的网球积分不如侯陌,审批得很难,好在后来也保送京大了。

冉述则是已经确定要复读了。

他们这些人中,也只有苏安怡和他正常地参加了高考。

苏安怡似乎也想和他同校。

侯陌拿着手机说:"一会儿你刷你的分数,我在群里看着苏安怡的。"

"好。"随侯钰紧张得说话声音都微微发颤。

等到系统刷新,随侯钰赶紧点进去看,结果等了一会儿都是在缓冲,给他急得以为系统出了问题,分数却突然蹦出来:724分。

侯陌探头看了一眼,感叹:"不错,应该挺好的。"

"嗯!"随侯钰看着分数点头,心中还有些雀跃。这个分数可以考上了吧?

又等了一会儿,侯陌说:"苏安怡701分。"

随侯钰瞬间放心了。

两个人同时松了一口气。

他们的小群里依旧在快速刷着消息。

邓亦衡:钰哥好像是市状元。

邓亦衡:我看看啊……

邓亦衡:省的!省的!

冉述:你们哪里得到的消息啊?我怎么没看到呢?

邓亦衡:我群多啊!

冉述:小道消息吧?

沈君璟:校长发朋友圈了,格格转发了,恭喜本校随侯钰同学高考成绩全省第一名。

冉述:我钰哥牛!

苏安怡:!!!

沈君璟:舍我钰哥其谁!

吕彦歆:太厉害了!

侯陌：嘻嘻！

随侯钰看了一会儿群里，接着抬头看向侯陌："如果你参加高考，省状元会不会是你？"

侯陌连连摇头："我以前是靠字好看略胜一筹，但是你现在字练好了，我绝对考不过。"

"喊——"

"我钰哥厉害！"

"我觉得我能和你同校了。"

"能，肯定能，一会儿等着接华大的电话吧。"

"嗯，接通了该怎么说？"

"说你在考虑京大，看他们怎么说。"

随侯钰当即笑了起来，格外灿烂。

可惜就可惜在，随侯钰关键时刻睡着了，最后是侯陌帮他接的华大的电话，谈妥了之后愉快地确定了学校。

这一年的全国青少年网球锦标赛，参加完高考的众人再次参加了。

苏安怡也是最后一次当网球队的助理。

由于随侯钰备考了快一年的时间，实力有些跟不上，名次并不算好，他和侯陌的双打组合只排在了第七名。

倒是侯陌单打比赛的成绩始终优秀，依旧是全国第一名。

比赛结束后，体育生的队伍也算就此解散了，之后，他们会各奔东西。

原本枫屿高中的毕业生想一起聚个餐，没承想刘墨他们也跟过来了。

刘墨大大咧咧地说："听说你们学校聚餐是公费，我们必须来啊！"

杨宏也跟着点头："我们想和省状元、保送生一起吃饭，提高一下自身的档次。"

侯陌难得没数落他们，带着他们一起去了饭店，毕竟是老对手了，经常一起比赛，还真容易打出感情来。

毕业了，赛季也过去了，众人在这一天破戒喝了酒。

刘墨拿起酒杯，朗声道："来，东体的喝一杯。"

吕彦歆、邓亦衡、沈君璟自然是要举杯的。

侯陌参与不进去,看到杨宏也举杯了,当即数落:"东体水平不行啊!什么样的都要?"

杨宏气得不行:"我可以的!我水平不错!"

随侯钰托着下巴冷淡地摇头:"没感觉到。"

杨宏气得差点哭出来,举杯自己把酒给喝了。

喝了一会儿后,他们发现侯陌偷偷往杯子里倒冰红茶,刘墨当即嚷嚷起来:"贱猴,你是不是喝不起?丢不丢人啊你?冰红茶糊弄傻子呢?"

"糊弄你呢!"侯陌理直气壮地回答,接着朝随侯钰一指,"钰哥要是喝多了,我再醉了,你们谁也拦不住他。"

冉述已经喝了两瓶,半点事都没有,扬眉问道:"真的假的?"

侯陌认真地点头。

"我不信!"冉述来劲儿了,偏要和随侯钰喝。

随侯钰有点为难,但是考虑着啤酒应该没有果酒的劲儿,也就舍命陪君子了。

侯陌彻底滴酒不沾,只是和其他人聊天。

聊着聊着,桑献闷头倒在桌面上,睡得像失去知觉了似的,突兀得吓人,侯陌还试了试桑献的呼吸。

众人围着桑献研究了一会儿,发现桑献面前的酒只有一瓶,并且只下去了三分之二。

这酒量,真寒碜。

冉述得意地站在桑献身边,一下一下地拍桑献脖颈:"小样……就这酒量啊!可算让我发现你的弱点了!"

可惜,很快他就没精力数落桑献了,因为随侯钰真的好烦。

"冉述!"随侯钰站在他面前,严肃地盯着他,"你练的舞给我看看!"

"别了钰哥……"

"我教你!"

"吃饭呢!吃完再说行吗?"

"我教你!就你没着落呢,你都不着急吗?来,来这边!"

冉述被随侯钰拽到角落里一起跳舞,随侯钰还热情地帮他掰腿。

冉述都要哭了,掰完腿随侯钰还要跟他赛跑,又一起玩斗鸡,还不放过他。

另一边，刘墨拉着侯陌哭得鼻涕一把，眼泪一把的："四年啊！整整四年！我被你虐了四年！只有在你不参加的比赛，我才能尝一把第一是什么感觉！我每次参加比赛，都先看看名单有没有你！畜生啊你，你真畜生，你怎么就没有弱点呢？"

侯陌笑呵呵地回答："我有弱点啊，我的弱点是我搭档。"

"有用吗？啊？有用吗？单打的时候我能朝他那边打吗？我不能！我万年老二、老三、老四……我老几得看看什么时候遇上你，我心里苦！"

"哈哈哈！"侯陌笑得不行。

刘墨还没骂够呢，就被人打断了。

冉述拽着侯陌的手臂不松手："侯陌，我不行了，我要被钰哥玩死了！我……我现在不是结巴了……我喘不过来气了……我钰哥疯了！他疯了！"

"那你帮忙哄哄这位，我去看看钰哥。"侯陌把刘墨交给冉述。

最后，是侯陌把随侯钰背走的。

回酒店的路上，随侯钰还在含糊地叫他："安南淅，我们一起玩吧……"

"嗯嗯，好，陪你玩。"

"不许不理我了……"

"嗯，再也不会不理你了。"

比赛结束后，学校安排车把他们送到学校，到学校门口众人分开。

这一次分开，他们就不再是并肩作战的队友了。

以前放学很积极的邓亦衡突然不愿意走了，看着队友们，突然哽咽着说："再遇到的时候，我们就不再是队友，而是对手了，但是……都加油！"

一句话，让所有人感慨良多。

冉述听完沉默了一会儿，居然没来由地跟着哭了起来："以前觉得你这货笑点低，没想到你泪点也低……我怎么也哭了，我又不打网球……"

随侯钰突然伸出拳头来："加油！"

侯陌默默地抬起手来，和他的拳头放在一起。

其他人纷纷走过来，曾经的队友们站成一圈，拳头垒在一起，说道：

"加油！"

青春，张扬且肆意。

他们为自己，为未来，为在乎的人而战。

手中握着的不是球拍，是他们的梦。

永不服输，永不放弃。

好胜少年，永不言败。

罄尽所有，只愿他日赛场留名，名扬千里，尽如他意。

待耄耋之年回看曾经，满足亦无憾。

独家番外

万圣节的糖给你吃

枫屿高中内国际班的学生占了一半,以至于学校对西方的节日也会关注。万圣节这天,枫屿高中举办了校内活动。

下午自习课,学生们便开始布置教室,到晚上活动正式开始。

学校在这一天不再约束穿着,还允许学生们化妆,这使得学生们更加放肆。

侯陌一个人坐在座位上,孤零零的,和周围快乐的气氛格格不入。

像是桃花林中的一朵梅,万丈荒原中的一根草,和周围形成了鲜明的对比。

他不想参与进去,他甚至不想过这个节。

他看着同班同学们布置教室,还在灯外贴了一层红纸,暗红的灯光配上教室里的其他布置,真多了一些恐怖氛围。

他瞥了一眼灯,再看看冉述脸上的妆,干脆闭上眼睛,眼不见为净。

冉述本来就脸小,显得眼睛和嘴巴都很大,他故意画出了眼角撕裂的妆容效果来,嘴边还画出了裂痕,仿佛露出了牙齿,一脸鲜血淋漓的,看得侯陌一阵难受。

他受不了这个刺激。

这个时候随侯钰终于回到教室,把订购来的装饰物放在讲台上,一群人一拥而上帮忙装饰。

他环视了一眼教室,接着走回座位,坐在靠近过道的位置,看了侯陌一眼后问:"害怕?"

"啊……没有,就是……觉得不太好。"侯陌犹豫了一会儿,故作镇定地回答。

"怎么不好了?"

"呃……"侯陌迟疑了一会儿,终于睁开眼睛,伸手拽着随侯钰的袖子,不再伪装了,"钰哥,我害怕……你看看冉述脸上,画的啥玩意儿啊那是!"

随侯钰努力忍着笑,拍了拍侯陌的肩膀安慰:"没事,一会儿我带你逃出去。"

"嗯!"侯陌委屈巴巴,"我们不和他们玩。"

随侯钰打开包,抖搂开后是一件英伦风的燕尾服外套,里面还有一件百褶的高领衬衫,衬衫领口和袖口都有血的痕迹,也是恐怖风格的。

侯陌看了一眼问:"你不会要穿吧?"

"这套是你的。"

"我的?!有干净的衣服我不穿,我穿这全是血的东西?"

"你皮肤白,还是黄毛,扮成吸血鬼肯定好看。"

"我头发是亚麻色的。"

"别在意那些细节。"

随侯钰又打开另外一个包,里面也是一身套装,也是英伦风,不过……他拎起了一个小恶魔的尾巴看了许久……

这个尾巴他可以不戴吗?

之前还很排斥的侯陌看到恶魔尾巴,突然来了精神,赞叹道:"这个尾巴不错。"

随侯钰瞥了他一眼,突然"呸"了他一口。

两个人最后还是去换了衣服。

随侯钰看着侯陌,突然扬起嘴角:"还蛮好看的。"

真别说,侯陌这张异域脸真的很适合这种风格。

"主要是人好看。"侯陌痞笑着回答,坦然地承认了。

他们回到班级,看到苏安怡在他们的座位处等着呢。

侯陌走在后头,盯着随侯钰裤子上的恶魔尾巴看,看得嘴角上扬,一脸"姨母笑"。

苏安怡拉着随侯钰坐下，拿起化妆品要给他化妆。

侯陌赶紧跟过去，坐在旁边，说："别弄得太吓人啊！"

苏安怡敷衍地回答："嗯嗯。"

其实她早就找到仿妆图了，给他俩照着弄就行了。

等化完妆，侯陌照着镜子问："我这嘴是中毒了？"

苏安怡冷淡地回答："这叫姨妈红。"

侯陌还是觉得这种颜色太夸张了，毕竟他皮肤白，用这种颜色太突兀了。不过，既然是万圣节，也没太讲究，他只能妥协。

苏安怡帮他整理发型，做了一个背头出来，只留了两缕头发在额前。

侯陌看着镜子问："这是我的触角吗？"

苏安怡又呲他："你懂个屁！"

"呲——"侯陌真的是一点脾气都没有了。

发型整理完毕，随侯钰的造型也完工了。

他们两个人互相看了一眼后，随侯钰对侯陌的造型还挺满意的。

侯陌这样装扮完，还真有点贵族绅士的感觉，只不过眼神里透着痞气，笑容也含着戏谑。

侯陌则是注意到苏安怡拿出一副眼镜，笑道："这眼镜有意思吗？就一个下框，镜片都没有，戴的是情怀吗？"

苏安怡拿出来的是工艺品一样的眼镜框，只有下框，右侧的框下坠着一个红色泪滴一样的珠子。

"完成！"苏安怡也拿出手机来，对着他们两个人拍照。

侯陌非常配合，特意凑到随侯钰身边，挤得他险些平移出椅子。

等到晚上放学，活动时间还没到，学生们已经开始闹了。

他们在学校里到处游荡，无论躲到哪里，都有可能有人在埋伏。

侯陌吃饭的时候，就被吓了好几次。

沈君璟不知道在哪里搞了一个小玩具，藏在了衣服里，到侯陌面前突然敞开自己的外套，玩具直接从里面蹦出来，还发出冷笑声。

这种幼稚的东西也就能吓吓小姑娘和侯陌。

侯陌被这一下吓得身体一激灵，一瞬间蹦起来老高，接着往随侯钰身边去："钰哥！你看他啊！"

随侯钰只能无奈地挡住侯陌，让他在自己的身后，抬手拍了一下沈君璟的手臂，接着对侯陌说："我打他了！"

侯陌气急败坏地跟着蹿出去，也拍了沈君璟一把，又快速躲回随侯钰身后。

冉述看到侯陌没出息的样子"扑哧"一声笑了出来，接着说道："这就叫狗仗人势！"

桑献摇头："这个成语用得有点过，顶多是狐假虎威。"

冉述笑着递给随侯钰一个南瓜的小桶："去要糖吧。"

他们学校的活动是要糖比赛，他们首先要去找留校的老师，在老师那里完成趣味小游戏，赢得糖果。

到最后，哪个班级的糖果数量最多，就算是获胜了。

随侯钰是谁？

他是不会输的人！

所以，就算只是万圣节的小游戏，他也要赢！

为了赢，当然要挨个游戏去参加，到了地点后便发现已经有很多学生在排队了。

侯陌其实不想参加，主要是随便一个人都能吓到他，但是他得陪着随侯钰玩。

为了避免接触让随侯钰睡着，他只能伸手拽着随侯钰的恶魔尾巴。

起初随侯钰不愿意，后来也懒得理了，只要侯陌别哼哼唧唧的就行。

两个人排队，轮到了丢球进洞的小游戏。

这个游戏每个人有五个球的机会，进三个可以拿到一颗糖，进五个球可以拿到三颗糖。

随侯钰拿着乒乓球掂量了一下，接着朝板子上的小洞丢过去，五个球进了四个，不过也只能得到一颗糖。

侯陌拿过球说："我试试。"

随侯钰点头，帮他拎着南瓜小桶。

侯陌左右看了看，找来了一个小板子，握在手里像是个乒乓球拍，接着抛起球,用板子击球,把球稳稳地送进洞里。

这是他们练定点控制的路子。

"还可以这样?那我也行。"随侯钰嘟囔。

"嘿嘿,来不及了,我必须三颗糖。"侯陌拿着板子击球,简直就是百发百中。

就连发糖的老师都忍不住感叹:"你们练网球的确实厉害。"

侯陌"嘿嘿"一笑:"那是,只要有拍有球,别管是什么形态的,我们都行。"

侯陌接过糖,伸手想去拽随侯钰的尾巴,却看到随侯钰躲开了,并且不爽地问他:"你刚才怎么不提醒我?"

"我看你丢球也挺准的啊!"侯陌说着,从自己的小桶里拿出一颗糖给了随侯钰,"我们平分。"

随侯钰没接,转身就走,并且说道:"下一次我不会输。"

侯陌直拍额头,这该死的好胜心。

继续排队期间,有人跑过来想和他们两个人合影,因为他们的装扮太出众了。

侯陌拽了拽随侯钰的袖子,询问他的意思。

随侯钰一扭头,不理他。

"不能白拍啊,得给糖。"侯陌说着,指了指随侯钰的小桶,"投里面我们就和你们合影。"

求合影的人居然没犹豫,纷纷往随侯钰的桶里放糖。

随侯钰看得直愣,不过还是配合着一起拍照了。

等排队排到他们两个人的时候,他们的桶都要满了。

"原来还可以这么另辟蹊径?"随侯钰举起桶来看里面的糖。

"嗯嗯。"侯陌跟着点头。

这一次的小游戏需要两人站在平衡球上将对手推下去,随侯钰和侯陌分别出战,到最后却成了他们两个人角逐第一名。

随侯钰盯着侯陌说道:"不许让我。"

"嗯,不让!"侯陌回答得义正词严。

两个人站在平衡球上互推,好半天都分不出胜负来。

冉述也在附近观战呢,看到这一幕后大吼:"钰哥!干他!干翻他!"接着一群人给随侯钰加油。

侯陌真的是纳闷,他人缘什么时候这么差了,简直成了团欺。

随侯钰显然非常努力,终于将侯陌推倒,赶紧起身去老师那里领了糖,大步流星地走了,侯陌在后面紧紧跟着。

这时,一群人突然丧尸一样地出现,在地面上爬着接近他们。

侯陌整个人弹簧一样地跳起来,惊恐地大叫。

随侯钰没被那群男生吓到,倒是被侯陌吓了一跳。

最终,他叹气,冷冷地扫了那群丧尸一眼,那群丧尸再不来招惹他们了。

待人群走后,他让侯陌坐在窗台上,接着从自己的桶里拿出一颗糖,剥开糖纸,将糖递给侯陌:"好了,别怕,我不是在吗?"

侯陌含着糖盯着他看,提醒道:"糖要在最后统计数量呢。"

"我辛苦得来的,怎么处理我自己决定。"他扬起下巴,颇为骄傲地说道。

侯陌笑了起来。

朦胧的月色,暗红色的灯光,面前的少年眼眸中映着光亮。

明明是让人恐慌的环境,内心之中却钻进了一丝安稳。

这安稳,因他而来。

本书由墨西柯委托长沙大鱼文化传媒有限公司正式授权花山文艺出版社,在中国大陆地区独家出版中文简体版本。未经书面同意,本书的任何部分不得以图表、电子、影印、缩拍、录音和其他手段进行复制和转载,违者必究。